btb

Aus Freude am Lesen

btb

Buch

Der Brandmeister Heinrich Paffrath hat immer gerne Feuer gelöscht, und als der Reichstag in Flammen aufging, war seine große Stunde gekommen. Adolf Hitler dankte ihm persönlich für seinen Einsatz.
Auch sein Sohn, Heini Paffrath, pflegt die Familientradition weiter. Er geht zur Polizei, bevor er das aber tun kann, wechselt er 1962 nach dem Bau der Mauer von dem Westteil Berlin in den Ostteil der Stadt. Dort harrt er auch tapfer aus, nachdem ihn seine große Liebe im Stich gelassen hat. Als unpolitischer Biedermann verrichtet er zur Zufriedenheit aller seinen Dienst bei der Polizei und gleichzeitig und unbemerkt macht er eine steile Karriere als gefährlicher Psychopath …

»Kerstin Hensel erzählt sprachlich virtuos, mit großem wortfinderischen Ehrgeiz und erstaunlichem Realismus im Milieu eine wahrhaft abenteuerliche Geschichte!«
Frankfurter Rundschau

Autorin

Kerstin Hensel wurde 1961 in Karl-Marx-Stadt geboren. Sie arbeitete als Krankenschwester, studierte am Institut für Literatur in Leipzig und unterrichtet heute an der Hochschule für Schauspielkunst »Ernst Busch«. Kerstin Hensel lebt in Berlin..

Kerstin Hensel

Falscher Hase

Roman

btb

FSC
Mix
Produktgruppe aus vorbildlich bewirtschafteten Wäldern und anderen kontrollierten Herkünften

Zert.-Nr. GFA-COC-1223
www.fsc.org
© 1996 Forest Stewardship Council

Verlagsgruppe Random House FSC-DEU-100
Das für dieses Buch verwendete FSC-zertifizierte Papier *Munken Print* liefert Arctic Paper Munkedals AB, Schweden.

1. Auflage
Genehmigte Taschenbuchausgabe April 2008,
btb Verlag in der Verlagsgruppe Random House GmbH, München

Umschlaggestaltung: Design Team München, unter Verwendung eines Motivs von plainpicture
Satz: Filmsatz Schröter, GmbH, München
Druck und Einband: Clausen & Bosse, Leck
KS · Herstellung: BB
Made in Germany
ISBN 978-3-442-73706-2

www.btb-verlag.de

Kommissar Paffrath hat es ausgestanden.
Im Mai 2003, an seinem letzten Diensttag, da auf der Hadlichstraße in Berlin-Pankow fliederwelk Paffraths Endgang vom Polizeirevier I, Abschnitt 27 in ungewisse Zukunft erfolgt, an jenem atemstockenden Nachmittag besitzt der frischgekürte Pensionär nicht mehr als einen Plastikbeutel voller Geschenke. Heini Paffrath hat viele Gläser Sekt getrunken, allesamt auf seinen Abschied vom Amt.

Er schwankt. Sekt. Flieder. Sekt. Flieder. Linksseits der Straße Blütendolden, braungeschrumpft wie Paffraths Leben. Dabei ist er erst zweiundsechzig. Kein Alter, sagen die Kollegen, und außerdem, wer hat schon das Glück, mit zweiundsechzig in Ruhestand zu gehen!

Der letzte Gang also. Die Hadlichstraße wie seit zehn zwanzig dreißig Jahren. Immer derselbe öde Weg, auch wenn im Frühjahr Blütenduft den Gestank des öligen Schotters, der vom Bahndamm herüberzieht, durchmischt. Paffrath überquert den Parkplatz vorm Revier. Er dreht sich noch einmal um – das graue Betongebäude, so zweckbestimmt wie unscheinbar, drei Etagen, die Fenster, von dort aus winkt man ihm noch zu, das Fenster im zweiten Stock, hinter dem er gesessen hat, zehn zwanzig dreißig –

Paffrath hebt kurz die Hand, um zurückzuwinken. Schon hat er diesen Anflug von Wehmut weggedrückt und geht die Straße entlang, wie immer an den verfallenen Garagen vorbei, hinter denen sich der Stadtbahndamm erstreckt. Weiter. Das rote Backsteinhaus, in dem die evangelische Grundschule untergebracht ist: mürbe wie die anderen Gebäude der Hadlichstraße. Alles scheint in Paffraths Zustand zu sein. Vor seinem letzten Diensttag ist ihm nichts dergleichen aufgefallen.

Neben der Schule ein verwilderter Garten mit eingesunkenem Drahtzaun. Brombeergestrüpp Heckenrosen Holunder Flieder. Der Garten grenzt an den Bahndamm. Paffrath bleibt stehen, blickt scharf durchs Gestrüpp – die Bahn fährt wie jeden Tag ratternd scheppernd quietschend den Nordring entlang, ein Gewohnheitszug, der die Stadt gleichsam wie Paffraths Leben durchschneidet – jetzt ist die Angst wieder da. Mit saurem Aufstoßen setzt sie sich quer in Paffraths Kehle.

Heini! Heini! ruft es von irgendwoher. Paffrath legt die Hand ans Ohr. Lauscht. Wenn er den erwischt, der ... aber da ist keiner, denn dieses *Heini! Heini!* muß aus ihm selbst gekommen sein. Wie auf Sektperlen aus seinem Inneren gestiegen, ein Fanal aus Kindertagen. Die alte Qual:

Heini Paffrath. Nicht Heinrich Theodor Paffrath wie sein Vater, der Oberbranddirektor. Heini. Sein Name mit Stempel und Siegel bestätigt. Unveränderbar. Kommissar Heini Paffrath. Kommissar, nicht Hauptkommissar wie Kollege Stefanek, der es, trotz seiner jungen Jahre, im Polizeidienst bis ganz nach oben geschafft hat. Jetzt ist er zweiundsechzig Jahre alt, frühpensioniert und noch immer Heini.

Er geht weiter. Plötzlich durchfährt ihn ein frischer Stoß Heiterkeit. Er ist ja frei. Keine Arbeitszeiten, keine Bereitschaft, keine Protokolle, keine Überstunden, keine Streife, keine unaufgeklärten Fälle mehr – nichts, was ihn in die Bande einer Pflicht nehmen würde. Nur der letzte Gang noch. Dann kann er ein neues Leben beginnen. Ruhe legt sich auf Paffraths vergangenes Leben. Paffrath macht eine richtungsweisende Geste nach vorn, wo sich die Hadlichmit der Berliner Straße kreuzt, Paffraths Freizeitrevier.

Wie jeden Tag steht die *Absatzbar* als erstes unverrückbares Zeichen vor Paffraths Augen. Eigentlich verbirgt sich dahinter eine Schusterwerkstatt, die mit bunten Auslagen für sich wirbt, aber Paffrath beharrt auf dem Wort *Bar*. Er bleibt vor der Auslage mit Absätzen, Einlegesohlen, Schnürsenkeln und orthopädischem Schuhwerk stehen, blinzelt durch die Glasscheibe ins Geschäft. Jeden Tag hofft er, der Schuster würde dem Ladennamen gerecht werden und neben Schuhzeug und Dienstleistungen etwas Barmäßiges anbieten, Schnaps Wein Bier oder Cocktails, diese neumodischen bunten Drinks vielleicht … Aber die *Absatzbar* ist und bleibt eine Schusterwerkstatt, und Heini Paffrath sagt wie jeden Tag, wenn sein Dienst zu Ende war: »Betrug!«

Beleidigt betritt er dann das Nebenhaus: das Restaurant *Zur Post*. Der Kommissar a. D. setzt sich an jenen Tisch, an den er sich immer setzt. Jeden Tag nach Dienstschluß. Mal früh am Abend, mal spät. Paffrath setzt sich, aber der Rükken ist heute steifer, der Blick durch den Abschiedssekt schon getrübt und die Erleichterung, die er sonst beim Eintritt ins Restaurant empfindet, einem mulmigen Bedenken gewichen. Wird es ihm schmecken wie immer? Wird man ihn überhaupt bedienen wie immer? Wo er doch außer Dienst ist. Für immer. Und diese ekelhaft zivilen Hosen. Diese alberne Tüte.

Paffraths Blick fällt auf das Wandmosaik. Es stellt eine

Postkutsche mit Pferden dar. In seiner Fantasie lädt der Gast lauter Briefe und Päckchen in die Kutsche; er ist es selbst, der das Posthorn bläst und davonfährt. Schließlich reißt sich Paffrath nach gewohnter Art zusammen, schimpft sich sentimentaler Hasenheini und befiehlt die Bedienung zu sich.

Kellnerin Märrie ist sofort zur Stelle. Blondgelockt, tonnig, speisefettduftend, die grauen Augen auf den Gast gerichtet.

»Wie immer?« fragt sie.

»Natürlich«, sagt Paffrath.

Als sich Märrie erkundigt, ob alles in Ordnung sei, blafft er:

»Seh ich aus, als sei was nicht in Ordnung?«

Märrie zuckt mit den Schultern und verschwindet hinter der Theke.

Paffrath zählt die Zeit. Sieben Minuten, bis das Bier kommt. Exakt. Kühl, schäumend, herb. Paffrath trinkt das Bier in einem Zug. Es steigt sofort zu Kopf, mischt sich mit dem Sekt, das Gewohnte mit dem Abschied, ein gemeiner brausender Cocktail, der ihm Tränen in die Augen treibt.

Als Märrie den *Falschen Hasen* serviert, beendet Paffrath das Schluchzen mit geübtem Befehl an sich selbst. Er erkennt sich in seinem Kleinmut nicht wieder und möchte doch, daß er sich nicht verliert, denn daß er ausschert, steht nicht in seinem Plan, obwohl er genau das möchte, alles Geschehene abzuwerfen und brav gewöhnlich unbelastet den Lebensabend zu verbringen, wie Millionen andere Leute, die ebenso allein und ebenso zwanghaft sich bemühen, nicht vor der Zeit abzustürzen.

Dem Braten schmeckt Heini Paffrath heute nach, als sei er eine exotische Speise. Dabei serviert ihm Märrie jeden Tag dieses Gericht, weil Paffrath es jeden Tag bestellt. Ohne Ausnahme, ohne Neugier auf neue Kochkreationen. Immer muß es *Falscher Hase* sein, von Kindheit an dieser simple semmeldurchmischte Hackbraten, in einer Kastenform gebacken, wie Kuchen in Scheiben geschnitten, mit brauner Soße überzogen, wie ihn Mutter bereitet, wie immer er es von Märrie forderte.

Paffrath ißt. Schließt dabei die Augen, zerdrückt das Fleisch am Gaumen, schlingt nicht, sondern löst im Mund die einzelnen Zutaten genußvoll auf, trennt Fleisch Zwiebeln Pfeffer Majoran Semmelbrösel, fügt alles wieder zu bekanntem Labsal zusammen, nickt, zerdrückt Kartoffeln in Soße, schiebt nach, schluckt.

Ja, es schmeckt anders heute. Paffrath glaubt: köstlicher, herzhafter. Die *Falsche-Hasen*-Mahlzeit signalisiert nicht wie sonst Feierabend. Größeres schmeckt Paffrath heraus, Endgültigeres. Gegen seine Gewohnheit bestellt er noch ein Bier.

»Ja, es ist alles in Ordnung«, sagt er zu Märrie und prostet ihr zu.

Wie festgenagelt sitzt er auf dem Stuhl, abgefüllt mit Leibgericht und Bier. Nachdem er gegessen und getrunken hat, möchte er wie immer gehen, aber das Aufstehen gelingt nicht. Der Abschied ist dem Kommissar in die Knochen gefahren. Die Sekunden, in denen Paffrath glaubt, nicht mehr aufstehen zu können, machen ihm Angst. Er fühlt sich plötzlich so allein, daß ihm der *Falsche Hase* aus dem Magen zu springen droht.

»Untersteh dich!« faucht Paffrath und reißt seinen Körper hoch. In Zivilhosen und mit der Geschenketüte steht er zum Abgang parat.

Es ist Abend geworden. Nur wenig ist in dieser Gegend auf den Straßen los. Hier gibt es nichts, was die Leute ins Freie treibt, kein Kino, keine Tanzbar, nicht mal mehr den Springbrunnen, an dem sich die Jugend einst versammelte. Wenn die Geschäfte schließen, wird Pankow müde. Nur die U-Bahn fährt bis kurz nach Mitternacht. Hier, an der Endstation, entläßt sie spät noch einzelne Fahrgäste, die eilig über den Garbaty-Platz durch die milchig beleuchteten Straßen laufen.

Die *Absatzbar* hat geschlossen. Heini Paffrath klopft an das Schaufenster der Schusterwerkstatt.

»Bier!« ruft er, verharrt ein paar Sekunden, schlägt mit der flachen Hand an die Scheibe und brüllt: »Bier, hab ich gesagt!«

Paffrath wühlt im Plastikbeutel, er fühlt etwas, dessen Form ihm vertraut vorkommt. Wie selbstverständlich schließt sich seine Hand darum. Als er das Ding aus dem Beutel hervorzieht, schießt ein triumphierender Strahl Stolz in Paffrath hoch. Er zielt auf die Schaufensterscheibe. Mit einer kleinen gelben Spielzeugpistole. Die in seiner Hand liegt wie zehn zwanzig dreißig Jahre lang die echte. Seine Makarow, später die Walther PP, Kaliber 7,65 mm.

»Bier!«

Paffrath nimmt den Beutel, schlurft die Straße unter der S-Bahn-Brücke entlang. Unter der Brücke stinkt es nach Bratfett und Urin. Die Wände beschmiert mit kryptischen Sprayerparolen. Werbeplakate gegen den Hunger der Welt. Reklame für ein Auto, in dem eine lachende Familie sitzt: Vater Mutter Kind Hund. Wer dieses Auto kauft, erwirbt das Glück. Paffrath hat nicht mal einen Hund. Er beschleunigt seine Schritte. Hinter dem Tunnel öffnet sich der Blick

Richtung Stadtmitte. Ein Stück muß Paffrath in diese Richtung gehen, schwankend stolpernd, er kennt den Weg, den er so viele Jahre fast täglich gegangen ist, zur Arbeit, zum Polizeirevier I, Abschnitt 27; jetzt heimwärts, nachts, den *Falschen Hasen* im Bier ertränkt, aber kein Auto, kein Hund, kein gar nix, außer dem zielsicheren Instinkt, der ihm sagt, daß er gleich zu Hause sein wird.

Vinetastraße. Der versunkene Ort. Das Mietshaus: Jugendstil, der sich seit hundert Jahren tapfer selbst bewahrt. Paffrath schließt die Haustür auf. Er riecht sofort, daß etwas anders ist, macht Licht, blickt um sich. Witternd schleicht er durch den Flur, dessen buntgekachelte Wände florale Muster zieren. Über den Wänden ist die Farbe abgeblättert. Nur wo eine neue Klingelleitung gelegt worden war, zeigt ein heller Gipsstreifen eine Spur Gegenwart. Die Bodenfliesen sind gesprungen, abgetreten, aber für Paffrath bedeuten sie das Beständige, dem er Zeit seines Lebens auf der Spur ist.

Das Haus nimmt Paffrath auch heute auf wie immer. Doch es riecht fremd. Klar, denkt der Heimgekehrte, ich komme ja auch nicht vom Nachtdienst. Direkt aus der Freiheit komme ich und muß nie wieder zum Dienst. Nie nie wieder. Da muß es ja anders riechen.

Die Quelle des veränderten Geruches bleibt unsichtbar. Zwei Stockwerke muß der Mann mit Geschenkebeutel ersteigen, dann steht er vor seiner Wohnungstür. Da ist es wieder – dieses kleine scharfe Glück, das ihn durchfährt, wenn er den Klingelknopf berührt, an dessen Schild *zwei* Namen stehen: PAFFRATH und BLOCK.

Er schließt die Tür auf. Niemand tritt ihm entgegen.

Alles ist wie immer. Sofort macht Paffrath überall Licht, beleuchtet sein Reich: Flur, Küche, Bad, zwei Zimmer.

»Hallo!« sagt er.

Er lauscht wie jedes mal nach dem Gruß, ob ihm jemand antwortet. Aber auch heute bleibt die Wohnung stumm. Er hängt seine Jacke an die Garderobe. Das zivile Stück bekommt einen Bügel wie gestern noch die Polizeiuniform, ordentlich, korrekt wie Heini Paffrath ist. Dann besieht er sich im Flurspiegel.

»Heini«, sagt Heini Paffrath.

Einem Kanarienvogel gleich neigt er vorm Spiegel den Kopf, links rechts links rechts. Er muß sich einreden, daß er noch bei Sinnen ist, ein normaler Mensch, kein Vogel, kein Idiot, kein Verbrecher, kein

»Garnichts!« schreit Paffrath.

Heini Paffrath zittert. Nüchternheit will sich in ihm breitmachen, etwas, zu dem er jetzt unter keinen Umständen bereit ist. Im Dienst mußte er immer nüchtern sein, das war oberstes Gebot. Paffrath strafft seinen Körper. Der Spiegel zeigt ihm das alberne Bild eines Zivilen, auf dessen Hemd sich Schweiß und Soßenflecken befinden.

Heini schwankt. Die Wohnung soll, beschließt Paffrath, mir endlich meinen Frieden geben. Er zieht die Schuhe aus, schmeißt sie in die Ecke. Nach kurzem Innehalten stürzt Paffrath auf die Schuhe, schlägt die Sohlen knallend gegeneinander und ruft:

»Du böser böser Heini!«

Gleich darauf verfällt er in ein würgendes Gelächter. Böser Heini! Böser Heini! Und er lacht, krampft, schüttelt sich, taumelt in die Küche. Dort greift er nach der Blumenvase auf dem Eßtisch, wirft die vertrockneten Fliederdolden heraus, kippt das Wasser auf den Boden und befiehlt:

»Pusten!«

Heini Paffrath pustet in die Blumenvase und beriecht seinen Atem.

»Null Komma fünf«, sagt er zufrieden, »das ist normal nach so einem Tag.«

Langsam kommt Paffrath wieder zu sich. Die Blumenvase stellt er zum Abwasch, die Schuhe ordentlich in den Flur. Heini Paffrath hat es ausgestanden. Jetzt muß er nur noch den Beutel leeren und den Inhalt in irgendeine Ordnung bringen. Es wird lauter dummes Zeug sein, ahnt er, am besten, ich schmeiß alles sofort in den Müll.

Das Wohnzimmer hat Paffrath eingerichtet wie ein Wartehäuschen: vor einer hölzernen Gartenbank ein dreibeiniger Sofatisch aus versunkenen Zeiten: Stücke des Glasmosaiks sind herausgefallen, die dünnen Beine locker, so daß der Tisch einen schwankenden Untersatz darstellt und nicht brauchbar ist, den Beutel voller Geschenke zu tragen. Des weiteren hat Paffrath das Zimmer mit einem schwarzweiß gemusterten Teppich, einem Fernsehregal und einer chinesischen Papierlampe ausgestattet.

Paffrath, nachdem er seinem Wohnzimmer den obligatorischen Besuch abgestattet hat, nimmt den Geschenkebeutel, geht über den Flur und betritt das Schlafzimmer. Sofort heftet er den Blick auf sein Bett: die geblümte, an Kindheit erinnernde Bettwäsche, das Kissen mit Mittelschlag, es ist alles in Ordnung. Paffrath hält den Blick auf das Bett so lange wie möglich. Erst nach Minuten wagt er, mit süßer Aufregung durchsetzt, den Blick langsam vom Bettzeug zur Wand zu lenken. Der Farbanstrich, zehn zwanzig dreißig Jahre alt, zeigt gilbes Ausharren in der Unveränderbarkeit. Wo Paffrath seinen Kopf anlehnt, ist die Wand speckig. Paffraths Blick verweilt kurz auf dem Fleck, um weiterzuwandern, über die Nachtspeicherheizung, das Fensterbrett, das Fenster hoch, die gerafften schweren Gardinen, der Blick gleitet herunter, schneller, auf das Linoleum des Fußbodens, das seit zehn zwanzig dreißig Jahren gebohnert wird und deshalb glänzt und wie neu aussieht und erinnerungsvoll duftet. Heinis Blick fällt auf jene Stelle unter dem Fenster, an der sich sein erstes Glücksgefühl entlädt:

Das rot lackfarben gestrichene Bänkchen mit Kakteen. Zwischen stachligen warzigen fingrigen oder langtriebigen Gewächsen, die teils still, teils in Blüte stehend, ein kleines Wüstenareal bilden, befinden sich Grabkerzen. Vor den Kerzen liegen, in einem Nierenschälchen aufgebahrt, eine Zahnbürste und eine halbausgedrückte Tube Zahnpaste.

Paffrath legt den Beutel ab, geht in die Knie, zündet die Kerzen an. Im Schein der flackernden Flammen ist ihm, als beginnen Seeigel, Warzenfinger, Bischofsmütze, Greisenkopf, Glieder-, Schlangen- Sternkaktus mit der Königin der Nacht zu tanzen.

»Maschula«, flüstert Paffrath, drückt einen Kuß auf den Boden vor dem Kakteenbänkchen, befiehlt den Pflanzen, weiterzutanzen, und wendet sich der zweiten Stelle zu, die ihn mehr noch als die erste in Entzücken versetzt:

An der Wand, gegenüber von Paffraths Bett, liegt ein Stapel Briefmarkenalben. Bedeckt mit schwarzem Samttuch. Auf dem Tuch, drapiert zwischen vertrockneten Rosen, eine Pinzette und drei Glühbirnen. Auch für diesen Altar zündet Paffrath eine Kerze an, steckt sie in einen

Christbaumkerzenhalter und befestigt denselben am Dekkel des oberen Briefmarkenalbums. Das Flämmchen spiegelt sich in den Glühbirnen. Sein Schein bricht sich mehrfach. Aus einem Flämmchen werden sechs, die im klaren Glas der Leuchtkörper flackernd tanzen.

»Meine Lieben«, flüstert Paffrath. Dann spricht er die Namen: »Eva« und »Bogumil« aus. Dann schweigt er.

Es ist spät. Die Zeit zerrt an Paffraths Durchhaltevermögen. Er ist ab heute außer Dienst, und alles ist anders.

»Nein!« sagt Paffrath laut und lauscht, ob ihm etwas Recht gibt. Das Licht der Opferkerzen verzaubert ihn. Was soll anders sein. Nur daß man irgendwann immer nüchtern wird, ist zum Kotzen, denkt Paffrath.

Endlich wendet er sich dem Beutel zu. Es fliegt alles in den Müll, sagt sich Paffrath noch einmal. Dann aber ist er doch neugierig und entnimmt dem Beutel, was ihm die Kollegen zum Dienstende zugedacht haben: drei Paar weiße Tennissocken, ein Feuerzeug in Form eines kleinen Feuerlöschers, Rasierwasser, ein Buch über Sukkulentenzucht und – Paffrath drückt sie dankbar an seine Brust – eine Flasche Doppelkorn.

Er trinkt. Schluck um Schluck. Trinkt, um mit Kakteen Briefmarken Glühbirnen zu tanzen, um sich noch einmal den Abschied zu geben. Nachdem er die halbe Flasche geleert, erhebt sich Paffrath, nimmt den restlichen Krempel aus dem Beutel, kippt ihn mitten ins Zimmer. Dann macht er zwei Schritte aufs Bett zu und fällt hinein.

Heini Paffrath stürzt in einen Schlaf, der ihn in dunkle Welten hinabzieht. Noch im Stürzen hofft er, gleich wieder erwachen zu dürfen, aber aus dem Boden der Träume, den Erinnerungen, die sich doppelkornscharf in ihm breit machen, steigen wie weißer Schaum die ersten Indizien, die ersten Gründe eines Verdachtes gegen ihn auf.

* * *

Am 21. Dezember 1941, elf Uhr nachts, während Bomben auf Berlin fielen, verbot der Feuerwehroberst Heinrich Theodor Paffrath sich und der werdenden Mutter jegliche Ängste.

Heinrich Theodor Paffrath. Der Vater. Das Bild, das sich aus Heinis Träumen löst: undeutlich, braunfleckig, jedoch in schneidender Gegenwärtigkeit. Heinrich Theodor, ein echter, ein starker Name. Kein kleingetaufter Kosename wie Heini, sondern eine Mannesbezeichnung mit Anklängen an Herrschaft und Gott, im Ganzen siebensilbig – was für ein ausdauernd stolzer Klang!

Heinrich Theodor Paffrath hatte sein Leben dem Feuer verschrieben. Besser: der Bekämpfung desselben, denn Feuer, so sehr es ihn faszinierte, erweckte in ihm frühzeitig den Wunsch, es gleichsam zu bändigen, zu ersticken, kurz: es zu beherrschen. Dabei war Heinrich Theodor eher still, in sich verschlossen und von hilfreicher Güte und pflegte er seinen Feuerbändigungstrieb im Geheimen. Schon als Kind bastelte er Löschbomben aus Einkochgläsern, die er mit Wasser füllte und auf raffinierte Weise mittels Zündschnur und Schießpulver zum Explodieren brachte. Im Konfirmandenalter konnte Heinrich Theodor vor seinen Schulfreunden mit einer Neuerfindung prahlen: Man legte in einem Holzschuppen Feuer, Heinrich Theodor zündete eine mit Salpeter Schwefel Kohle gefüllte Pappkapsel an und warf sie in die Flammen. Mit paffendem Knall zerriß es die Kapsel. Fetter grusiger Rauch füllte den Schuppen, erdrückte das Feuer.

Als Heinrich Theodor Paffrath beim Feuerlöschgerätehersteller Gattberg in Berlin-Tempelhof eine Ausbildung begann, war er dem Meister längst voraus. Er beherrschte bereits jegliche Theorie, stellte sich äußerst geschickt an im Montieren und Installieren von Löschanlagen, hatte Ideen für kühne Neuentwicklungen, aber wenn die Zeichnungen zu kompliziert wurden, verließen Heinrich Theodor die Kräfte. Er saß vor dem Reißbrett und sah nichts als wirre Linien. Von den fertigen Modellen, die man ihm, voll des Lobes für seinen Erfinder, vorführte, hielt er nicht mehr als von einem Spielzeug. Als ob Heinrich Theodor jemand auf der Höhe seiner Begabung eine Wand vor den Kopf baute, ihm die Gedanken abwürgte. Als ob eine stärkere, gleichsam idiotische Macht den jungen Mann fesselte, damit er die Schritte, die er tun sollte, nicht vollführen konnte.

Aber solche Anfälle von Bewußtseinstrübung legten sich, wenn man ihn nur in Ruhe ließ.

Noch mit zwanzig Jahren wohnte Heinrich Theodor bei seiner Mutter Lore auf der Eisenzahnstraße in Berlin-Wilmersdorf.

Vater war im September 1918 in Cannières gefallen. Der Apotheker Heinrich Johannes Emil Paffrath. Erfinder der Sechserlei-Tropfen, Heilkundler. Selbst aus dem Schützengraben von St. Quentin schickte er getrocknete gepreßte Wurzeln und Kräuter nach Hause und schrieb dazu, wie man dieselben als Herz- und Schmerzmittel einsetze. *Nun lebt wohl, Gute Nacht, meine Lieben!* – Ein ganzes Fläschchen Sechserleitropfen trank Lore Paffrath nach der Todesnachricht: auf zehn Gramm Äther gelöste Baldrian-, Minze,- Kümmel-, Kalmus-, Kamille- und Benediktenkrauttinktur, was sie aus dem Bewußtsein schlug und Tage später ein Feld für Zorn und Haß in ihr bestellte.

Mutter führte den Haushalt, regelte auf stille, nachgiebige Art den Alltag ihres Jungen. Auf den Küchenfenstersimsen hatte sie aus Blumentöpfen und Pflanzschalen ein Gärtchen erstellt: zwischen Salbei Thymian Lavendel wuchsen Stiefmütterchen Petunien Begonien. In anderen Töpfen sproß Kresse Dill Petersilie. Täglich lockerte Lore mit einer Gabel die Erde, grub zerstoßene Eierschalen als Dünger unter, beschnitt Blumen, erntete Gewürze, zerkleinerte mit einem Wiegemesser alle eßbaren Pflanzen, gab sie unters Rührei oder trocknete oder legte sie in Salz und Öl ein. Für schlimme Zeiten. Für Zeiten, in denen die Sechserleitropfen zur Neige gehen sollten. Durch ihr Gärtchen hindurch spürte Mutter Lore, was im Land aufzog.

»Es wird wieder Krieg geben«, sagte sie zu Heinrich Theodor und wiederholte zu jeder Tageszeit, was sie befürchtete, endlose angstgetriebene Klagen. Dabei zupfte sie Salbei, rebelte Thymian, schnitt Lavendel ab gegen die Motten.

»Du hörst das Gras wachsen«, sagte der Sohn.

Täglich ging er zur Arbeit, im normalsten Schritt der Zeit, mütterliche Butterbrote in der Tasche. Nachmittags kam er nach Hause, aß, schlief und tröstete Mutter: Nichts sei im Gange, und wenn, ihn interessiere das nicht.

Es beruhigte Lore, daß der Sohn so sprach.

Heinrich Theodors letzte Entwicklung bei der Firma Gattberg war ein Schaumfeuerlöscher, der mit hydrolisierten

Eiweißprodukten, die auf der Basis von Tierhufen und Haaren beruhten, in der Lage war, sowohl kleinere Raumflutungen zu erzeugen, als auch großflächige Mineralölbrände zu löschen. Der Feuerlöscher wurde auf den Namen VENUS getauft. Das Patent aber erwarb bald die berühmte Firma Minimax. Für Heinrich Theodor Paffrath war die Karriere als Feuergerätehersteller damit beeendet. Vom Tag seiner mit Bravour bestandenen Prüfung an wußte er, daß er auf dem Gebiet der Forschung nicht weitergehen wollte, obwohl ihm der Meister ein Chemiestudium empfohlen hatte. Bei der Vorstellung, zur Universität zu gehen, fühlte er sich wieder in schweren Schaum gehüllt. Sein Tatendrang erlahmte auf der Stelle. Heinrich Theodor Paffrath wollte niemals ganz nach vorn.

»Ich gehe zur Feuerwehr«, beschloß er eines Tages.

Für diesen Entschluß umarmte ihn Mutter. Sie wußte: Eine Anstellung bei der Berliner Feuerwehr bedeutete in den meisten Fällen, daß man nicht einberufen wurde. Feuerwehrmänner wurden in der Heimat gebraucht. Oft saßen Mutter und Sohn gemeinsam am Küchentisch und beratschlagten sich über die Zukunft. Am Tag seiner Anstellung bei der Feuerwehr wußte der Sohn zu sagen, er bleibe, wie das in diesem Beruf seit Jahrhunderten sei, unpolitisch. Die Feuerwehr verstehe sich als unpolitische Institution, einzig und allein dem Wohl der Bevölkerung verpflichtet. Mutter und Sohn stießen mit Sekt an: ein Prost auf die Zukunft! und darauf, daß es in haßflackernder Zeit eine Möglichkeit gibt, Mensch zu bleiben. In den ersten Tagen, an denen sich Heinrich Theodor bei der Feuerwehr bewährte, mußte Lore manchmal vor Rührung und Zuversicht weinen.

Das erste Bild des Vaters, dem Heini Paffrath in rauschhaftem Schlaf wieder begegnet, stand viele Jahre lang auf der Wohnzimmerkommode des Elternhauses: Feuerwehrmänner in Mänteln und Stahlhauben posieren mit stolzem Blick in die Kamera zwischen Wasserpfützen und ausgerollten Schläuchen. Im Hintergrund, von Rauch getrübt: Säulen, Fenster, eine Balkonbrüstung. Der dritte Feuerwehrmann von links war mit einem Kreuz über dem Kopf gekennzeichnet. »Das ist dein Vater«, hatte Heinrich Theodor später zu Heini gesagt, wieder, immer wieder »Das ist dein Vater.« Wenn Heini das Bild zu vergessen drohte, nahm es Vater von der Kommode und drängte ihn, die Frage zu beantworten: »Na, wer ist das?« – »Das bist du«– »Ja, das ist dein Vater!« Unter dem Foto stand in Tintenstiftblau: *Nach den Löscharbeiten im Reichstag. Berlin, den 27. Februar 1933.*

Kurze Zeit nach jenem großen Brand, da Heinrich Theodor erstmals in vollem Umfang Rauch Hitze Löschwasser ausgesetzt gewesen war, ahnte er, daß es in seinem Beruf doch um mehr als um Pflichterfüllung ging. Am Tag nach dem Brand lobte Adolf Hitler in einem Schreiben den »raschen Einsatz der Berliner Feuerwehr, die umsichtige Leitung und die aufopfernde Tätigkeit der einzelnen Wehrmänner«. Ja, er lobte sogar Heinrich Theodor Paffrath persönlich, und dieser konnte es sich beim nächsten heimischen Küchentischgespräch nicht verkneifen, seine freudige Erregung über dieses Lob auszudrücken. Er sprach plötzlich, wie er es noch nie getan hatte: von höherer Kameradschaft, von bedingungslosem Einsatz, von Vaterland und Ehre. Lore erstarrte. Während sie Eier und Kräuter in der Pfanne rührte, drehte sie das Gas höher, die Flammen schlugen über den Pfannenrand hinaus, setzten Bratfett und Eier in Brand, es stank, schwelte ...

»Feuer!« rief Mutter, aber der Sohn blieb auf seinem Stuhl hocken. »Dreh einfach das Gas ab«, sagte er und verließ die Küche.

Tagelang war Heinrich Theodor Paffrath beleidigt, weil ihm Mutter in seinen neuen Gefühlen nicht folgen wollte. Auch Mutter zeigte sich gekränkt, schimpfte den Sohn feige fahrlässig eitel und weigerte sich, ihm weiterhin Brote zu schmieren. Die Nationalsozialisten nannte sie Knallköppe, beförderte in ihren Schimpfreden den Reichskanzler zum Oberknallkopp und hoffte darauf, der Sohn möge sich auf seine alten Vorstellungen vom Leben besinnen.

Wenn Mutter so außer sich geriet, spürte Heinrich Theodor manchmal, wie sich etwas in ihm zusammenzog. Der alte Widerstandsgeist, der ihn bisher von höherer Laufbahn und wirklichem Ruhm abgehalten hat, regte sich, machte ihn beinahe handlungsunfähig. Dann mußte er schnell die mütterliche Wohnung verlassen und auf die Straße gehen, besser noch: sich rund um die Uhr zum Dienst einteilen lassen, denn zwischen Schlauchwagen Motorspritzen Drehleitern, zwischen seinen Kameraden und dem hinreißenden Gefühl, einen Brand unter Kontrolle zu haben, verließ ihn dieser Geist. Da spürte er wieder, daß er doch mehr wollte, als seine Pflicht erfüllen.

Im März 1933 wurden in Paffraths Feuerwache mehrere Beamte entlassen. Wegen politischer Mißliebigkeit. Heinrich Theodor ertappte sich bei einer sonderbaren Freude, die ihn überkam. Ein Gefühl des Triumphes beschlich ihn, wenn er sah, wie die Kameraden verschwanden und er blieb. Er war sich sicher, daß er sich richtig verhielt, und diese Sicherheit wollte er behalten.

Heinrich Theodor trat in die Partei der Nationalsozialisten ein. Mutter bekam davon nichts mit. Wenn Heinrich zum Dienst ging, steckte er im Hausflur das Abzeichen an den Revers. Kam er vom Dienst zurück, säuberte er den Revers und legte das Abzeichen unter eine lose Bodenfliese an der Kellertür. Anläßlich seines Parteieintritts erhielt er von Oberbranddirektor Graatz eine Schachtel Zigarren mit dem Wunsch, es möge ihm in der Gemeinschaft der Partei allzeit warm ums Herze werden.

Daß Heinrich Theodor zu rauchen begann, verdroß Mutter. Als hätte er nicht Qualm genug um sich herum. Immer unverständlicher wurde ihr der Sohn, obwohl er sich in letzter Zeit ihr gegenüber sehr lieb und zugänglich verhalten hatte. Ihre Ausfälle gegen den Krieg, die immer tollkühner wurden, streichelte Heinrich Theodor mit sanften Sohnesgesten hinweg: Sie solle ruhig bleiben, sonst würde ihnen beiden Schreckliches passieren. Und sie solle keine Furcht haben, er sei und bleibe nur Feuerwehrmann, sonst nichts. Sonst nichts. Es kostete Lore Mühe, dem Sohn zu glauben.

Er rauchte Zigarren, nahm an den Zusammenkünften der Partei teil, aber er redete kaum mit, hörte kaum zu. Er ließ sich nur umwolken vom Rauch der Redner, und wenn manchmal nachts die Angst zu ihm unter die Bettdecke kroch, fühlte er sich verlassen. Dann sah er im Traum Feuerlöschschläuche auf sich zurollen. Brandmeister Strutzick hatte sie von der Haspel gelassen, ein freches Meckern drang ihm dabei aus dem Hals, und Heinrich Theodor erkannte an Strutzicks Revers ein glühendes Abzeichen, das immer größer wurde, ein Stern, eine Sonne, die ihn verbrennen wollte oder auslöschen, aus der wie Schlangen immer neue Schläuche drangen … Paffrath wollte wegrennen, aber seine Füße versanken im Schaum, er kam nicht von der Stelle, und das Weiß des Schaumes färbte sich braun, dann rot, dann schwarz, dann sah sich der Träumer aus der Asche steigen …

Eine Woche später verfaßte Heinrich Theodor ein Schreiben an die Partei. Darin stand, daß er beweisen könne, daß Brandmeister Otto Strutzick ein radikaler Marxist sei, der sich außerhalb aller Kameradschaft gestellt, indem er auf seiner eigenen Geburtstagsfeier mit einer Flöte Choräle gespielt habe. Das genügte. Strutzick wurde entlassen. Heinrich Theodor Paffrath zum Brandmeister berufen. Es dauerte nicht lange, da offerierte er Mutter, daß er ab jetzt ohne sie leben werde.

Am Tag seines Umzuges von der Eisenzahnstraße auf die eine Querstraße weiter gelegene Brandenburgische löschte er Mutters Enttäuschung mit stoppelbärtigen Küssen. Was er ihr zum Abschied sagte, verstand sie nicht. Nur so viel, daß er sein Versprechen halten wolle. Nie würde er an die Front gehen.

Von diesem Tag an mußte Brandmeister Heinrich Theodor Paffrath nie wieder seinen Revers säubern. Ein Zimmer mit Küche bewohnte er. Ganz allein. So allein, daß er, wenn er vom Dienst kam und seine Montur abgelegt hatte, die Stille im Zimmer hörte. Obwohl die Straße draußen laut war. So allein war er, daß er manchmal versucht war, zu Mutter zurückzukehren. Aber der Stolz, der sich täglich mehr in ihm ausbreitete, verbot ihm das.

Im Mai 1934 lernte Brandmeister Paffrath die neunzehnjährige Martha Wüstefeld kennen. In weißer Arbeitsschürze stand sie in der Kleiderkammer der Berliner Feuerwehr, hinter einem großen Tisch, und maß den Wehrmännern neue Uniformen an. Sie ähnelten im Schnitt der Wehrmachtsuniform. Auch Heinrich Theodor bekam von Martha eine Uniform über den Tisch geschoben. Er zog sie sogleich über, drehte sich in neuem Ausputz vor dem Spiegel, straffte den Körper, riß den Kopf hoch, probte mit ruckenden Bewegungen seine Bewegungsfreiheit, tänzelte pfauenhaft, bis die Ankleiderin ungeduldig wurde und sagte:

»Nun noch den Helm und dann marsch an die Arbeit!«

Paffrath erschrak. Wie eine Ohrfeige war ihm Marthas Befehl vorgekommen. *Marsch an die Arbeit!* Andererseits sah er nun das Gesicht des Mädchens, welches die Augen niederschlug, ein paar Sekunden in Scham verharrte, dann sogleich wieder zum Brandmeister aufblickte, stolz, beinahe dreist, und ihm den Helm reichte. Den Stahlhelm mit einem Kamm aus Metall. Paffrath setzte ihn auf den Kopf und betrachtete sich gottweißwielang im Spiegel.

»Er steht Ihnen«, sagte Martha.

Still blieb es in der Kleiderkammer. So still, daß man den knisternden Flügelschlag der Motten vernehmen konnte.

Als Heinrich Theodor abends seine Wohnung betrat, riß er die neue Uniform von sich und knallte den Helm in die Ecke. Er hätte sich vor Wut zerfleischen können, denn nichts, kein Wort hat er aus sich herausbringen können, das diesem Kleidermädchen zu verstehen gegeben hätte: dich oder keine. Denn das war dem Brandmeister aufgegangen: Er hatte sich verliebt. Aber wie feige war er geworden.

Das Frühjahr verging. Die Feuerwehr wurde inzwischen

als »Polizeiexekutive besonderer Art« bezeichnet und kümmerte sich verstärkt um den Luftschutz. Es waren Monate, in denen sich Heinrich Theodor ganz und gar in der Arbeit fand. Überkam ihn in freien Stunden die Sehnsucht, getarnt als Erinnerung an das Kleiderkammermädchen, fand er sich freiwillig zum Dienst ein. Er brauche keinen Feierabend, erklärte er den Kameraden, das Vaterland sei der Hort, in dem er sich wohlfühle. Paffraths besonderer Einsatzwillen, seine Unermüdlichkeit, nicht zuletzt seine Unerschrockenheit in den aussichtslosesten Brandkatastrophen, brachten ihm die Anerkennung des Polizeipräsidenten ein.

Eines Tages, an dem er vom Leiter seiner Einsatzstelle regelrecht zur Freizeit verpflichtet wurde, stattete Heinrich Theodor einen Besuch bei Mutter auf der Eisenzahnstraße ab. Nur nicht allein sein. Nur nicht daran denken, daß ihm jemand begegnet war, der ihn derart hilflos machte. Derart abhängig von sich, daß er die Erinnerung am liebsten aus sich herausgespült hätte. Aber unablässig dachte Heinrich Theodor an Martha Wüstefeld. Die oder keine. Vielleicht würde Mutter ihm helfen. Er klingelte, die Tür wurde geöffnet. Mutter erstarrte vor der neuen Uniform, sah das Abzeichen am Revers, suchte die Augen ihres Jungen, fand keinen Blick, spürte Entsetzen Zorn Mitleid, Gefühle, die sie von sich reißen wollte, aber sie riß die Tür noch weiter auf und schlang ihre Arme um Heinrich Theodor.

Brandmeister Paffrath bekam Spiegeleier mit Speck und feingehacktem Schnittlauch aufgetischt. Man schwieg beim Essen. Man schwieg auch die folgenden zwei Stunden lang, schaute aus dem Fenster, auf dessen Sims Lavendel blühte.

Ab und zu atmete Mutter tief ein, als wolle sie zu einem Gespräch ansetzen, aber dann ließ sie den Atem ungenutzt aus sich herausströmen und begann in der Küche zu räumen. Paffrath begann zu rauchen. Beim Abschied versprach der Sohn, was er schon einmal versprochen hatte:

»Ich gehe nicht an die Front.«

Tage später durcheilte er die Straßen von Berlin-Charlottenburg. Sein Regiment hatte den Auftrag, in einigen Straßenzügen Keller und Dachböden zu entrümpeln und Räume zu ermitteln, die als Luftschutzbunker geeignet sind. Brandmeister Paffrath übernahm die Einsatzleitung. Bis zum späten Nachmittag dauerte die Aktion. Als sie beendet war und die Feuerwehrmänner nach Hause gegangen waren, begann für Heinrich Theodor wie immer die Zeit der Angst. Sofort waren die Erinnerungen an das Mädchen da. Schweiß brach ihm aus. Mit wehrmännischer Disziplin versuchte er sie zu bekämpfen. Er nahm den Helm ab und fuhr sich übers Haar, das, wie er fand, nach verbranntem Spiegelei roch. Er wollte nicht allein sein. Konnte nicht. Fürchtete schon den Heimweg. Schlug ihn trotzdem ein, bog früher ab, streifte ziellos durch fremde Straßen, bis er vor einem Haus in der Bleibtreustraße halt machte. Es roch verdächtig.

Faulgas entströmte dem Gebäude. Der Brandmeister öffnete entschlossen die Tür, betrat den stuckverzierten Flur, den roten Kokosteppich, begab sich Richtung Keller, wo der Geruch herkam. Die Treppe nach oben trat jemand in grauer Schürze, den er sofort mit geübtem Katastrophenblick erfaßte: Die Gestalt trug etwas in der Hand. Schwer mußte es sein, denn es zog ihren Körper nach vorn. Ihr mußte geholfen werden! Heinrich Theodor lief genau in die Arme von Martha Wüstefeld. Die Kiste fiel zu Boden. Hunderte fauler verkeimter Kartoffeln rollten die Kellertreppen herunter.

Die oder keine. Paffrath griff zu, bevor es abermals zu spät war. Er faßte das Mädchen an beiden Armen, hielt, blickte sie an, sah das Flackern in ihren Augen, Irrlicht oder Leuchtfeuer, das ihm den Weg wies. Er drückte, hob sie hoch und drehte sie einmal im Kreis herum.

»Na, Sie jehn aber ran«, sagte Martha, und Paffrath erwiderte:

»Wenn ich gerufen werd, bin ich da.«

Am Abend hatten Martha und Heinrich Theodor die alten Kartoffeln entsorgt, den Keller entrümpelt und, weil sie in seltsam aufgekratzter Stimmung waren, sich hinter die leeren Gemüsehorten gekauert. Probeweise. Ganz allein. Im Dunkeln. Sie lauschten in die Finsternis, ausgefüllt von ihrem plötzlichen Glück. Das erste mal im Leben verschickte er ein Gebet. Der Keller blieb still. Sie verabredeten sich für Sonntag.

Von diesem Tag an bestand Brandmeister Paffrath auf Freizeit, und Martha bekam das Recht, über dieselbe zu bestimmen.

»Ich will tun, was Ihnen Spaß macht«, hatte Paffrath gesagt.

Aber so einfach war das nicht. Tun mochte er nicht, was sie tat: auf Rollschuhen fahren. Heinrich Theodor blieb am Rande der Rollschuhbahn am Kurfürstendamm stehen, obgleich genügend Männer dort linksschwung rechtsschwung, auch in Hüten und Uniformen fuhren, ihre Frauen eingehakt, in weiten, ausfallenden Bögen Bahn und Zeit ausmessend. Nur Martha flog allein leicht dahin, in hellblauem

Rock, flog drehte kreiselte vor Paffraths verliebten Blikken, tat, was ihr Spaß machte, lockte ihn: Kommen, trauen Sie sich!, aber der Brandmeister hatte sich schon genügend vor Martha gedreht, in neuer Uniform, wie es Pflicht war, und Pflicht, sagte sich Paffrath, ist etwas anderes als Vergnügen, und so fuhr Martha in kindlichem Schwung allein in die Zeit des beginnenden Glücks.

Am Sonntag nach dem Rollschuhbahnausflug besuchte man gemeinsam das Restaurant im Funkturm. Sommer war, straßen- und herzerweichender August. Sie saßen am weißgedeckten Tisch. Die hölzerne Täfelung des Restaurants knisterte in der Hitze. Paffrath im Uniformhemd der Feuerlöschpolizei, Martha in ginstergelbem Kleid. Das leuchtete zu Paffrath herüber, signalisierte höchste Bereitschaft, glühte, verfärbte sich unter seinen Augen, da begann er auch schon von sich zu erzählen. Was er nie zuvor getan hatte. Heinrich Theodor redete von seinem Leben, von der Zeit an, da er als Junge mit dem Feuerlöschen begonnen hatte. Von selbstgebauten Löschbomben erzählte er, von Bränden und lodernden Abenteuern. Martha hörte ihm fröhlich ergeben zu. Als sie gar zu herzlich lachen mußte, löste sich der strenge Knoten und ihr Haar fiel über ihre Schultern.

Es war der Schaumfeuerlöscher VENUS, der, einst von Heinrich Theodor Paffrath entwickelt, nun das Gespräch bestimmte. Übervoll von Glück spulte Paffrath herunter, was ihm gerade einfiel, um nur nicht, unter keinen Umständen, dem Mädchen eine Chance zu geben, das Restaurant und damit ihn zu verlassen. Nicht einmal einen Toilettengang wollte er ihr gestatten. Also mußte Heinrich Theodor reden reden reden: von Tierhaaren und geraspelten Eselshufen, aus denen Eiweiß für den Schaum gewonnen würde, von Phosphaten und Sulfaten, von trockenem Leicht- und nassem Schwerschaum, von Hebeln Steigrohren Spritzdüsen –

bis die Kellnerin endlich dem Referat ein Ende setzte, indem sie Kaffee Eis Schlagsahne servierte. Aber es waren nur ein paar Sekunden, in denen Heinrich Theodor mit Reden innehielt. Feurig gelaunt, schlürfte er den Kaffee, schob Eis nach, um gleich darauf Martha die Wirkung seines geliebten Kindes VENUS bis in die letzte Einzelheit zu beschreiben. Er holte mit großen Gesten aus, beschrieb einen imaginären Feuerkreis, zischte, pustete, entfachte das Feuer, indem er mit vollen Wangen Wind zauberte, da fuhr er mit seinem Löffel in die Schlagsahne, hob, schäumte sie auf, ließ Flocken steigen tanzen wirbeln –

Am Ende der Veranstaltung war Marthas Gesicht süß weißgetupft. Brandmeister Heinrich Theodor Paffrath, dessen Name nach Herrschaft und Gott klang, beugte sich über den Tisch. Er küßte Martha eine Schaumflocke vom Kinn.

Am 19. August brannte das Restaurant im Funkturm. Heinrich Theodor war bei den Löscharbeiten dabeigewesen. Acht Leute hatte er in einer wagemutigen Aktion eigenhändig über die Stahlkonstruktion des Turmes gehievt und somit gerettet. Diese Tat brachte ihm persönlichen Dank von Propagandaminister Goebbels ein. Einen Monat später heirateten der Brandmeister und das Mädchen Martha.

Heinrich Theodors Angst vorm Alleinsein war vorbei. Als hätte es sie nie gegeben, so schnell war diese Angst verflogen. Noch in der Hochzeitsnacht lag Paffrath regungslos neben seiner frischgetrauten Gattin. Als hätte er ein Exerzitium im Liegen anzutreten, straffte er den Leib, faßte das Nachthemd, zog es glatt nach unten, legte beide Hände an die Oberschenkel und wartete, daß sich das eroberte Glück nach Recht und Gesetz fortsetzte. Aber es wollte nicht gelingen. Martha Paffrath, geborene Wüstefeld, lag ebenfalls auf dem Rücken, das Nachthemd fest um ihren Leib gewickelt. Sie hoffte darauf, daß der Gatte etwas mit ihr anstelle, von dem sie zwar nicht recht wußte, was und wie, das sie aber erahnte, sich als ein süßes Klopfen in ihr bemerkbar machte. Als Paffrath schließlich eingeschlafen war, drehte Martha enttäuscht den Kopf zur Seite. Ein Spruch, den ihr Mutter als junges Mädel zugesteckt hatte, ging ihr nicht aus dem Sinn: ›Wennde'n Beamten willst, mußte in Hoffnung kommen.‹

Marthas Hoffnung währte lang. Der pflichtbewußte Brandmeister tat sein bestes. Aber immer, wenn er kurz vor der Erfüllung stand, baute sich jene bekannte Wand vor ihm auf, die ihn zum Einhalten zwang. Jene idiotische Macht, die ihn von seinem wirklichen Ziel wegsteuerte in eine trübe tatferne Stimmung. Dabei war er doch wer. Brandmeister. Mehrfach ausgezeichnet. Belobigt von ganz oben. Mitglied der Sturmabteilung, der Kampfgruppe der Partei.

Das Paar zog aus der kleinen Wohnung auf der Brandenburgischen Straße in eine größere auf den Siegmundshof. Drei Zimmer, Parkett, große halbrunde Fenster, von denen man auf das Grün des Parkes sah. Stand der Wind günstig, konnte man das Heulen und Bellen der Zootiere hören. Und die Stadtbahn, die vorüberfuhr. Und das Leben, das für Heinrich Theodor und Martha gerade erst begonnen hat.

An manchen Tagen, da Martha ihren Dienst in der Kleiderkammer tat und Polizisten Soldaten Wehrmänner vor ihr posierten, sah sie sich in Gedanken den ein oder anderen Mann aus, um ihn in ihre Träume mitzunehmen. Aber nicht weiter als bis dahin. Sie lebte an Paffraths Seite. War einverstanden. Fleißig. Liebte ihn. Hoffte.

Jahr um Jahr.

Am Vorabend des 9. November 1938 erhielt Paffraths Feuerwache die geheime Nachricht, daß am nächsten Tag Synagogen brennen würden. Man solle am Brandort erscheinen, aber nicht eingreifen. In dieser Nacht saß Paffrath aufrecht im Bett. Die Nachricht, der absurde Befehl hielten ihn wach.

»Schlaf«, befahl er seiner Frau, die neben ihm lag.

Aber Martha spürte, daß etwas im Gange war.

»Du zitterst ja«, sagte sie.

»Saukälte, verdammte«, brummte er und hob das schwere Federbett, baute mit angewinkelten Beinen eine Höhle, fordete Martha auf, sich dahinein zu begeben – schon war die Ritze zwischen den Matratzen überwunden. Martha schob sich in Paffraths Höhle. Gegen ihre Erwartung war es dort warm. Der Federbau schloß sich um sie, erwärmte Haut Fleisch Knochen. Mit letzter Kraft riß Paffrath die Wand, die abermals vor ihm wachsen wollte, ein. In den Sekunden, in denen er seiner Frau zum ersten mal wirklich nahe kam, vergaß er, was man von ihm anderentags erwartete.

Vor dem Rasierspiegel wiederholte er den geheim zu haltenden Befehl.

Erscheinen, aber nicht eingreifen.

Paffraths Einsatzort war die Synagoge in der Fasanenstraße. Es brannte bereits das Dach sowie ein Teil des Seitenflügels, als die Feuerwehr mit nur drei Löschzügen eintraf. Langsamer als üblich wurden die Leitern ausgefahren, die Kraftspritzen hervorgezogen, fast gemächlich die Gerätekästen geöffnet und die Zumischanlage für Luftschaum angeschlossen. Viel zu eifrig für den geltenden Befehl trug Paffrath vom Fahrzeugheck die Haspel, entrollte den Schlauch. Aufkommender Wind drückte den Rauch nach unten. Ein Menschenauflauf hatte sich auf der Straße gebildet. Schneller! dachte Heinrich Theodor, es geht alles viel zu langsam, und weiter dachte er: So eine verdammte Scheiße, es brennt wunderbar! noch nie habe ich ein so großartiges Feuer gesehen, höher! es muß höher brennen und heller, heller!, aber es geht alles viel zu langsam, zu wenig Wasser für so ein Feuer, wo bleibt das Wasser, *warum spritzen Sie nicht*? hörte er den Hauptmann rufen, der zwischen seinen Leuten hin- und herrannte, die mit leeren Schläuchen dastanden. SA-Männer hatten den Feuerwehrmännern die Schläuche durchschnitten. Da ließ Heinrich Theodor Paffrath seine Spritze fallen, packte einen der Männer am Kragen, drückte ihn an die Wand, hinter der Flammen fauchten, und zischte ihm ins Ohr:

»Laß die Finger von unsren Schläuchen. Die sind uns heilig!«

»Hab ich dir was getan, Jude?«

Der SA-Mann schob Paffrath von sich, grinste, steckte das Messer ein und gab seinen Männern den Befehl, von der Brandstelle zurückzutreten.

Als das Feuer gelöscht, die Synagoge bis auf die Mauern abgebrannt war, fiel Heinrich Theodor Paffrath um. Das

Wort *Jude* hatte ihn im Nachhinein zu Boden geschlagen. Im Moment, als er es hörte, wußte er nicht, was es bedeutete. Er, Paffrath, selbst Mitglied der SA, handelte gegen den Befehl, aus Lust und Pflicht. Er versuchte zu löschen, wie es sein Beruf war, und erst als es kein Feuer mehr zu bekämpfen gab, holte ihn der Schrecken und versetzte ihn in eine Ohnmacht.

Heinrich Theodor erwachte, als er etwas Kühles seine Kehle herabrinnen spürte. Sah sich auf der Bank eines Brauereilokals sitzen, umgeben von den Kameraden, von SA-Leuten, die Bier um Bier orderten, für Paffrath, für alle. Der Kerl, der Paffrath Jude genannt hatte, saß als Spendiermeister dabei, lachte, winkte ihm zu. Angestoßen wurde, und Schaum stieg hoch, *mit Dank mit Dank mit Dank fürs Vaterland!* sang man, der SA-Mann hakte den Ohnmachtgefährdeten unter und schaukelte ihn aus der Angst.

Als Paffrath am frühen Morgen wieder neben Martha lag, heimgekehrt, als hätte er einen Ausflug in die Hölle unternommen, und voller Furcht, sein Herz sei aus dem Takt geraten, ließ er sich von seiner Frau den Puls messen.

»Jeht wie'n Uhrwerk«, sagte sie.

Martha fühlte Heinrich Theodors Stirn, fand sie normal temperiert und wagte nachzuforschen, was passiert sei.

»Nichts«, sagte Heinrich Theodor, »mir passiert einfach nichts.«

Zu Kriegsbeginn wurde Heinrich Theodor Paffrath zum Fachführer der Feuerschutzpolizei ernannt. Er hatte die Leitung eines Führungsstabes zu übernehmen und bei Luftangriffen den Einsatz der Löscheinheiten zu organisieren. Des weiteren sorgte er in den Häusern seiner Wohnstraße für den Selbstschutz, versah den Luftschutzwart mit Kübelspritzen Wassereimern Schaumlöschapparaten, verschaffte seiner selbstgezeugten VENUS vielerorts Platz und wuchs so, nicht zuletzt in den Augen seiner Gattin, zu einem angesehenen, wenn auch wegen seiner Unerbittlichkeit gefürchteten Mann.

In dieser Zeit betete Lore Paffrath für ihren Sohn, daß sein Schicksal ihm unverändert treu sein möge und er auch jetzt nicht in den Krieg eingezogen würde.

In dieser Zeit betete Martha Paffrath, es möge nicht ihre Schuld sein, daß der Brandmeister es nicht fertig bringt, sie in Hoffnung zu versetzen.

In dieser Zeit wurde die Arbeitszeit der Feuerschutzpolizei erhöht, die Mannschaften fast durchgängig auf die Wachen befohlen. Bei Fliegeralarm meldeten sich die Dienstfreien ganz selbstverständlich auf der nächstgelegenen Wache.

In dieser Zeit fühlte sich Paffrath stark. Als hätte er die Fäden des Lebens und des Sterbens in der Hand, so sicher bewegte er sich, so fehlerlos regelte er die Einsätze. Auch nach achtundvierzig Stunden Dienst vermochte er Martha in seine Federbetthöhle zu locken und ihr Vergnügen zu bereiten. Nichts hielt Heinrich Theodor Paffrath davon ab, Dienst und Ehe furchtlos dienstbefliessen zu erfüllen. Er war sich seines Schicksals derart sicher, daß er selbst bei Luftangriffen, wenn er dienstfrei hatte, in der Wohnung blieb, nicht, wie es Vorschrift war und er es den anderen Hausbewohnern einbleute, in den Keller ging, sondern mitten im Wohnzimmer auf einem Stuhl verharrte und dem Pfeifen Dröhnen Krachen lauschte. Das Glück, daß sein Haus verschont blieb, bestätigte sich jedesmal wieder.

Martha folgte den Anweisungen ihres Gatten. Auch sie begab sich nicht in den Keller, sondern blieb bei ihm, wenngleich taub und fühllos vor Angst. Nachdem einige Zeit vergangen war und der Krieg in Berlin Wunden geschlagen hatte, vertraute Martha ihrem Mann furchtlos. Er war ja bei der Feuerwehr. Er war ja ihr Mann.

Er hielt sie ja am Leben.

Rollschuhfahren. Martha Paffrath träumte die Gewißheit, daß nichts ihr geschehen würde, nie und nimmer, denn Heinrich Theodor war ihr Gott, Beherrscher jeglicher Brände, Sehnsüchte, diese Gewißheit wollte sich Raum schaffen, Rollschuhfahren, Kindervergnügen, Martha schwang sich auf ihre zwei mal vier Räder, die Rollschuhbahn am Kurfürstendamm, linksschwung rechtsschwung links rechts, drehen, wenden, Schleife, der Rock, das Haar flog wie damals zur ersten Glücksstunde, Martha, die verwegene Rollschuhläuferin, in der Reichshauptstadt, der Trümmerstadt, das eiserne Rattern der Räder, Ruinen, Holzplanken, Leichen, aber mit Lust Hoffnung Mut rollte Martha Paffrath, auch wenn die Bahn gesperrt war, sie gar nicht mehr existierte, wenn keiner mit ihr das Vergnügen teilen wollte, weil es überall brannte, Paffrath nicht überall sein konnte, weil Martha sich auserwählt dünkte, unverwundbar in ihrem Tun, der Ehe, dem Leben, dem sie sich verschrieben hatte, Rollschuhfahren, jenseits des Tods.

Im März 1940 lernte sie Heinrich Theodor Paffrath zum zweiten mal kennen. Als ob eine verrückte Macht wiederholte, was sich schon einmal ereignet hatte: Vor Martha in der Kleiderkammer stand Brandmeister Paffrath in neuer Uniform. Diesmal in einer grünen, wie sie die Polizei trug. Die Angehörigen der Feuerschutzpolizei mußten sie nun tragen, die grüne Tracht, die sich lediglich durch schwarze Stulpen und rote Paspeln unterschied. Paffrath stand, wie vor sechs Jahren, als Martha ihm das erste mal mit dem Befehl *Marsch an die Arbeit!* den Weg der Liebe gewiesen hatte. Er stand da, und wenn er die Farbe gewechselt hatte, so war doch die Situation ähnlich: Martha in weißer Schürze, schob über den Tisch, was er brauchte. Er drehte sich vor dem Spiegel, alles in Ordnung, glänzend, perfekt und –

»Nun kann's ja brennen«, sagte er und grüßte den Gruß der Zeit.

Paffrath nahm seine Gattin in die Arme. Die grüne Hose, die weiße Schürze fielen zu Boden. Paffrath legte Martha über den Tisch, und während er in ihr vollen Einsatz zeigte, dachte er daran, daß er bald nicht mehr in einem roten, sondern polizeigrün lackierten Feuerwehrauto fahren und daß statt des Rotlichts ein Blaulicht leuchten und daß er bald Oberwachtmeister heißen würde. Als Heinrich Theodor seiner Martha endlich ordentlich Hoffnung gespendet hatte, fiel ihm noch ein, daß die Tür zur Kleiderkammer nicht abgeschlossen war. Hastig zog er die neue Uniform wieder über, grüßte noch einmal und sagte:

»Wir sehen uns.«

Drei Tage vor Weihnachten 1941 lag Martha Paffrath in den Wehen. Die englische Luftwaffe flog schwere Angriffe auf Berlin. Die Rollschuhbahn war zerstört. Oberst Paffrath jede zweite Nacht im Dienst. Im Wohnzimmer saß Martha mit zusammengepreßten Knieen auf dem Stuhl und hörte im nahen Tiergarten Kamele brüllen. Diese dumpfen gurgelnden Schreie konnte Martha aus den anderen Tierlauten heraushören. Es war schrecklich. Dieses Gebrüll hätte sie am liebsten abstellen wollen, denn immer, das wußte sie, wenn die Kamele laut zu werden begannen, würden ein paar Minuten später die Luftschutzsirenen ertönen, und sie, Martha, würde, wie sie es gewohnt war, im Zimmer sitzen bleiben. Einfach sitzen bleiben. Warten, bis die Bomber anfliegen, vor ihrem Haus abdrehen und bitte bitte die Kamele treffen würden.

Rechts neben Martha, auf einem Tischchen, stand der Volksempfänger. Sie schaltete ihn an. *Das Wunschkonzert* vom Großdeutschen Rundfunk erklang, Martha atmete schnell und flach, und der Chor und das Orchester setzten ein, *Es ist so schön, Soldat zu sein, Rosmarie* ... Martha hechelte unter brausendem Beifall und der Ansagerstimme, die ihren Dank für fünf erbeutete russische Schweine herausschrie und Grüße sendete von Soldat Hans an Mutter Grete in die Heimat nach Berlin-Pankow, und Martha versuchte zu pressen, *Ich wollt, ich wär ein Huhn! Ich hätt nicht viel zu tun*, plärrte es aus dem Radio, und der Ansager teilte mit, daß die Tochter des Gefreiten Soundso gestern einen strammen Sohn zur Welt gebracht hätte, Babygequieke wurde zugeschaltet, und Martha zerbiß sich vor Schmerzen die Lippen, *Ich legte jeden Tag ein Ei, und Sonntags sogar zwei!*, und jetzt teilte die Stimme mit, daß beim gefallenen Soldaten Bauernsachs aus Neuwelt im Erzgebirge eine Karte an das *Wunschkonzert* gefunden wurde, und auf seinen Wunsch spiele man jetzt: *Davon geht die Welt nicht unter*.

Als die Wehen einsetzten, begannen auch die Kamele zu brüllen. Martha Paffrath veratmete den Schmerz. Sie war eine Woche zu früh dran. Verstand nicht, warum das Kleine in gerade dieser Stunde aus ihr herauswollte, mitten im Krachen Brennen Fauchen, und wo doch Paffrath Dienst hatte und nicht erreichbar war. Martha preßte. Die Bomber flogen überm Haus. Die Wände zitterten. Ein Stuckteil löste sich von der Decke, fiel aufs Parkett, zerstob. Martha preßte. Das Kind nahm sich Zeit. Im Tiergarten schrieen die Kamele. Es klang so nah, als stünden sie vor Paffraths Tür und wollten hinein. Martha überlegte, ob sie nicht vielleicht doch noch zu den anderen Hausbewohnern in den Keller gehen sollte. Für Augenblicke zweifelte sie an ihrem Schicksal. Vielleicht setzt das Glück ja aus, wenn es so strapaziert wurde wie in diesen Minuten, da es ihr ein Kind schenken wollte. Zunächst aber setzten die Wehen aus. Martha atmete durch. Die Bomber flogen. Martha konnte hören, wie das Nachbarhaus getroffen wurde. Sie ging zum Telefon. Wollte die Feuerwehr rufen, Oberwachtmeister Paffrath, wollte ihm sagen, daß die Bomber diesmal nicht abdrehten und daß die Geburt losging und die Kamele und daß er kommen sollte, bitte.

Niemand ging ans Telefon. Martha legte zitternd den Hörer auf, schleppte sich zum Stuhl zurück, spreizte die Beine. Etwas explodierte vorm Fenster, traf den Kastanienbaum. Martha preßte. Biß sich auf die Lippen. Plötzlich fiel ihr Rollschuhfahren ein, und sie rollte in Gedanken leicht und schön durchs Zimmer, über das Parkett, über den Teppich, das Küchenlinoleum, die Badezimmerfliesen, rollte, rollte, atmete, rollte, es war ein wunderbares Gefühl, löste die Krämpfe – da zerbrach klirrend die obere Fensterscheibe. Martha erwachte aus ihrem Rollschuhtraum. Etwas Brennendes war durchs Fenster geflogen. Martha preßte. Jetzt konnte sie nicht mehr von der Sitzfläche des Stuhls aufstehen, sondern mußte beide Hände ankrallen, um den Schmerz abzuleiten.

»Lieber Gott, bitte komm«, bat sie. Da das Gebet nicht erhört wurde und bereits das Köpfchen des Kindes zu sehen war, schrie Martha nach Paffrath, dem Obersten.

Aber auch der wollte nicht hören. Martha überfiel wahnwitzige Angst. Gleich würde es sie zerreißen. Drüben in der Ecke, wo das Vertiko stand, brannten gelbe schwelende Flämmchen, die sich langsam voranfraßen, Teppich und Parkett benagten, und Martha preßte und brüllte. Sie hörte aus sich diesen verhaßten Ton der Kamele. Jetzt war sie sich sicher, daß sie ein Kameljunges gebären würde. Da wurde die Tür aufgestoßen. Paffrath stürmte das Zimmer.

Er hielt den Apparat in der Hand, zog die Plombe, drückte den Hebel. Paffrath löschte. Weißer Schaum bedeckte die Flammen im Zimmer. Es ging alles ganz schnell. Der Schaum wollte gar nicht aufhören, immer mehr gab die eiserne rote VENUS von sich, ergoß ihren gesamten Inhalt in Paffraths Wohnzimmer, wo eben ein Knabe geboren wurde.

Heini.

Der erste und beste Name, der den Eltern einfiel. Heini Paffrath. Der Kleine. Den Heinrich Theodor Paffrath stolz hochhielt und ihm einen rauchigen Kuß auf die Stirn drückte. Die Bomber hatten sich verzogen. Das Haus war nur leicht ramponiert. Ganz still legte Martha den Kleinen an ihre Brust.

Fast zwei Jahre lang ließ Martha Heini an der Brust trinken. Ihre Milch war das Beste, was es in den Hungerjahren gab. Martha hatte genug davon. So viel, daß sie vom abgepumpten Rest noch Haferflocken für ihren Mann einweichen konnte. Überhaupt vermochte Martha die Familie sehr gut durch die Zeiten zu füttern. Obgleich sie keine Verbindung zur Landbevölkerung und somit keine Extrarationen zur Verfügung hatte, organisierte sie in der Stadt Berlin genügend Nahrung, die, wenngleich sie nicht dem Gewohnten entsprach, so doch satt machte. Martha Paffrath war erfinderisch.

Während Oberst Paffrath, wie alle Feuerschutzpolizisten, inzwischen Übungen zur Ausbildung als Infanterist abzuleisten hatte und seit dem Sommer 1943 pflichtgemäß einen Karabiner bei sich trug, übte sich Martha in der Kunst der Kriegsköchin. Den zweijährigen Heini an ihrer Seite, ging sie auf Fischzug. Organisierte sammelte tauschte. Aus Brennessel und Sauerampfer zauberte sie Spinat. Aus Zwiebeln, Majoran und feinstgemahlenen Rübenschnitzeln komponierte sie eine Art Leberwurst. Einen Weißkohlkopf verwandelte sie in ein Dutzend verschiedene Gerichte: Sie war Meisterin im Strecken.

Bei Heinrich Theodor besonders beliebt war ein Gericht, das Martha als Sonntagsbraten kreiierte: *Falscher Hase*. Genau genommen: doppelt falscher Hase. Aus Rüben, Margarine, Erbs- und drei Löffelchen Eichelmehl bereitete sie den Teig. Stimmte ihn mit Pfeffer Salz Maggi ab, zog (wenn sie hatte) ein Ei darunter und verlieh mittels Rübenkraut dem Ganzen braune Farbe. Dann drückte sie den Teig in eine Kastenform, buk und schnitt ihn in Scheiben. Mitunter reichte sie süßsauren Kürbis, wenn es hoch kam, rote Bete dazu.

Straßenzüge brannten, ganze Stadtteile von Berlin standen in Flammen. Der Siegmundshof: ein einziger Trümmerzug bis hin zum Spreeufer. Die Feuerschutzpolizei bildete Abwehrfronten. Kaum, daß die Wasserversorgung ausreichte, kleine Brände zu löschen. Manchmal, wenn eine Bresche in die Flammenfront geschlagen werden sollte, wurden die brennenden Häuser nicht mehr gelöscht, sondern gesprengt.

In den wenigen freien Stunden, die Oberst Paffrath zu Hause war, vertiefte er sich in die *Falsche-Hasen*-Mahlzeit. Es war die einzige Art der Erholung, die er in Anspruch nahm. Und immer saß Heini auf seinem Schoß. Der Kleine, der von seinem Teller kostete und den Braten ausspuckte, wieder kostete und wieder spuckte, bis ihm Martha Milchreste aus der Brust drückte und ihn zur Nahrungsaufnahme willig machte.

Einen Tag vor Heinis drittem Geburtstag ging Martha zu Schlächtermeister Hiergeist, dessen Geschäft auf der Lietzenburger Straße völlig unversehrt war. Sie lief vor dem leeren Schaufenster auf und ab und überlegte, was man aus dem Nichts der Auslage für Heinis Geburtstag verwenden konnte. Schloß Martha die Augen, sah sie fette Waren; Rinder- und Schweinehälften hingen unter den Plaketten von Alfred Hiergeists Ehrenpreisen und Meisterprämien; neben braunroten Schinken türmten sich Gläser mit Blutwurst Schmalzfleisch Sülze, im linken Fenster Speck und Würste auf weißen Servietten. Vor dem Laden ein Selbstbedienungsautomat, der mit Prager Schinken warb. »Zu jeder Zeit verkaufsbereit« stand noch immer daran. Aber, wenn Martha die Augen öffnete, sah sie die Fächer des Automaten leer.

Martha verriet nicht, wie sie es geschafft hat, Meister Hiergeist ein halbes Pfund Hack abzukaufen. Im Dezember 1944. In der toten Stadt Berlin. Sie brannte drei Kerzen an und tischte den *Falschen Hasen* auf. Gefertigt aus echtem Fleisch. Sie sah, wie Vater Paffrath in winzigen Bissen aß, ewig kaute und vor Wonne die Augen verdrehte. Sie sah, wie Heini auf seinem Schoß herumrutschte und von Vaters Gabel aß, wieder und wieder den echten *Falschen Hasen*, denn das war eine göttliche Speise, während Bomben auf Ruinen fielen, die Trümmer umschichteten und Tausende von Menschen verschüttet wurden und Lore Paffrath es im Keller der Eisenzahnstraße traf.

Heinrich Theodor Paffrath hielt sein Versprechen, das er der Mutter gegeben hatte. Auch als die uniformierten Angehörigen der Feuerschutzpolizei den Status von Kriegsteilnehmern erhielten und viele Wehrmänner militärisch eingesetzt wurden, löschte Paffrath. Er verteidigte die Stadt Berlin gegen das Feuer. Mit dem Glück, das ihm eigen war. Das Haus, in dem er wohnte, blieb von Bomben verschont. Mit Weib und Kind, die sich um den Tod nicht sorgten. Weil sie an ihn, Heinrich Thedor Paffrath, glaubten.

Eines Tages, als amerikanische Bomber über Berlins Trümmer flogen, begann Heini zu weinen. Erst leise schluchzend, als sei er von einer kindlichen Trauer überwältigt, dann begannen Tränen zu fließen, dann brüllte er. Zwischen Vater und Mutter auf dem Stuhl im Wohnzimmer sitzend, hielt er sich die Ohren zu und heulte, wie er es noch nie getan hatte:

»Weeeh!«

Paffrath erschrak derart, daß er beschloß:

»Wir gehen in den Keller.«

Aber da hatten sich die Flugzeuge wieder entfernt, und Heini hatte sich beruhigt. Noch am selben Tag trennte

Martha ihren alten grauen Winterschal auf. Aus der Wolle strickte sie eine Mütze für ihren Sohn. Ein Donnermützchen gegen den Lärm.

Das Donnermützchen hielt alles aus. War Trost und Rettung. Als im April 1945 die russische Artillerie Berlin unter Beschuß nahm, zog Heini das Mützchen über beide Ohren und lachte. Auch Martha, obwohl ihr Angsttränen in die Augen schossen, lachte. Sie hörte das Knattern der Gewehre, das Schreien der Menschen. Vom Tiergarten her hörte sie grelles metallenes Kreischen, später Klopfen Krachen Knacken, aber Heinis Lachen war stärker. Es überdauerte alle Kämpfe.

Nachts war Vater von einem Einsatz nach Hause zurückgekehrt, wohlbehalten wie immer. Nur, daß er diesmal zitterte. Der ganze starke Leib zitterte unter der Montur, auch als er sie ausgezogen, sich ins Bett gelegt und mit den Beinen die übliche Höhle gebaut hatte.

»Du riechst so jesotten«, sagte Martha.

»Nach Holz«, gab Heinrich Theodor zur Antwort. Vor Erschöpfung ließ er die Höhle einsinken.

»Wat für'n Holz?«

»Wir haben den halben Tiergarten abgeschlagen. Für eine Startbahn. Für Flugzeuge.«

»Ick gloobs nich«, sagte Martha, und fügte kopfschüttelnd hinzu: »Flugzeuje in Tierjarten?«

Am nächsten Morgen ging Paffrath durch eine kaputte Landschaft zum Dienst. Oder was immer das war, wohin ihn pflichtgemäß seine Schritte lenkten. In Paffraths Feuerwache saß man dichtgedrängt im Keller. Als die Rote Armee das Gelände der Feuerwache besetzte, drückte einer der Kameraden dem Oberst eine Windel in die Hand:

»Jehn *Sie* uff'n Hof, ick trau ma nich.«

Aber Paffrath ließ die Windel fallen.

»Nee«, sagte er, »nee, nee, nee.«

Da nahm der Kamerad seinen Mut zusammen und lief mit der Windel, der weißen Fahne, auf den Hof. Daraufhin ließen die Soldaten alle Männer antreten und führten sie in Gefangenschaft. Nur einem einzigen, Oberst Heinrich Theodor Paffrath, gelang es, unbemerkt in ein Löschfahrzeug zu springen und sich im Fußraum des Wagens zu verstecken.

Noch in der Nacht setzte er mit einem Flammenwerfer seine Uniform in Brand. Fast nackt, nur in eine Feuerwehrdecke gehüllt, schlich er nach Hause.

Dennoch sollte Paffrath nicht umhinkommen, die Fahne der Kapitulation eigenhändig zu hissen. Anfang Mai, als die Stadt kapitulierte, brachen Soldaten der sowjetischen Armee auch die Tür zu Paffraths Wohnung auf. Er saß gerade in Unterwäsche am Tisch und aß, Sohn Heini auf dem Schoß, während Martha vor Schreck der eiserne Herddeckel herunterfiel und die Russen eintraten, drei Männer sich umsahen und einer *Otschen otwratitjelno!* rief, verdammt ekelhaft! und ein anderer *lakomuj!* lecker! urteilte, und der dritte stumm Krümel vom Boden aß, da hielt Vater Paffrath seinen Sohn Heini vor, der sich im weißen Jüpchen bedingungslos der neuen Macht ergab. Martha setzte ihm schnell noch das Donnermützchen auf, bevor die Soldaten das wie ein Geschenk dargebotene Kind annahmen, von Arm zu Arm reichten, es wiegten und beschnupperten. Ein Soldat zog Heini schließlich das Mützchen vom Kopf und strich sanft über das fedrige Haar.

»Weeeh«, begann das Kind zu wimmern.

Der zweite Soldat zog ihm das Donnermützchen wieder über. Sofort war Heini ruhig.

»Bitte lassen Sie uns det Kind«, begann Martha vorsichtig Einspruch zu erheben.

»Tschasui! Uhr! Dawatje! Gib her«, rief der dritte Soldat und begann plötzlich hektisch im Zimmer herumzulaufen. Paffrath, grau im Gesicht, holte aus der Küche die tellergroße runde Wanduhr und reichte sie dem Soldaten, der die Forderung nach der Herausgabe der Uhr gestellt hatte. Mißmutig drehte dieser das Monstrum in der Hand, wiegte bedenklich den Kopf und sagte:

»Zeit falsch! Falschiwui wremja!«

Heini, der noch immer auf dem Soldatenarm saß, lachte. Ein silberhell klirrender Strahl Lachen drang aus dem Jungenmund. Da verzogen auch die Russen ihre Gesichter, nur daß Paffraths nicht erkennen konnten, in welche Laune sie durch Heinis Gelächter versetzt worden waren. Es war, als lachten und weinten sie gleichermaßen, durchgeschüttelt von Freude über den Sieg oder dem Haß über die falsche Zeit, falschiwui wrmeja!, ja, was sollte man dagegen tun, die Küchenuhr ging doch immer richtig, bis zum heutigen Tag, und daß Heini zu lachen beginnt, dafür kann doch keiner was –

»Was wollen Sie denn?« fragte Paffrath.

Da hatte Martha eine Idee. Sie lief ins Schlafzimmer. Ein Soldat mit vorgehaltener Waffe hinterher. Martha bückte sich und begann unter dem Bett zu kramen. Unruhig schnarrte der Soldat:

»Dawai, Frau!«

Martha hatte gefunden, was sie zum Friedenseinstand zu geben bereit war: ihre Rollschuhe. Zwei braune Lederschnürschuhe mit angeschraubten Eisenrädern. Viel benutzt, aber in gutem Zustand.

»Für Ihre Frau in Rußland«, sagte Martha und überreichte dem Soldaten die Rollschuhe.

Als die Tür hinter ihnen geschlossen war, konnte man hören, wie die Rollschuhe das Treppenhaus hinunterrasselten, ein schepperndes Gepolter noch einmal Angst aufflammen ließ, dann war es ruhig.

Als Heinrich Theodor und Martha wieder allein waren, den schlafenden Heini im Arm, als alles ganz still schien, kein Hauch von Angriff mehr in der Luft, als Paffrath nicht wußte, ob Sonntag oder Montag war, weil er überhaupt nicht wußte, wie weiter, ob nun alles überstanden, ob er gerettet sei oder in Verdacht stünde, ob man ihn hier ließe oder abholen und gefangen nehmen würde, als sie stundenlang auf die falschgehende Uhr sahen, schlug ihr hartes durchdringendes Küchengeläut. Jetzt war sich Paffrath seines Schicksals wieder gewiß.

»Mir passiert einfach nichts«, sagte er.

Nur wenige Tage nach Kriegsende, da Paffrath mit den wenigen Männern, die der Gefangennahme durch die sowjetische Armee entgangen waren, begann, die Feuerwache wieder notdürftig herzurichten, richtete er auch noch etwas anderes her:

Die Wohnzimmerkommode, die den Krieg schrammenlos überstanden hatte und die trotz des Verlustes von mehreren batistenen Tischdecken und einem Geschirr der Königlichen Porzellanmanufaktur einen stolzen Inhalt an nützlichem Hausrat präsentieren konnte. Das Holz der Kommode wurde eigenhändig von Vater Paffrath mit Leinöl eingerieben, poliert und die gläsernen Schiebefenster mit

Salmiakgeist streifenfrei geputzt. Dann holte er aus einer Kiste etwas hervor, das er noch vor einigen Tagen in der tiefsten Tiefe der Kommode versteckt hielt: eine Fotographie.

Es war jenes Bild vom Löscheinsatz des brennenden Reichtages, das sein Sohn Heini nie vergessen sollte, vor das er dreijährig gestellt wurde und lernen mußte, wer darauf zu sehen sei, der mit dem stolzen Blick, der mit der glänzenden Stahlhaube, der dritte von links:

»Das bist du«, antwortete Heini.

»Ja«, sagte Heinrich Theodor, »das ist dein Vater.«

* * *

Er schreckt hoch. Sitzt aufrecht im Bett. Im Hemd, das er bis zum Hals geschlossen trägt. Der Kragen: eine Zwinge, durch die sich die Träume der letzten Stunden gezwängt hatten, bis sie nicht mehr hindurchpaßten und den Träumer zu ersticken drohten. Jetzt sitzt Heini Paffrath im kerzenlichtflackernden Schlafzimmer, in der geblümten Bettwäsche, außer Dienst, außer sich vor Schrecken, daß er derart abgründig in Zeiten hineingetaucht war, an die er glaubte, keine Erinnerung mehr zu haben.

Sekt Bier Doppelkorn haben in Heinis Hals einen trokkenen Pelz wachsen lassen. Durst. Einen Brand, wie ihn nur Wüsten zustande bringen. Ja! denkt Paffrath, erbost über seine plötzliche Einsicht, sie beginnen sich schon an mir zu rächen. Schon jetzt, in meiner ersten freien Nacht, läßt Maschula die Kakteen tanzen. *Sie* macht die Hitze, diesen verdammten Durst. Maschula. Erinnerungen weben sich ins Paffraths Pelz, verknüpfen sich mit Angst und Begehren und mit dem Wissen, daß alles vorbei ist, was Maschula anbelangt. Keinen Verdacht, keine Indizien.

Paffrath reißt sich den oberen Hemdknopf auf und tastet nach der Bettlampe. Ein gelbes altes Licht flutet das Zimmer und entzaubert es. Die Altäre: alberne Spielplätze, deren Krimskrams man mit zwei Kehrschaufelladungen in den Müll befördern könnte. Die Kerzen: paraffinstinkende Stumpen, gefährlich sauerstoffzehrend.

Durst. Heini Paffrath quält sich aus dem Bett. Die Knie zittern. Vor dem Bett auf dem Teppich die halbleere Doppelkornflasche. Paffrath setzt an und trinkt. Der scharfe Atem befeuert ihn, den Versuch zu unternehmen, die Kerzen mit Flammenwerfergeste auszublasen wie ein Feuerschlucker auf dem Rummel. Aber Heinis Atem ist zu schwach.

Paffrath knipst die Lampe aus. Kriecht auf allen Vieren. Besser so, als daß ich auf die Fresse falle, denkt er, kriecht zu Altar eins und pustet die Kerze aus, beendet den Kakteentanz; löscht das Flammenspiel an Altar zwei. Endlich Nacht, Schlafenszeit, Schlafen, Schlafen, wenn nur nicht diese Träume wiederkommen. Paffrath quält sich, seine Ordnung wiederzufinden. Im Dunkeln stößt er sich den Kopf am Bett, dann kippt die Kornflasche um, und der Teppich säuft den Rest.

Paffrath hievt sich ins Bett zurück. Schon wieder webt der Durst am Pelz, aber Paffrath ist zu faul und zu müde, um in die Küche zu gehen und zu trinken. Kerzenrauch Alkohol Schweiß. Mühsam zerrt Paffrath die Gardinen zur Seite und versucht das Fenster zu öffnen. Es gelingt nicht. Paffrath fällt in die Decken zurück, schließt die Augen. Zwischen hin- und herrasenden Mustern, zwischen grellen Lichtwirbeln und Farbfontänen schieben sich klare Gedanken: Es kann nicht sein, daß ich das bin, denkt Paffrath, noch nie habe ich mich im Donnermützchen gesehen, noch nie war ich Vater und Mutter so nah –

Heini reißt die Augen auf und versucht, die wildgewordenen Ströme im Kopf zu bändigen.

»Wasser!« fleht er, aber das Wort klebt im Hals und auf der Zunge. Er ist müde und möchte dem Aufstehen lieber den Tod vorziehen. Paffrath weiß: Es ist dieser Abschied, den er nicht verträgt.

Der Kommissar a. D. schließt die Augen. Ein neuer Versuch, zur Ruhe zu kommen. Verpflichtet sich zum Einsatz. Der Mensch ist nie wirklich außer Dienst. Niemals. Er spürt, wie ihn jemand an der linken Hand packt. Reißt die Augen auf, sieht, wie seine eigene Rechte die eigene Linke umfaßt, die harte Kralle Disziplin, wie sie zudrückt. In der selben Sekunde fallen Paffraths Augen wieder zu, und er zieht sich nach oben. Der feste Griff des Polizeibeamten Paffrath zwingt ihn, aufrecht zu stehen, da entlang! na wird's bald, du dreckiges versoffenes Schwein, geh grade, Paffrath, na geh schon, und kotz mir nicht auf den Teppich, auf den Teppich haha, wir sind hier nicht im Hotel, du wirst schon sehen, dein Hotel *Zum Blauen Loch*, da hinein! – Und Kommissar Paffrath tritt schiebt stößt Heini Paffrath eine Straße entlang, weiter, weiter, aber der Betrunkene kommt nicht voran, er trägt einen komischen Anzug aus schwerem Pelz, wie ein nasses Schaf, nein, Heini trägt ein Kostüm mit Stummelschwanz und langen Ohren, und er hat Durst und muß laufen und hoppelt hin her hin her, immer die Hadlichstraße entlang, wird getrieben vom Kommissar, der eine scharfe Maschinenpistole im

Anschlag hält und brüllt: Mach mir nichts vor! Wirst schon sehen, wo du hingehörst. – Nein, bitte nicht, hört sich Paffrath rufen und sieht, wie er sich selber abführt, in Handschellen nun, die Maschinenpistole in lustigem Plastegelb, weiter die Straße entlang, die er zehn zwanzig dreißig Jahre gegangen war, bis zum Polizeirevier I, Abschnitt 27, durch dessen Tür er sich hineinschiebt, na, da haben wir ja wieder einen netten Kunden! den Osterhasen, na guck mal an, dem werden wir gleich die Eier bunt machen. – Nein, bitte, ich bin nicht betrunken, das ist eine Ausnahme, ich bin nicht ich – da schließt Kommissar Paffrath die bekannte Tür auf, das Hotel *Zum Blauen Loch*, wie die Ausnüchterungszelle genannt wird, ein kahles Zimmer mit einer Gummimatratze, und Paffrath wehrt sich, zappelt, schreit und packt sich fester am Handgelenk, noch fester, noch.

Heini Paffrath erwacht vom eigenen Schrei. Das Handgelenk reibend, zwingt er sich zur Nüchternheit. Wenn nur nicht diese Wüste in ihm wäre. Und diese Schwäche, die unfähig macht, sich in Gang zu bringen. Also gut, sagt er sich in gewohnt routiniertem Ton, da muß es eben anders gehen. Paffrath kleidet sich aus. Als er das Hemd öffnet, spürt er Übelkeit.

»Nein«, sagt Paffrath, »mit mir nicht.«

Als er das Unterhemd überzieht, beginnt der Kopf zu surren und zu zirpen, und als Paffrath sich der Hose entledigt hat, zieht er den Schlafanzug unter dem Kopfkissen hervor. Der gemusterte Pyjama, der ihm schon gut zwanzig Jahre gedient hat. Der sich auch heute nacht korrekt entfaltet. Paffrath kleidet sich an. Unter dem Aufgebot seiner letzten Kraft legt er sich zu Bett, zieht die Decke bis zum Kinn und befiehlt:

»Schlaf.«

Wie lange er noch mit den Mustern Farben Fontänen hinter seinen geschlossenen Lidern kämpft, weiß er nicht. Aber daß er nun endlich in einen ordentlichen, der Tageszeit angemessenen Schlaf fällt, spürt Heini Paffrath.

* * *

»Was kann der Junge schon wissen«, zischte Heinrich Theodor Paffrath seiner Frau Martha zu, als er im August 1945 den Bogen mit 131 Fragen ausfüllte, *Yes or No*, Ja oder Nein. Was kann der Junge schon wissen, dachte Paffrath, als er zwei Wochen später mit Frau und Kind vor der Spruchkammer erschien, und man ihm den Bogen noch einmal mit allen Fragen vorlegte. Fragen über Heinrich Theodor Paffrath, den Feuerwehrmann. Der einfach nur bestätigte:

»Ich war Feuerwehrmann, sonst nichts.«

Fragen an Martha Paffrath, die einfach nur sagte:

»Mein Mann war Feuerwehrmann, sonst nichts.«

»NSDAP? SA?«

»Er war vor allem Feuerwehrmann.«

Nun die Frage an den Sohn, der, vierjährig, auf Vaters Schoß saß, aus Holzklötzen einen Kreis auf dem Amtsschreibtisch baute und erklärte:

»Das wird ein Gefängnis.«

»Das ist ja interessant«, sagte der Herr von der Spruchkammer und wollte vom Baumeister wissen:

»Für wen denn?«

»Für die bösen Tiere.«

»Für die Tiere?«

»Ja«, fuhr Heini eifrig fort, »wer von zu Hause ausreißt, kommt ins Gefängnis.«

Dabei ließ er ein kleines holzgeschnitzes Feuerwehrauto vom Tisch herunterfallen, rutschte hinterher, hob das zerbrochene Spielzeug auf und rief:

»Siehst du! Der will nicht mehr mit mir spielen, der kommt jetzt ins Gefängnis!«

Heini sperrte das Feuerwehrauto hinter die Bauklötzer und blaffte:

»Wau! Wau! Wau!«

»Aber –«, versuchte der Herr Einspruch zu erheben.

»Wau! Wau! Wau!«

»Aber das ist doch gar kein Hund.«

»Na, wat isses denn Ihrer Meinung nach?« Martha klimperte mit den Augen, als sei sie nicht ganz bei Verstand, und Heinis Vater sagte entschuldigend:

»Der Junge weiß nur, daß ich Feuerwehrmann war.«

»Stimmt das?« fragte der Herr von der Spruchkammer.

Heini antwortete ordnungsgemäß:

»Wau! Wau!«

Wenige Tage später stand Vater nicht wie sonst vom Frühstückstisch auf, ging nicht wie sonst festen Schrittes in den Flur, wo er sich über das zivile Hemd die weiße Armbinde, auf der das Wort *Feuerwehr* auf deutsch und russisch stand, streifte; er hob Heini nicht hoch wie sonst und küßte ihn nicht. Heinrich Theodor Paffrath blieb sitzen. Vor der halbgeleerten Tasse Muckefuck. Vor den unberührten Haferflocken. Eisern blieb er sitzen, auch als Martha die alte Küchenuhr von der Wand nahm und sie ihm vors Gesicht hielt.

»Haste Tomaten of de Oochen, es ist sieben durch!«

Heinrich Theodor Paffrath ließ es sieben Uhr durch sein. Er saß und schwieg. Wehrte Martha samt Uhr ab, *wat haste denn, wat issn mit dir, biste nich jesund, Mann, nu sach doch wat!* Heinrich Theodor sagte nichts. Erst als Martha verzweifelt, aber dennoch den Alltagspflichten ergeben, Heini aus dem Bett holte, ihn, wie jeden Tag, unter kaltem Wasser »abhärtete«, ihn ankleidete und, wie jeden Tag, den Versuch unternahm, ihm in Wasser gekochte Haferflocken einzuflößen, erst als Martha Heini auf Vaters Schoß setzte, löste sich Heinrich Theodors Erstarrung, und er sagte:

»Ich muß jetzt arbeiten.«

Von diesem Morgen an stand Heinrich Theodor Paffrath jeden Tag kurz nach sieben vom Küchentisch auf. Er ging durch die Flügeltür ins Wohnzimmer. Dort setzte er sich an den Sekretär, der aus intarsienverziertem Holz bestand und ebenfalls den Krieg unbeschadet überlebt hatte. Dort nahm Paffrath Papier Lineal Zirkel Bleistift Winkelmesser und behauptete, daß er arbeite. Daß er laut Magistratsbeschluß von der Feuerwehr abgestellt worden sei, um quasi als einzig überlebender Brandmittelingenieur die Neuentwicklung einer Feuerlöschanlage ins Leben zu rufen. Daß alle Büros zerstört wären und er deswegen zu Hause –

Zwei Wochen lang sah sich Martha an, wie Paffrath über dem Papier hockte. Als sie sich durch den Wegfall der Lebensmittelkarten Klasse II ums Haushaltsgeld betrogen sah, äußerte sie Zweifel:

»Dich hammse entlassen, jib's zu.«

»Ich war immer nur Feuerwehrmann«, sagte Heinrich Theodor.

Das erste mal im Leben sah Martha ihren Mann schwach und grau im Gesicht, als hätte sich der Staub der Ruinen auf seine Haut gelegt. Heini, der freudig quietschend auf Vaters Schoß bereits seine kindliche Zukunft gesichert sah, bemerkte dessen Traurigkeit. Da lief er ins Schlafzimmer, zog mit aller Kraft die untere Schublade der Wäschekommode auf und holte den wirksamsten Trost, der er kannte, hervor. Heini brachte seinem Vater das Donnermützchen.

»Aufsetzen«, befahl er.

Da er es nicht tat, kletterte Heini auf Vaters Schoß und zog ihm die Mütze eigenhändig über den Kopf. Martha hielt sich die Hand vor den Mund, um nicht loszuprusten, denn der Gatte saß ernst da, trug das Donnermützchen und sagte nichts. Woche um Woche sagte er nichts. Setzte sich morgens an den Sekretär, zeichnete Linien Kreise Zirkelblumen. Verstummte ganz grundsätzlich.

Eines Tages erhielt er eine Nachricht vom Oberbranddirektor, der ihm mitteilte, daß auf dem Grundstück seiner ehemaligen Feuerwache jetzt alle verwendbaren Flächen für den Anbau von Kartoffeln und Gemüse genehmigt worden seien. Er, Paffrath, solle, bis sich die Zeiten für ihn wieder zu seinen Gunsten ändern würden, für die Düngung zuständig sein.

Heinrich Theodor Paffrath, Brandmeister und Oberst außer Dienst, sammelte Pferdeäpfel. Notgedrungen. Jeden Tag kam er mit einem Eimer voll aufs Gelände der Feuerwache und verscharrte den Dung zwischen Weißkohl- und Kartoffelpflanzen. Er führte diese Arbeit aus, bis englische amerikanische französische Besatzungstruppen Einzug in Berlin hielten.

Ab da war er wieder arbeitslos und saß zu Hause. Eines

Tages schichtete er auf dem Küchentisch mehrere Bleistiftstummel zu einer Pyramide auf, überschüttete sie mit Terpentin und zündete sie an. Paffrath sah dem lodernden Tischfeuerwerk regungslos zu, wie es sich knisternd in die Holzplatte fraß und verbreitete. Wäre Heini nicht gekommen und hätte geschrieen und Muckefuck über das Feuer gegossen, und hätte der Junge nicht gleich darauf strenge Maßnahmen gegen seinen Vater ergriffen, indem er ihn schlug, außer sich vor Schrecken und Zorn brüllte:

»Gefängnis! Gefängnis! Papa muß ins Gefängnis!«

Wäre Heini nicht schon so groß und vernünftig gewesen, wäre die Paffrathsche Wohnung abgebrannt, mitten im Frieden, in der wüsten Stadt Berlin, die den Oberst Heinrich Theodor Paffrath nicht mehr wollte, als Pferdeäpfelsammler vielleicht, aber das machte er keinen Tag länger mit, nicht bei seinen Fähigkeiten, seiner Ehre als Feuerwehrmann.

Wenn Paffrath mit seinem Sohn aus dem Fenster sah, blickte er rechter Hand auf die S-Bahn-Brücke, linker Hand auf die Trümmer der Wohnhäuser. Während rechts die ersten Züge der Stadtbahn Richtung Westen und Osten fuhren, schnell, ratternd, gelbrot, als wären sie nie aus dem Rhythmus gekommen, als würde alles so bleiben, als versorgten sie die Stadt mit frischem Blut, während Heini bei jedem Zug, der vorbeifuhr, freudig erregt von Vaters Schoß aufs Fensterbrett stieg und *Bahn! Bahn!* rief, ging Paffraths Blick auf die Trümmer, die wie Kulissen einer romantischen Oper schienen: schwarz schimmernd, in bizarren Formen gegen den Himmel gebaut. Paffrath versuchte, die alte Lust in sich zu erwecken, den Drang, alle zerstörerischen Kräfte zu bändigen, aber er sah nur die kalten verkohlten Balken, die berußten Steine, die seiner Hilfe nicht mehr bedurften. Der Anblick der Ruinen ekelte ihn an.

Heini schaffte es, den Vaterblick zu wenden. Er nannte die Ruinen *Muhmanz*, war ganz wild darauf, mit Vater dahinzugehen, wie andere Kinder auch, um in den Trümmern zu spielen, *Muhmanz spielen!*, aber Vater kannte die Vorschriften und Gefahren, *Muhmanz! Muhmanz!* Heini durfte nicht spielen, nur staunen und träumen, so wie Paffrath auch lernte, sich den Anblick der Trümmer schön zu sehen. Die Sommerruinen, aus deren Schutt Pflanzen zu sprießen begannen: zuerst Lattich und Löwenzahn, danach Gänseblümchen Klee Melde, zwischen den Steinen junges Birkengrün, Holunder hatte sich ausgesät, Roßkastanie und Linde in zarten Keimlingen, auch Ackerschachtelhalm, Goldrute und der gelbblühende Scharfe Mauerpfeffer.

Eines Tages wurden die Kulissen zerstört. Abgetragen weggeräumt. Bagger und Förderbänder rollten die Straßen entlang. Schutt wurde abgefahren, Putz von den Häusern geschlagen, die Putten geköpft und Neues gebaut. Vater-Sohn Paffrath schaute vom Fenster aus zu.

»Bald hamm wa nur noch jrüne Äppel und Luft zu beißen«, beschwerte sich Martha, als im Juni 1948 die totale Blockade über Berlins Westsektoren verhängt und bei Fleischermeister Hiergeist nicht mal mehr Grützwurst verkauft wurde.

In diesen Tagen begann Heinis erste große Zeit. Gleichsam mit der Einschulung und der Begegnung mit den Schulkameraden, die bei seinem Namen in Spott und Gelächter ausbrachen: *Heini Heini Hampelmann, hat noch seine Windeln an!* Er brauchte eine Weile, um zu begreifen, worin sich der Spott gegen ihn gründete.

»Ich will nicht Heini heißen«, sagte er zu Martha, als er begriffen hatte, daß es sein Name war, der ihn in den Augen der Mitschüler im Kleinkindstadium verharren ließ. Heini hieß er, nicht Heinrich.

»Dein Vater wollte es so«, erklärte Martha dem Sohn die Namensgebung und fügte tröstend hinzu: »Een Name is Schall und Rauch.«

Schall und Rauch. Das paßte zu Vater. Das paßte nicht zu Mutter, die, emsig besorgt, den Haushalt regelte. Stundenweise nähte stopfte bügelte sie für die Miete, während Vater versuchte, den Beleidigten zu spielen, denn diese Zeit brauchte ihn nicht. Das ließ er auch seine Familie spüren. Als es hieß, daß die Westberliner Feuerwehr nun Care-Pakete an die Bevölkerung verteile, verbot er Martha, Hilfe in Anspruch zu nehmen.

»Und wenn wir Steine fressen müssen, wir nehmen nichts geschenkt!«

Auch wetterte Paffrath gegen die Nahrungsmittel, die, von den Alliiertenflugzeugen in die Stadt gebracht, in den Läden verkauft wurden.

»Kann das ein Mensch verdauen?« schrie er durch die Küche, als er zum Mittag *POMs* auf dem Tisch fand, getrocknete Kartoffeln, die er aus Protest uneingeweicht in den Mund steckte, wütend darauf herumkaute, dazu Rosinen und Trockenmilch herunterwürgte und den Ersticken den spielte.

Martha war verzweifelt. Ab und zu, um nicht ganz dem Hunger aufgesessen zu sein, organisierte sie heimlich von Freundinnen und Bekannten Nahrungsmittel. Sie tauschte, was noch zu tauschen war. Paffrath bewachte sie. Einmal, als er sie dabei erwischte, wie sie Heini mit französischer

Schokolade füttern wollte, schlug er ihr die Süßigkeit aus der Hand und zertrat sie auf dem Boden. Heini, der stumm und erschrocken diese Szene beobachtete, faßte einen Plan.

Er wollte den Hunger besiegen. Wollte Vater, Mutter und sich selbst glücklich machen. Wollte, daß nie wieder so etwas geschieht. Heini Heini Hampelmann. Das war einmal. Er würde es allen zeigen.

Der Erstkläßler Heini Paffrath stand von nun an jeden Tag nach Schulschluß mit Tornister und Schiefertafel an der S-Bahn-Brücke des Bahnhofes Tiergarten, wartete auf englische und amerikanische Soldaten, die dort öfter vorbeikamen. Er sah sie sich genau an: die khakifarbenen Uniformen, die Gürtel, Waffen, den ganzen Ausputz, der Heini faszinierte. Wie außerirdische Wesen kamen ihm die Soldaten vor, und was sie sprachen, schien dem Jungen extraterritorial.

Zunächst liebäugelte Heini mit einem Schwarzen, der ihn immer, wenn er vorbeilief, mit vordringenden Augen anstarrte, um ihm dann die Zunge zu zeigen und mit weißgebleckten Zähnen anzugrinsen. Von dem Schwarzen nahm Heini lediglich ein paar Streifen Bubblegum entgegen, die er am nächsten Tag unter seinen Mitschülern verteilte und sich somit spottfreie Stunden erkaufte. Um seinem Ziel näher zu kommen, wählte Heini Paffrath sich einen Anderen. Genauer gesagt: er wußte nicht mehr genau, ob er auf den Soldat, oder der Soldat auf den Jungen zugetreten war und sich ihm vorgestellt hatte:

»Sartschend Ben. Und du?«

»Heini«, sagte Paffrath, schlug sofort ein in die ausgestreckte Hand des Sergeanten und wußte: das ist der, den du suchst.

Sartschend Ben war klein, freundlich und duftete nach Lavendel. Er besaß einen kleinen Mund, und wenn er die schmalen Lippen aufeinanderpreßte, glaubte Heini, sie würden einem Sparschweinschlitz ähneln. Ben sprach nicht viel, verriet nur durch ein Lächeln, daß er zu Tauschgeschäften mit dem Jungen bereit sei. Er ahnte wohl, daß der Junge nichts rechtes zum Tauschen besaß, ein paar polierte Granatsplitter, einen Donnerkeil und als Sonderangebot Papas alten Feuerwehrhelm, *forget it, sweet boy.* Sartschend Ben nahm den Jungen an der Hand und führte ihn aus dem S-Bahn-Tunnel über die Straße in den Park. Den Park kannte Heini. Die Wege, die Bäume, die Bombentrichter, die Reste des guten alten Tierparkes, der Weg, der zur Schleuse führte. Dort setzten sie sich in den Cafégarten. Ben trank Bier, Heini bekam grüne Brause, eine Köstlichkeit, die nach Sommer und Glück schmeckte. Plötzlich hatte er vergessen, was sein eigentliches Ziel war. Auch Vater und Mutter hatte er vergessen, denn Sartschend Bens Gegenwart schien all den Ärger hinwegzublasen. Noch eine Brause. Diesmal knallrote Himbeere. Noch ein Bier für Ben. Septembersonne. Ben zog Heini von der Bank in eine schattige Ecke des Cafégartens. Das Lächeln, das Rauschen des Schleusenwassers, das Plaudern der Gäste – Heini verlor die Gedanken an die Klassenkameraden, an Mutter, die ihn sicher schon suchte, die Gedanken an seinen ausfälligen Vater, den er *belämmert* nannte.

Stolz war Heini, bei einem amerikanischen Soldaten zu sitzen, der ihn auf den Schoß nahm und mit den Knieen wippte und Brause spendierte und nach Lavendel duftete und der ein Gewehr besaß und eine fremde rollende Sprache sprach. Wie weggetreten war Heini in dieser Begegnung. Die hatte sich so schicksalhaft, ganz ohne Anstrengung gefügt, allerdings wußte er nicht, wozu sie gut war.

Es dämmerte schon, als Heini mit zwei Blechbüchsen vor seiner Wohnungstür stand und klingelte. Mutter riß die Tür auf und gab ihm eine Maulschelle.

»Wo haste dir, zum Kuckuck nochmal, rumjetrieben!«

Heini zeigte die Büchsen, und tapfer, die Tränen unterdrückend, sagte er:

»Biehf!«

Zwei Pfund Corned Beef. Martha paßte den Moment ab, da Vater Paffrath, in Melancholie versunken, am Sekretär saß und Zirkelblumen zeichnete. Sie öffnete die Büchsen, holte mit einem Löffel das Fleisch heraus. Es duftete, wie lange nichts geduftet hatte. Martha schob sich einen Löffel voll des braunen Klumps in den Mund, verdrehte die Augen und füttertet schnell Heini. Dann wies sie den Jungen an, die leeren Büchsen augenblicklich wegzuwerfen, damit Vater nichts merke. Heini rannte die Treppen herunter in den Hof, wo die Mülltonnen standen, während Mutter des Rest des kostbaren Beefs schnell verrührte, es mit Gries Zwiebel Majoran zu einem Teig verfestigte und in die Kastenform füllte. Sie verriet nicht, woraus diese Mahlzeit wirklich bestand. Sie sagte zu Heinrich Theodor, es sei ihrer hausfraulichen Kunst zu verdanken, daß sie aus Nichts etwas zu zaubern imstande sei, das wie echtes Fleisch schmecke. Paffrath, der den Braten durchaus köstlich fand, hatte plötzlich keine Lust mehr, nach der Herkunft der Zutaten zu forschen. Nur als es bereits zum dritten mal innerhalb zweier Wochen derart zubereiteten Braten gab, wurde er mißtrauisch. Er sah das seltsame Flackern in den Augen seines Sohnes und fragte:

»Hast du was damit zu tun?«

Heini schüttelte den Kopf.

»Es is von Hierjeist. Vonne janz legalen berlina Kuh«, versuchte Martha Vaters Verdacht zu unterbinden.

Er wollte ihr glauben. Er wollte sowieso, daß alles wieder normal würde. Aber manchmal, wenn der Sohn zu spät nachmittags aus der Schule kam, erschnüffelte er an ihm Fremdes, Ungehöriges. Lavendel roch er und noch etwas anderes, dessen Herkunft er nicht zu bestimmen wußte.

* * *

Im Schlaf steigt Heini Paffrath Saures in den Mund. Er erwacht mit brennender Zunge. Zum Durst hat sich Hunger gesellt. Verdammt, denkt Heini, meine erste Nacht ohne Dienstbereitschaft, und schon so eine Quälerei. Schwankend, als würde er auf unsicherem Floß durchs Schlafzimmer getrieben, tapst er in die Küche, macht Licht, stürzt zum Kühlschrank. Kälte, Leere. Nur das Summen des Aggregates, das die Funktion des Gerätes anzeigt. Heini betastet die leeren Fächer, als traue er seiner Wahrnehmung nicht. Der Hunger hat sich vor ihm aufgebaut als ein hinterlistiger Täter, den er zu Fall bringen muß.

»Du hättest ja auch mal einkaufen können«, sagt Paffrath.

Er ärgert sich sogleich darüber, daß er nicht einmal jetzt in der Sekunde reinen Freßwillens dieses *Du* namentlich ausspricht. *Du,* das heißen könnte: er im Selbstgespräch. Oder: das *Du* des zweiten Namens, der am Klingelschild steht, BLOCK, *Eva*, Eva, du hättest ja auch mal einkaufen können, und *Bogumil*, du ebenfalls, wir wohnen hier schließlich zusammen, wir sind eine Familie …

Zitternd vor Enttäuschung über seine Schwäche, daß er die alten Fälle nicht aus der Erinnerung bekommt, geht Paffrath vor dem Kühlschrank in die Kniee. Hunger reizt den Magen, der schon wieder Saures entlassen will. Akt eins der Selbstverdauung. Paffrath zieht das Gemüsefach auf und findet eine Ecke Schmelzkäse der Marke »Du darfst«. Fassungslos, aber auch glücklich, wickelt er den Käse aus der Verpackung und ißt ihn auf. In einem Stück. *Du darfst!*, du darfst alles, was du jetzt willst. Du bist ein freier Mann. Du hast es ausgestanden.

Heini Paffrath geht zurück ins Bett. Er schläft bei voller Beleuchtung, denn Licht, glaubt er eben erfahren zu haben, Licht tötet die Geister der Erinnerung. Heini, der Ängstliche. Sein eigener Name kränkt ihn, als sei er nie erwachsen geworden. Als sei Paffrath nie seinen Weg gegangen, der, wenn man ihn recht besieht, sich durchaus für eine Lebenskarriere eignen würde. Auch ohne die Ausschreitungen, an die er aber nicht denken will. Jetzt nicht, wo er den Restrausch ausschlafen muß, um morgen ein ganz normales Leben zu beginnen.

Heini Paffrath wundert sich, warum er nicht pflichtgemäß aufgeschreckt ist. Die Erwartungsangst, zum Einsatz gerufen zu werden, hatte sich nicht geregt. Er hat die letzten Nachtstunden durchgeschlafen, den Rausch verpennt, traumlos und satt. Paffrath steht auf, löscht das Licht. Der helle Morgen holt ihn in die Gewißheit: Ruhestand.

Und allein. Aber nein, sagt er sich, indem er tapfer im Badezimmer in den Spiegel sieht, dieses Gejammer hast du nie zugelassen, kein Mensch ist allein. Paffrath, Kommissar außer Dienst: in Gesellschaft mit seinen Erinnerungen. Das Spiegelbild zeigt, was ihn zurückwirft. Kurz und tief blickt er in die Zeit, die ihm ein mulmiges Gefühl bereitet. Heini nimmt die Rasierseife, feuchtet den alten Dachshaarpinsel an, macht Schaum, seift sich ein. Er führt den Rasierer mit der doppelten Klinge zum Gesicht.

* * *

Zehnjährig beging Heini seinen ersten Diebstahl. Vaters Rasiermesser glänzte in der Hand des Jungen. Anläßlich der Festwoche für das hundertjährige Jubiläum der Feuerwehr, zu der Heinrich Theodor Paffrath samt Familie geladen, wollte Heini von sich zeigen, was noch nicht zu sehen war: Er führte das trockene scharfe Messer über Wangen und Oberlippe, wie er es bei Vater gesehen hatte und schabte den Kinderflaum von der Haut. Die winzigen Härchen im Waschbecken von der Klinge spülend, verbiß sich Heini die brennenden Schmerzen. Als Martha beim Anblick ihres Sohnes Scharlach vermutete, klärte Heini sie stolz auf:

»Ich mußte mich rasieren.«

Heinrich Theodor Paffrath hatte die Rolle des Beleidigten aufgegeben. Für diesen Tag. Für die Teilnahme an der Ausstellung »100 Jahre Berliner Feuerwehr« im Schöneberger Rathaus. Als ob ihm die Demütigungen der letzten Monate nicht zugesetzt hätten, zog er am Morgen seinen über den Krieg geretten Anzug an. Zwar glänzte der Stoff speckig, und ein Knopf gehörte nicht in die Reihe, aber der Anzug stand Paffrath edel vorzüglich, so daß sein Anblick Martha einen hoffnungsvollen Stich versetzte: Vielleicht würde der Mann ja zu seinem alten Stolz zurückkehren. Vielleicht lebte er ja noch.

Die Ausstellung. Heinrich Theodor, im Anzug, frisch rasiert. Heini, in guten Hosen, ebenfalls rasiert. Martha hatte Penatencreme auf der entzündeten Haut des Jungen verstrichen. Er sah krank aus. Vater führte seine Familie durch die Halle, in der Modelle von Löschfahrzeugen und technische Geräte zu sehen waren. Vater selbst hielt sein Staunen zurück. Er kannte ja alles. Warum sollte er tun, als sei ihm die Feuerwehr ein Wunder. Martha, die einen neuen, für ihr Alter zu jugendlichen Petticoatrock angezogen hatte und kölnischwasserduftend an der Seite ihres Mannes ging, ließ ihrer Bewunderung freien Lauf. Sie wußte, daß sie Heinrich Theodor damit einen Gefallen tat, wenn sie Interesse für sein Leben zeigte.

Die VENUS entdeckte Heini. Rot kompakt stand das Löschgerät in der Schauvitrine. Vaters Erfindung. Sein liebstes Kind. Vor dem er gerührt stehenblieb, den Körper straffte und sich mit der Hand blitzschnell die Augen wischte.

»Nu heul nich«, sagte Martha. Mit ausgestrecktem Finger zeigte sie auf die VENUS.

»Sowat bringt keen Knallkopp zustande, sowat schafft nur'n jroßer Mann.«

Heinrich Theodor nickte. Das Leben hatte ihn wieder. In diesem Moment begriff er, daß er seine Frau liebte, seine Frau und den Jungen und das Leben, in dem nur nicht immer die Gerechten herrschten. Paffrath legte eine Hand um die Schulter seines Sohnes, drückte ihn an sich. Vereint gingen sie weiter durch die Ausstellung, vorbei an Haspeln Pumpen Drehleitern, vorbei an Funkgeräten Morsesystemen Photografien. Heinis Wangenhaut brannte.

»Na, wem haben wir das alles zu verdanken?« rief

Heinrich Theodor und zeigte mit großer Geste durch den Raum.

»Dir«, sagte Heini leise.

»Ja, deinem Vater«, bestätigte er, und ein siegreiches Schmunzeln trat auf seine Lippen.

Am Abend tanzten Heinrich Theodor Paffrath und seine Frau Martha auf dem großen Ball in den Festsälen am Funkturm. Heini durfte am Tisch sitzen, Brause trinken und zuschauen, wie die Erwachsenen sich auf dem Parkett drehten: Die plärrende schnulzige Musik machte sie jung, glücklich, Martha bewegte sich, als würde sie Rollschuhfahren, links rechts, Überschwung, Pirouette, der Petticoat erblühte, Heinrich Theodor tanzte mit der weißen Spitzenrose, drehte sich, wie vor Jahren vor dem Spiegel der Kleiderkammer, wo ihm das Mädchen Martha den Befehl gab *Marsch an die Arbeit*, heute maß er den Saal im Foxtrott aus, schneller schneller, so daß dem Paar wirbelig im Kopf wurde.

Heini saß beunruhigt am Tisch. So kannte er Vater nicht. So wirkte er irgendwie losgelassen, entfesselt von seinem ewig gehegten Ernst, frei aller Grantigkeit, der Zausel: fremd. Tränen stiegen Heini in die Augen. Er fühlte sich plötzlich allein hungrig durstig. Keiner konnte die Qualen stillen. In einem unbeobachteten Moment griff der Junge in die Zuckerdose, die auf dem Tisch stand. Mehrere Stück Würfelzucker stopfte er in den Mund, zermalmte die süßen Batzen, schluckte, sah, wie Vater seine Hand hinten an Mutters Hals legte, sich zu ihr beugte und sie küßte.

Heini wünschte sich einen Flammenwerfer, um dazwischenzugehen.

Sechs Jahre nach dem Rasiermesserklau beging Heini den zweiten Diebstahl. Er ließ eine Levis-Jeans aus dem Kaufhaus mitgehen. Eine Levis-Jeans besaßen einige Jungen der Klasse. Er, *Waldheini*, wie die Schüler ihn inzwischen nannten, besaß keine solche. Er trug auch keine fettgeformte Locke, keinen Entenschwanz, weder eine glänzende Windjacke noch bunte Hemden. Heini Paffrath war in einer Weise gekleidet, wie es eigentlich gar nicht mehr möglich schien: in Bügelfaltenhosen, so unauffällig bieder, daß sein Anblick schmerzte. Obwohl Martha versuchte, ihrem Jungen das ein oder andere Modeteil nahezubringen, damit er an die Schulkameraden endlich mal Anschluß fände. Martha war aufgefallen, daß ihr Heini niemanden hatte, mit dem er zusammenhockte, kein Freundeskreis, dem er angehörte. Heini kam jeden Tag pünktlich aus dem Gymnasium, aß, machte Hausaufgaben, und danach gab es nichts.

Heini wollte keine Jeans. Er wollte kein Transistorradio. Er wollte auch keins der ondulierten glockenrockschwingenden Mädchen. Er wollte nichts, was die anderen hatten. Er lief gern allein durch den Siegmundshof Richtung Spree. Er sah die Trümmerlücken und die eilig hochgezogenen Gebäude. Oft blieb er vor dem höchsten der neuen Häuser stehen, trat an die Eingangstür und zählte die Klingelknöpfe: zehn zwanzig dreißig, bis einhundertsechzig Klingelknöpfe. Er dachte gern an nichts. Gelangte er aber zur gelben Brücke, die im letzten Jahr über den Fluß gebaut wurde, befiel ihn erwartungsvolle Unruhe. Er stellte sich auf die Brücke, blickte ins Wasser der Spree und träumte. Mehr wollte er nicht. Er fütterte sein Sparschwein mit Münzen. Er graute sich davor, sein zu müssen wie die

Jungs seiner Klasse. Er kaufte sich eine Flasche Uralt Lavendel. Er roch entsetzlich altmodisch. Vater sagte:

»Der Junge ist in Ordnung.«

»Er ist wie sein eigener Großvater«, entgegnete Martha.

Eines Tages aber klaute Heini die Jeans. Er wußte nicht, warum er es getan hatte. Die Jeans waren für Ditte Krampe, den Klassenboss. Der hatte behauptet:

»Ich wette meinen Arsch drauf, daß der Waldheini sich nichts traut.«

Heini lieferte die Levis ab. Eine nagelneue kobaltblaue Hose mit Nieten und einem roten Fähnchen an der Gesäßtasche. Das Kultstück, das sich anfangs hart und fremd an den Beinen anfühlte. Beim ersten Waschen, welches sich, indem man die Hose am Leib behielt, in der Badewanne vollzog, maß es sich dem Körper an wie eine zweite Haut.

»Auftrag erfüllt«, stellte Ditte Krampe verwundert fest. Er zog seine Hose herunter, entblößte den Hintern und entbot Heini dessen Gewinn:

»Der gehört dir, und außerdem gehörst du jetzt uns.«

Heini wußte nicht, was das bedeuten sollte: zu ihnen gehören. Er hatte nicht den Wunsch, aufgenommen zu werden in die Gemeinschaft der Jungs, die so scheitelfein halbstark sich gebärdeten. Die Jungs mit ihren Sprüchen *Haste mal nen Docht?* und wie sie Zigaretten rauchten, wie sie auf ihre Mopeds stiegen, durch die Straßen knatterten, akrobatisch im Sattel. Heini wünschte sich nichts von dem, und doch sehnte er die Fähigkeit herbei, es wünschen zu können. Aber dieser Wunsch erlag dem leerem Karussell seiner Gedanken, und es war so: Wenn er auf einen von der Clique traf, ob in der Schule oder am Sonntag, schreckte

Heini zurück. Angst hatte er keine. Eher kam ihm alles albern vor. Streiks Demonstrationen Randale Rockmusik – Versatzstücke einer Existenz, die als künstliches Schicksal ihm gegenüberstanden. Heini war anders. Nur wie? fragte er sich selbst und sah sich einfallslos kleingetauft herumstehen, alles erfüllend, was die Pflicht ihm auftrug, brav, leergebrannt.

Vater, der endlich wieder bei der Feuerwehr in der Nachrichtenzentrale arbeiten durfte, wollte nichts an seinem Jungen bemerken. Manchmal versuchte Heini, ihn in ein Gespräch zu verwickeln, von Mann zu Mann sozusagen. Was er von Generalstreik, Ostermarsch oder der atomaren Aufrüstung hielt, wollte Heini wissen, aber Vater Paffrath sah ihn an, als sei er nicht ganz bei Verstand: Er solle sich aus dem Politmist raushalten, vor allem jetzt, wo es wieder Arbeit gibt für ihn, er solle um Gottes willen seine Nase nicht in jeden Dreck stecken, vor allem nicht in die *Atomkraft*. Atomkraft – dieses Wort, das Vater angeekelt aussprach. Aber in die Verachtung mischte sich Ehrfurcht, denn *Atomkraft*, erklärte er dem Sohn, setzte tausendfach mehr Hitze frei, als seine VENUS je zu löschen imstande sein würde. VENUS. Das kleine rote dumme Gerät, das Heini verfolgte. Es ärgerte ihn, daß Vater mit ihm sprach, als sei er noch ein Kind. Als würde es sich bei jedem Ding, das ihm zum Erwachsenen erhebe, um ein Spielzeug handeln.

Eines Tages nahmen Ditte Krampe und seine Clique Heini Paffrath zur Aktion *Feuertaufe* mit. Ditte in künstlichem Leopardenfell und Röhrenhose, die anderen ähnlich bunt, verrückt, kaugummikauend, rauchend, Petticoatmädchen mit aufgesteckten Haaren. Sie zogen Heini im

Tiergarten hinter einen Rhododendronstrauch. Dort salbten sie ihn, wie es Brauch war. Damit seine Zugehörigkeit zu ihnen endlich vollzogen sei, denn man könne sich den Anblick eines Waldheinis nicht leisten. *I want to be free, o yes.* Man schmierte Heini Spucke und eine Paste ins Haar, zog mit dem Kamm einen scharfen Scheitel, *o yes,* man zog ihm das Hemd aus und eine rotglänzende Windjacke an, auf deren Rückseite *ELVIS* mit silbernen Nieten kalligraphiert stand, *o yes*, und ein Mädchen streifte Heini die Hosen ab und gab ihm eine Levis, Ditte Krampes Levis, in die er sich ohne Widerstand zwängte und plötzlich dastand wie einer von ihnen, *o yes.*

Bevor Heini Paffrath wußte, was geschehen war, ging die Aktion weiter. Man band ihm die Augen zu, schleifte ihn mit. Quer durch die Stadt. Er spürte nichts als eine dumpfe Unsicherheit, ob er sich nun am Ziel seiner heimlichen Wünsche oder in der heißesten Kampfphase gegen das von ihm Verachtete befand, und stolperte in der Clique voran.

Das Tuch wurde Heini von den Augen genommen, nachdem der erste Akkord erklungen war. Sofort zurückgeschlagen von der Macht jener Töne, die er immer nur von ferne wahrgenommen hatte, die ihm fremd waren, zu einem Leben gehörten, das er nicht kannte, auch nicht kennenlernen wollte. Nach den ersten Akkorden von Bill Haleys Musik wünschte sich Heini Paffrath sein Donnermützchen zurück.

Wie er das Konzert überstanden hatte, wußte er nicht. Irgendwann wurde ihm Schnaps eingeflöst. Einmal flog ein Stuhl durch die Luft und traf ihm an der Schulter. Ein kreischendes Mädchen hatte sich auf ihn geworfen und in der glänzenden Windjacke verfangen, *rock rock rock, everybody rock rock rock*, aber er wollte das Mädchen nicht, er wollte nur noch davonlaufen, aus dieser Hölle des Ausgelassenseins, weg von den Kumpanen, die ihn zurechtgeputzt hatten wie einen Lackaffen, die ihn jetzt packten und hin- und herschubsten, *warum so einsam, Waldheini*, bis ihm jemand, Ditte Krampe vielleicht oder irgendeiner der tausend andern, an die Hosen ging, ihm die Levis vom Leib zog, mitten im Gewühl des Publikums, plötzlich stand Heini in Unterhosen, Ditte Krampe hatte sich sein Eigentum wiedergeholt, *free, free, like a bird in the tree!*

Daß Heini mit Stricken auf das Moped gebunden wurde, nahm er nur noch wahr als einen Alptraum. Er bemühte sich, an etwas anderes zu denken als an das, was ihm gerade widerfuhr, an das Abendessen mit Mutter und Vater, an seine Bücher, die er mochte, die ihm Halt gaben. Hinter Ditte Krampe saß Heini festgezurrt auf der Maschine, die jaulend über die Straßen raste, aufgebockt im Taumel gegen die Langeweile. In jeder Kurve drohte Heini vom Sitz zu kippen, *hey! hey!* schrie Krampe, und die tödliche Fahrt ging weiter im knatternden Haß Schweiß Gebrüll, *Heini Klein fuhr allein in die weite Welt hinein*. Kurz bevor Heini ohnmächtig zu werden drohte, kippte ihn Ditte Krampe vor seinem Haus ab. In Unterhosen, zerrissener Windjacke, betrunken, lädiert. Den Kopf voller dröhnenden Hämmer *rock rock rock*. Das war das Ende der Aktion *Feuertaufe*.

Mutter Martha steckte ihren Jungen in die Badewanne. Vater Heinrich Theodor schüttelte den Kopf über soviel Wehrlosigkeit, die der Sohn an den Tag gelegt hatte.

»Der ist doch irgendwie falsch gepolt«, vermutete Vater.

»Wat hab ick jesagt?«

Martha legte Heini einen frischen Schlafanzug hin. Er zog die duftende vertraute Kleidung an und begriff langsam, was man mit ihm gemacht hatte.

»Ich zeige sie alle an«, schwor er sich, »ich bring sie in den Knast.« Nach diesem Vorsatz ging er zum Küchenschrank, zog die Schublade mit dem Zucker hervor. Löffel um Löffel aß er. Bis er müde wurde und mit dem süßen überdrehten Geschmack der Rache auf der Zunge einschlief.

* * *

Paffrath spült Seifenreste vom Gesicht, trocknet es ab und begutachtet das Ergebnis: nur eine kleine Schnittstelle an der Oberlippe, die er mit einem Fetzchen Zeitungspapier abdeckt. Eine wahre Leistung bei soviel Abschiedsgift im Blut, das den Kommissar a.D. zittern macht.

»Gutgut«, sagt Paffrath und faßt sich an die Wange.

Er kennt diesen Schmerz, der jetzt auf ihn zukommt: fiese feige Fäulnis. Obwohl er ein künstliches System gegen den Schmerz besitzt. Heini nimmt seine Zähne aus dem Mund, die obere, die untere Reihe, und, Pfefferminzschaum schlagend, als würde er die Erinnerungen wegputzen können, mischt er den Schmerz der tröstlichen Kampfstoffe mit der süßen Reminiszenz an seinen ersten Schlag gegen den Vater, an eine Zeit zwischen beginnendem Studium und Zahnarztstuhl.

* * *

Nicht, daß Heini das Neue wirklich interessiert hätte:

Die neuen staksbeinigen Möbel, die Martha gegen die schweren Chippendale-Schränke, Biedermeiersessel und bestienfüßigen Tafeltische ausgetauscht hatte; die futuristische bunte Tapete, *heiter wohnen*, der schwarzweißkarierte Teppich, der Fernseher samt Cocktailtisch Blumenhocker Tütenlampe Snapcouch, die Schaumstoffsessel, der Gummibaum, *die Muster von morgen*, Vater, der wieder gut verdiente, Mutter zu Hause in einer Küche mit neuen farbigen Fußbodenplatten und Resopal, die modernen elektrischen Geräte, der *Falsche Hase* aus feinstem Kalbshack, *Wohlstand für alle*.

Und das Radio spielte das *Wunschkonzert.* Vater liebte es. Mutters Kommentar lautete:

»Kokolores.«

»Millionen finden es gut«, beschwerte sich Vater »aber du mußt es blöd finden.«

Heini, dem das Gedudel ebenfalls auf die Nerven ging, dessen Wünsche andere Ziele als die Botschaft des *Wunschkonzerts* hatten, sagte dennoch:

»Ich finds nicht schlecht.«

Wenn Vater ihn dann zu sich auf das Sofa zog, den Arm um seine Schulter legte und das Radio lauter stellte *Hab'n Se nich, hab'n Se nich, hab'n Se nich'ne Braut für mich*, fröstelte es Heini.

Nicht, daß Heini irgendetwas gegen die Zeit gehabt hätte. Er zeigte nur kein Interesse an dem, was an Veränderung vor sich ging. Weder in der eigenen Wohnung noch im Kiez, auch die übrige Welt hielt er sich fern und undurchschaubar. Berlin, die aufgeregte, zerstückelte, mit Brachflächen und Zukunftsbauten durchsetzte Stadt, erzeugte in

Heini lähmende Gleichgültigkeit. Kaum, daß er sich Gedanken machte, wo er lebte, Westsektor, Ostzone – alles klang in seinen Ohren wie ein Spiel mit springenden Figuren, Ost-West, hopp hopp, *Ihren Personalausweis bitte*, wer davonläuft, kommt ins Bauklötzchengefängnis auf dem Küchentisch.

Im Kokon friedensspendender Kindlichkeit lebte Heini Paffrath dahin, absolvierte das Abitur mit »gut«, las Kriminalromane, schlief viel, legte sich ein Sparbuch an, sah immer noch aus wie *Nappsülze*. Wenn ihm etwas zu nahe rückte, griff er zum Zucker.

Bald stand die Frage nach dem Studium im Raum. Vater Paffrath stellte sie dringend, als wollte er wettmachen, was das eigene Leben ihm versagt hatte.

»Studieren, ja, aber was Handfestes!« forderte er.

Martha entgegnete, Studieren sei nie was Handfestes, aber da Heini im Leben nix dergleichen geleistet habe, nicht mal bei der Freiwilligen Feuerwehr war er gewesen, da sei vielleicht ein Studium das richtige für ihn.

Heini hörte nicht hin. Ihm war es egal. Er wußte nur, daß er sich für etwas entscheiden mußte, aber er fand nichts, nichts, das ihn begeisterte. Also schloß er die Augen und tippte ins Blaue.

Er schrieb sich an der Technischen Universität für PHYSIK ein. Aber schon mit der Einstandsvorlesung ahnte er, einen grandiosen Schritt getan zu haben. Der Vortrag des Professors vom Institut für Kernforschung ging um die flimmernde Welt der radioaktiven Familien, die Gesetze des Zerfalls, des Todes, der einzigen zukünftigen Energie.

»Ich werde Atomphysiker.«

Mit diesem Satz eröffnete Heini Paffrath ein sonntägliches Mittagessen im Jahr 1960, beim *Falschen Hasen* sitzend, Vater und Mutter rissen die Augen auf und waren fassungslos.

Die Gabel, die Vater nach dieser Eröffnung geworfen hatte, verfehlte Heini um ein Haarbreit. Sie prallte gegen die Topflappenfront über dem Gasherd. Heini war blaß geworden. Martha zurückgewichen. So kannte sie ihren Mann nicht. Und was hatte ihn überhaupt zu diesem Wurf veranlaßt, noch war ja nichts entschieden, noch hatte der Junge womöglich nur Flausen im Kopp, und außerdem, warum sollte er nicht Atomphysik studieren, das ist doch was anderes, als Bomben werfen ...

»Ja!« schrie der Vater, »der Junge ist sowieso was anderes, was Bessres, bildet er sich ein, der läßts mal richtig knallen, wenn er studiert hat, na klar, damit ich dasteh mit meinen Erfindungen und der mir zeigen kann: Das war wohl nix, Vater! Schau dir an, was *ich* erfunden habe, da kommst du nicht an dagegen, der will mich fertigmachen, Atomphysik, das ist das Letzte!«

Heini saß stumm am Tisch. Angesichts von Vaters Ausfall stieg in ihm glucksendes Heulen oder Lachen hoch, aber er heulte und lachte nicht. Er wußte nur, daß er nicht aufgeben durfte. Eine ganze Tüte Bayrisch Malz zerkaute Heini, bevor er den ersten Schmerz in den Zähnen spürte.

Der Student Paffrath verbrachte seine Zeit mit disziplinierter Pflichterfüllung. Jede Vorlesung, jedes Seminar besuchte er. Mit halbgeschlossenen Augen saß er im Hörsaal in der zweiten Reihe und nahm den Stoff auf, Tabellen, Formeln, geniale Konstrukte, an denen sich etwas finden und beweisen ließ, aber was. Die aufgetragene Lektüre war Heini Herausforderung, da er die abstrakten Welten der Atome und Moleküle nur schwer begriff. Jedesmal stürzte er aus der Theorie in die Sphäre der Phantasie. Er spielte mit Namen und Formeln, als seien es Fabelfiguren. In Nuklidkarten und Kerntabellen zeichnete der Student träumerische Ranken: Radiumrosen, Uranstrahlensterne, Monde aus Blei Wismut Radon.

Manchmal verankerte der Student seine Blicke in den Hemden oder Anzugjacken der Kommilitonen, die vor ihm auf der Hörsaalbank saßen. Es bereitete ihm Lust, die Kleiderstoffe der Jungen mit, wie er es bezeichnete, ionisierendem Blick zu durchdringen. Um zu erforschen, wer sie eigentlich waren, was sie berechtigte, hier, vor ihm, Heini Paffrath, zu sitzen. Freundschaften wollte er nicht.

Ende des ersten Semesters kam alles anders.

Am Tag, da der Kommilitone Rüdiger Huth, Sohn eines Arzneimittelfabrikanten und mit neunzehn Jahren schon passionierter Zigarrenraucher, ein Grüppchen Studenten um sich scharte und verkündete, daß es anderes zu tun gäbe, als ewig öden Paukentönen zu folgen, beschloß Paffrath, dabeizusein. Jedoch nicht wirklich, nicht als lebendiger Freund oder Kumpel, sondern Heini wollte den Leuten angehören, um seiner neuen Lust nachgehen zu können: sie zu durchschauen. Aber er gehörte nicht zu den Auserwählten, die sich um Rüdiger sammeln durften. Er kam nicht in den Genuß, von Rüdigers Zigarren eingewolkt zu werden und sich die Legende seiner Blutsverwandtschaft zu Fidel Castro anzuhören.

Heini Paffrath wollte man nicht dabeihaben.

Man wisse nicht recht, wer er sei.

Heini verstand nicht. Seine Enttäuschung zerkaute er mit Bonbons. Dann kam der Zorn. Und der Verdacht, daß in Rüdigers Kreis etwas geschähe, wovor die Welt geschützt werden müßte. In diesem Moment war Heini froh. Er wußte, was er zu tun hatte. Sein Auftrag war klar: Er würde sie stellen.

Heini Paffrath folgte ihnen. An einem Freitagabend, heimlich, in katzenhaftem Schleichgang, geduckt, Richtung Bahnhof Jungfernheide. In Gedanken notierte er, was geschah, auch wenn noch gar nichts passierte, sondern nur vier Leute sich um Rüdiger Huth sammelten, der unverfroren Zigarren paffte, auch welche verteilte, billige Zigarillos, wie Heini vermutete, und die Gruppe weiterlief, auf unwirtliches Gelände, jetzt über eine Absperrung Richtung Westhafenkanal, alle ihrem Führer hinterher, und Heini mußte rennen und sein Schnaufen unterdrücken.

Aber Heini Paffrath wollte man nicht dabeihaben.

Er duckte sich hinter einer Bretterwand, die eine Art Hafenbunker abschirmte. Der Bunker war Rüdigers Ziel. Was immer er auch vorhatte, Paffrath registrierte alles. Jede Geste der anderen, wie sie an den Zigarren pafften, hilflos ihre Jacken vom Staub abklopften. Wie sie sich durchs Haar fuhren, schlacksig hin- und herliefen, diese Halbmänner, wie sie Paffrath bezeichnete.

Er spähte durch eine Bretterritze. Noch immer stand das Studentengrüppchen vor der Bunkertür, tuschelte und rauchte. Schließlich gab Rüdiger ein Zeichen, und man tauchte ab. Einfach so. Vor Paffraths entsetzten Blicken, die er nicht hinterherschicken konnte, denn plötzlich waren sie alle weg, als seien sie in die Hölle gefahren, aber sie waren hinter einer Tür verschwunden, und diese Tür war geschlossen und blieb es, auch als Paffrath vorsichtig daran rüttelte – sie tat sich nicht vor ihm auf.

Er preßte das Ohr an die Tür.

Er hörte erst etwas, nachdem er die Augen geschlossen hatte. Ein leiser quietschender Ton wandt sich vom untersten Boden der Hölle hinauf zu ihm, ein metallener hoher Akkord, den Paffrath erregt in sich aufnahm: Es waren Flötentöne, die ihm ins Ohr drangen, aber ganz fremd, denn so eine Flöte hatte er noch nie gehört, so schwingend schneidend wirbelnd, so unharmonisch, daß deren Töne wehtaten. Paffrath riß sich von der Tür los.

Über ihm zogen die Nachtwolken von Berlin als graue Schattentiere. Vor ihm lag der Kanal, der leise gurrte und gurgelte.

Rüdiger wird mich bemerkt haben, dachte Paffrath, der drischt mich morgen grün und blau.

Er fror. Angst verspürte er keine.

Er ging auf und ab, atmete tief die feuchte Luft ein. In die grau mäandernden Wolken blickend, träumte er, wie er die Jungen festnimmt, mit gekonntem Griff, hart und bestimmt. Mit diesem Traum im Kopf ging Paffrath zum Bunker zurück, um den Mut der Stunde auszunutzen und die Kommilitonen an Ort und Stelle zu überführen. Er versteckte sich hinter der Bretterwand und sah, wie sie der Hölle entstiegen.

Halt! hörte sich Paffrath sagen.

»Ach nee«, rief Rüdiger Huth und scharte mit einem Fingerschnips sein Gefolge um sich, »da haben wir wohl einen vergessen.«

»Ich bin zufällig hier«, erklärte Heini.

Rüdiger stand vor ihm. Heini roch Schnaps und Rauch.

Rüdigers Atemfähnchen berauschten ihn. Jetzt oder nie, dachte Heini, aber schon wußte er nicht, wohin ihn diese Entscheidung führen sollte. Er schnüfftelte Rüdigers Atem nach, merkte nicht, wie die anderen ihn umstellten.

»Gebt ihm was«, befahl Rüdiger.

Heini zuckte zusammen. Schon glaubte er, Schläge auf seinem Nacken zu spüren. Instinktiv schloß er die Augen. Als er sie wieder öffnete, war die Gruppe verschwunden. Enttäuscht blickte sich Heini um. Gut, dachte er, ich muß Beweise, Indizien gegen sie sammeln. Zu seinen Füßen fand er sie: mehrere Zigarrenstummel, die die Studenten ihm hingeworfen hatten. Manche waren noch warm, eine halbaufgerauchte Zigarre glühte noch. Heini hob die Stummel auf und ließ sie in der Nachtluft auskühlen. Bevor er sie in sein Taschentuch wickelte, steckte er jeden einzelnen zwischen seine Lippen und zog daran. Den glühenden Stummel behielt er in der Hand.

Anderentags stand Heini Paffrath vor der Tür des Rektors. Im Moment, da er das Zimmer betreten wollte, mit einem Taschentuch voller Zigarrenstummel, erschien Rüdiger auf dem Flur, um Heini mitzuteilen, daß er das nächste mal mit zum Flötenkonzert gehen dürfe.

»Danke«, sagte Heini und ließ, gerührt von Rüdigers Versprechen, von der Tür des Rektorenzimmers ab.

Seite an Seite mit Rüdiger betrat er den Seminarraum.

Trotz seines Erfolges hielt sich Heini von den Kommilitonen fern. Er wußte bald, daß Rüdiger ihn belogen hatte. Jedes mal, wenn Heini ihm begegnete, ließ er seine Finger in der Luft spielen und sang dazu *düdeldüdellütt!* Und immer lachten dann die anderen Studenten und sangen auch *düdeldüdellütt!*

Heini klaute aus der Mensa Würfelzucker, bestückte seine Hosentaschen damit. Fast ununterbrochen lutschte er Zucker und hielt sich so in einem Zustand erträglichen Daseins.

Sein erstes Referat verhaute er. Zu Hause am Abendbrottisch aber erzählte Heini, ihm stünde ein außerordentlicher Aufstieg bevor, sein erstes Referat, das über sogenannte Alphateilchen handelte, sei glänzend gewesen, der Professor würde ihn zum persönlichen Assistenten benennen. Als Martha Heini einen Kuß auf die Wange drückte, stöhnte er.

»Mein Jott«, sagte Martha, als sie sich in mütterlicher Ahnung Einblick in Heinis Mundhöhle verschafft hatte, »du hast ja'n Jebiß, als würdste hier nur Kohle zu essen bekomm. Jeh zum Arzt!«

Heini Paffrath betrat die Zahnarztpraxis von Dr. Ludwig Düvel widerwillig in Begleitung von Mutter. Er hatte Angst. Angst nicht vor den Schmerzen, die unausweichlich bei der Behandlung auftreten würden, sondern Angst davor, daß man ihm seinen Trost verbieten würde.

»Nu mach dir nich ins Hemd!« zischte Martha, als Heini mit festverschlossenen Lippen auf dem Stuhl saß. Sein Blick ging nach vorn zum Fenster, auf dessen Sims eine Reihe Kakteen standen: rotblühende Fingerkakteen, die sich umeinanderrankten, sonderbare Figuren bildeten, als tanzten sie.

»Bitte öffnen Sie den Mund«, hörte Heini den Doktor sagen.

Er widersetzte sich dem Befehl. Trotzig, feige, die faulen Zähne hinter Verschluß. Er roch förmlich die Maßnahmen, die gleich gegen ihn verhängt würden. Zeit gewinnen. Denen zeigen, daß man stark ist.

Heini riß die Augen auf, weil das eben eine ganz wundersame Stimme gewesen war, die nicht nur einen Zauberspruch ausgestoßen, die ihn darüber hinaus mit *Herr* Paffrath angesprochen hatte, ein Klang, ein Glockenton hellster Ehrfurcht.

Der Patient sah über sich die Sonne. Das Gesicht der Zahnarzthelferin, das hell kreisrund, von einer Corona lichtblonder Locken umgeben, über ihm stand. Es leuchtete, duftete, und beim Anblick der Augen kam Heini ein anderer Vergleich mit zwei schwefelgelb flimmernden Planeten, die beide den Namen VENUS verdienten. Jetzt erschrak Heini doch, denn diesem Namen wollte er nie wieder begegnen. Allerdings drängte er sich ihm beim Anblick des Schönsten, was er je gesehen hatte, auf.

Heini Paffrath öffnete endlich den Mund und zeigte sein ganzes Elend. Ohne nochmals aufgefordert zu werden. Aber er zeigte es nur der über ihm stehenden Sonne, die ihn anstrahlte nickte lächelte. Die aus einem so rotglänzenden Mund lächelte, daß Heini fast ohnmächtig wurde vor Begehren oder vor dem Schrecken über sich selbst, denn solche Gefühle waren ihm bisher nicht begegnet. Ihm fiel ein, daß Mutter noch immer im Behandlungszimmer saß und daß er neunzehn Jahre alt war, eine Affenschande, eine Katastrophe, mit Mutter hier aufzukreuzen. Die Sonne verzog sich für einen Moment, um dem Gesicht Doktor Düvels Platz zu machen. Sofort lenkte Heini den Blick vorbei auf die Kakteen, die sich, kniff er die Augen zusammen, im Rock 'n' Roll Twist Boogie-Woogie tänzelnd verschlangen. Heini stand der Mund offen. Der

Doktor konnte mit der Beschreibung des Unheils beginnen.

Insgesamt zwölf kariöse Zähne, dazu beginnende Entzündung des Zahnfleisches, geringfügige Zahnfehlstellung. Der Doktor diktierte den Plan für Heinis Heilung. Er hörte sich an wie Formeln der Quantentheorie.

In dieser Stunde erfolgte noch die Extraktion eines unrettbaren Backenzahnes. Mit leichtem Ruck drehte ihn der Doktor aus Heinis Mund heraus, hielt das faulbraune Stück mit der Zange hoch und fragte im vorwurfsvollen Ton, den der Patient erwartet hatte:

»War das nötig?«

Ja, dachte Heini Paffrath, das war nötig! Als er vom Behandlungsstuhl aufgestanden war, nahm seine Sonne Gestalt an: der kleine rundliche Körper, die weiße Schwesternschürze, die lackroten Lippen, die sagten:

»Kommen Sie nächste Woche wieder.«

Ja, das war nötig. Heini nahm das Bestellkärtchen aus ihrer Hand entgegen. Schwindlig war ihm vor Glück. Nächste Woche. Zwölf faule Zähne. Er würde sehr sehr oft hierherkommen müssen. Wie gut, daß der Mensch so viele Zähne hat. Heini blickte mitten in die Sonne. Mußte blinzeln. Die Sonne blinzelte zurück.

»Der nächste bitte, Maschula!«

Doktor Düvel unterbrach das Spiel der beiden. Martha Paffrath nahm ihren Sohn bei der Hand, verließ mit ihm den Raum. Er schämte sich sehr für diesen Abgang.

* * *

Gebiß geputzt, Wangen rasiert, mit After-Shave in Spannung gebracht. Die nasse Hand befeuchtet die Achseln, das genügt. Der Kommissar a.D. verläßt das Badezimmer wie jeden Morgen. Müde, aber voller pflichtgesteuerter Energie. Noch immer spürt er den Pelz im Mund. In der Küche trinkt er Wasser aus der Leitung. Noch in Unterwäsche setzt er den Wasserkessel auf den Herd. In der Büchse findet sich kein Kaffee mehr, also schiebt Paffrath den Kessel wieder vom Feuer, flucht, hängt noch einmal seinen Mund an den Wasserhahn, löscht den Brand.

Wie weiter. Am ersten Morgen, der nichts von Paffrath verlangt. Kein Dienst, kein Arbeits-, kein Heimweg. Stattdessen drei Paar neue weiße Tennissocken, Rasierwasser, Feuerzeug und – Heinis Herz schlägt plötzlich schneller – das Buch über Sukkulentenzucht, das er von seinen Kollegen zum Abschied geschenkt bekam. Er schlägt es auf, trifft zufällig die Seite der Kakteen, schon sind ihm die obszönen Tänze wieder vor Augen. Heini legt das Buch beiseite. Schikane, denkt er. Ihn überkommt die Furcht, die Kollegen hätten ihm mit diesem Geschenk zeigen wollen, daß sie etwas wußten von seinen geheimen Verfehlungen, seinen Untaten, seinen Delikten. Aber die Spuren waren getilgt. Verjährt die Raubzüge des Glücks. Daß ihm die Erinnerungen aufgestiegen waren wie schales Bier, schiebt Heini Paffrath auf den Suff.

Im Schlafzimmer steht er vor dem Spiegel, sieht sich in Unterwäschemontur. Eine grauenvolle Gestalt. So zivil und bedeutungslos, so affig albern weggekrümmt, daß er an rückwärtige Evolution denken muß. Den Tag normal beginnen, das war sein Vorsatz. Und dergestalt nimmt er seinen Anfang: in Feinripphemd und Unterhose mit Eingriff.

Alte bewährte Dinge. Die man gut unter der Uniform verstecken kann. Die sonst niemand sieht, die einfach nur verborgen waren. Aber jetzt, ohne Uniform, zeigt die Hemdhosengarnitur Paffrath in absoluter Existenz. Peinlich vom eigenen Anblick berührt, dreht sich Paffrath vom Spiegel weg. Ja, er würde alles anders machen. Von dieser Minute an würde er ein neues Dasein an sich herbeiführen, radikal, unsentimental.

Er blickt sich um. Das Zimmer im Morgenlicht: fade, voller muffiger Gerüche. Schlafzimmer, Altarraum. Heini schüttelt den Kopf.

»Nee«, sagt er, »so weit isses mit dir gekommen.«

Dann tritt er an jene Stelle unter das Fenster, die ihm stets ein Gefühl des Begehrens bereitet. Jene Stelle, an der er eine Kerze opfert, deren Flamme sich in seinen Augen langzieht, lang und dünn wie eine Stahlsonde, der Mund öffnet sich von selbst, Heini träumt von Maschula, die ihm als Flamme in den Zähnen herumstochert, bohren, bohren, und Heini spuckt in das Nierenschälchen Blut, opfert seinen Schmerz, die stechende Liebe, die übergeht auf das rotlackfarben gestrichene Holzbänkchen, auf dem Lippen Kakteen Sukkulenten tanzen, die Wüstengewächse seiner Sehnsucht, der er selbst ein Ende setzen wollte, aber das ist lang verjährt, so lang, daß Heini Paffrath jetzt beschließt, den Fall ein für alle mal abzuschließen.

Mit dem Pantoffel fegt er die Kakteen vom Bänkchen herunter. Alle auf einen Streich. Zwischen Erde und zerbrochenen Blumentöpfen liegen tanzmüde stachlige Gewächse, auf die Paffrath mit dem Pantoffel jetzt einschlägt. Die Nierenschale samt Zahnbürste und Zahnpasta packt er in die Plastiktüte, die seine Abschiedsgeschenke beinhaltet hatte. Dann holt er aus der Küche Schaufel und Handfeger, kehrt die Trümmer auf, stopft sie in die Tüte, rennt aus dem Zimmer, die Tüte schlenkert an seinen nackten Beinen, die Treppen runter, das Haus erwacht, raus auf den Hof, zur Mülltonne, vor der Paffrath jetzt stehenbleibt, die Tüte mit dem Altarschutt in der Hand.

»Scheiße«, sagt er, sieht an sich herunter.

Als er die Tüte in der Mülltonne versenkt hat, wird ihm schwindlig. Der späte Mai läßt fliederwelken Gestank über den Hof ziehen, oder es ist die Futtertonne, die so stinkt. In aasigen Geruch gehüllt, sieht sich Heini Paffrath, Kommissar a. D., im Hof seines Hauses. In voller Unterwäschemontur, am ersten Morgen seiner Freiheit. Die Zähne hat er bereits geputzt.

* * *

Mit jedem Zahn, der dem Studenten Paffrath ausgefräst und mit Amalgam gefüllt, mit jedem Zahn, der hoffnungslos extrahiert und durch einen Kunststift ersetzt wurde, schien ihm die Sonne heller. In angespannter Position, die Schmerz und Lust signalisierte, lag er auf dem Behandlungsstuhl und ließ sich alles gefallen. Näherte sich Maschulas Gesicht, spürte der Patient schon, wie sie sich seines Mundes bemächtigte: wischte Speichel und Blut ab, stopfte Watteröllchen zwischen Zähne und Zahnfleisch, hielt Schälchen mit Utensilien bereit und reichte dem Doktor Sonden Spiegel Bohrer. Fast immer war sie bei ihm. Zärtlich, duftend, das Licht seiner ersten Liebe. In den Sekunden, da Heini sich mit Dr. Düvels Gesicht begnügen mußte, in denen er nur Metallgerät und Männerfinger im Mund spürte, drohte er vor Schmerz zu sterben. Mit letzter Kraft versuchte Heini dann, seinen Blick zu den Kakteen auf dem Fensterbrett zu lenken, denn diese seltsam verschlungenen Gewächse schienen ihm der Inbegriff Maschulascher Leidenschaft zu sein. Die Kakteen halfen ihm, über die Gegenwart des Doktors hinwegzukommen.

Ich schenke Schwester Maschula einen Kaktus, beschloß er.

Nie wagte Heini Paffrath, diesen Vorsatz in die Tat umzusetzen. Er wagte nicht einmal am Ende der Behandlungsstunde Maschula die Hand zu geben, sich für das Glück, das ihm wiederfuhr, zu bedanken. Nachts, wenn die Zähne vor Schmerz puckerten und der saure Geschmack des Amalgams im Mund herrschte, träumte er, wie sie sich ihm nähert: Flach liegt er auf dem Zahnarztstuhl, die runde kleine Frau tritt von vorn auf ihn zu, *Bitte öffne den Mund!*, er spreizt die Beine, sie rollt dazwischen, kalt heiß kalt heiß, er weiß nicht, woraus sie besteht, aus welchem Baustein der Materie, jetzt liegt sie auf ihm, seine Sonne, lackrote Lippen, die Energie von Millionen Kilowatt, er will den Mund öffnen, es gelingt ihm nicht, sie fordert, jetzt erkennt er, daß er gar keinen Mund hat, er wünscht sich so sehr einen Mund, *nun komm schon!*, er sucht nach einem Messer, mit dem er sich einen Mund schneiden, damit er sie küssen kann, aber die Lippen verlieren den Lack, werden blaß, flüssig, sie hat Lippen aus Helium, die auf sein mundloses Gesicht tropfen und sogleich verfliegen, er will sie stoßen, ein Mann sein, aber er schafft es nicht, sie will verschmelzen mit ihm, er bleibt kalt, *Waldheini!* hört er sie sagen, dann steigt sie von ihm auf, ein Ballon voller flüchtigem Gas, steigt hoch, höher, fliegt zum Fenster, wo die Kakteen stehen –

Paffraths Studium verlief in merkwürdigen Bahnen. Mal gelangen ihm physikalische Versuche, und in den Seminaren galt er als Wortführer neuster Erkenntnisse. Er schämte sich nicht, mit beinahe zahnlosem Mund Referate herunterzunuscheln, obwohl ihn Professoren und Kommilitonen daran zu hindern versuchten. Er saß über seinen Büchern, sonst nichts. Einmal fragte ihn Rüdiger Huth, ob er nicht endlich sein Versprechen einlösen und mit ihm auf ein Flötenkonzert gehen wolle. Da rief Paffrath: Nein! nein! Er würde nie wieder so etwas tun, er sei nur einmal, ein einziges mal ihm hinterhergelaufen, und das sei ihm eine Lehre gewesen.

»Du hast echt'n Loch in der Birne«, sagte Rüdiger.

Dann gab es Tage, an denen der Student nicht wußte, was er an dieser Universität sollte, womit er sich eigentlich beschäftigte. Wenn er ein Buch aufschlug, verstand er nichts. Kein einziges Teilchen wollte sich ihm erklären, keine Formel erschließen, kein Experiment gelingen. Die roten und blauen Kugelsymbole der Elektronen und Atomkerne fügten sich vor seinen Augen zu Murmeln, die sich in bizarre Figuren legten: *Muhmanze*, Diagramme Tabellen Spektren – ein buntes Zirkelspiel. An diesen Tagen fühlte Heini sich krank. Er lag im Bett, las Kriminalromane, ließ sich von Mutter Tee mit Zwieback bringen. Heimlich aß er wieder Zucker, der immer neue Löcher in die Zähne fraß. Das war gut so, denn nur der Gedanke an den nächsten Zahnarzttermin ermunterte den Studenten. Ihm konnte er nicht schnell genug entgegenleben, denn die Begegnung mit Maschula war das Höchste, womit er sich zu beschäftigen bereit war.

War der Tag des Zahnarztbesuches herangerückt, fühlte

sich Heini studentisch in Hochform. Da lebte arbeitete lernte er. Bis zum nächsten Absturz.

Eines Tages zog Heinrich Theodor Paffrath seinen Sohn ins Gebet. Er hätte so seltsame Absenzen. Er sei nicht typisch für einen Studenten. Stubenhockerisch sei er, querulant, mißgelaunt. Ob er sich vielleicht unglücklich verknallt hätte, wäre ja vorstellbar bei so schlechten Zähnen, daß er von den Mädels abgewiesen würde. Da schlug Heini auf den Tisch.

»Im Gegenteil!« rief er.

Daraufhin erklärte er Vater in einem Wortschwall und unter Tränen, daß er seine große Liebe gefunden hätte, ein ganz wunderbares Mädchen, das ihn auch liebe und verstehe und daß er bald nagelneue Zähne besitzen würde, und jeden einzelnen Zahn hätte er Maschula zu verdanken.

Vater, nicht unbeeindruckt, klopfte dem Jungen auf die Schultern, ging zum Cocktailschränkchen, holte zwei Gläser sowie eine Flasche Martini hervor und befahl:

»Darauf stoßen wir an!«

Der süße Wermut schmeckte Heini. Vatergesöff. Heini Paffraths Liebe war eröffnet. Nun durfte auch Mutter davon erfahren. Zu dritt stießen sie auf die Liebe an. Dann wollte Vater wissen, wer die Angebetete sei.

»Eine Studentin der Zahnmedizin«, gab Heini zur Antwort.

Schweigen.

»Oh«, sagte Vater nachdem Heinis Wahrheit verklungen war, »eine Studierte. Das mußte ja so kommen.«

»Wat mußte so kommen?« lenkte Martha ein, »willste, daß dein Sohn so'ne Piesepampeln aus'm Büro heiratet? Wat Bessres is wat Bessres.«

Vater nahm noch einen Martini zu sich, bevor er beleidigt die Stube verließ, sich ins Schlafzimmer verzog und zu Bett legte. Dort blieb er bis zum Abend unansprechbar. Beim Abendbrot war er dann wie immer, wortkarg, aber aufmerksam. Er schnitt sogar eine Wurststulle in kleine Stücke und schob sie dem zahnkranken Jungen zu. Von Maschula wollte Vater Paffrath nichts weiter hören.

»Ick bin stolz auf dir«, flüsterte Martha beim Gutenachtsagen ihrem Sohn zu. Heini verzog den Mund. Ihm war zum Heulen zumute.

Jetzt saß er in seiner Lüge fest. Er versuchte, sich nichts weiter daraus zu machen, hoffte insgeheim sogar, daß er die Wahrheit gesagt hätte und Maschula tatsächlich einmal von der Arzthelferin zur Studentin der Zahnmedizin aufstiege. Wichtiger aber war dem Verliebten, eine Vorstellung davon zu entwickeln, was Maschula Freude bereiten, womit er sie auf sich aufmerksam machen könnte. Denn Maschula ahnte nichts von Heinis Sehnsüchten. Soviel war gewiß. Er dachte nach. Ihm fiel nichts ein. Nichts, was ihn selbst an sich interessieren würde.

Im Moment, da der Patient die Praxis Dr. Düvels betrat, waren alle Hoffnungen, Schwester Maschulas Aufmerksamkeit auf mehr als auf sein marodes Gebiß zu lenken, dahin. Nicht die geringste Annäherung brachte er zustande. Nur einmal, als er Maschulas Finger im Mund spürte, biß er zu. Sanft, ohne Schmerz zufügen zu wollen, aber es war ein Biß.

»Ich glaube, der Herr Paffrath hat noch nicht gefrühstückt«, scherzte Maschula und überließ das Feld Dr. Düvels Fingern.

Lange träumte Heini diesem Biß nach. Er schmeckte

Maschulas zarte Fingerhaut, spürte die Wärme des Blutes, lutschte bereits an ihren Knöchelchen …

Panik erfaßte ihn, als nur noch drei Bestelltermine auf dem Kärtchen standen. Drei mal noch, dann waren alle Zähne repariert und gefestigt. Dann würde Heini seine Sonne nie wieder sehen, und Finsternis würde herrschen in seinem Leben und nichts ihm an Glück erstrahlen. Vater und Mutter erzählte er, er würde sich demnächst verloben.

Heinis Rettung war Zucker in Form fester Malzbonbons, Lollibälle und vor allem gummiartiger Toffees, die ihrer Bezeichnung als Plombenzieher gerecht wurden. Was Dr. Düvel reparierte, zerstörte Heini kurze Zeit später. Seine Zahnarzttermine vermehrten sich wieder. Dr. Düvel, der sich die Anfälligkeit des Patienten für kariöse und abgebrochene Zähne nicht erklären konnte, war am Ende seiner Geduld. Er schlug vor, einen totalen Zahnersatz zu erstellen. Dann hätte der Patient bald Ruhe vor ihm. Heini fand kein Argument dagegen. Er hoffte nur, daß die Prozedur lang genug dauerte, um Maschula endlich für sich gewinnen zu können.

Der 14. August 1961 war der Tag, an dem Heini Paffraths letzter Zahn gezogen werden sollte. Er hatte das Wochenende zuvor im Bett verbracht, da er vor Maschulasehnsucht und Angst vor dem bevorstehenden Ende seiner Behandlung Fieber bekommen hatte. Vater war am Sonntag zum außerordentlichen Bereitschaftsdienst der Feuerwache eingeteilt worden, während Martha aufgeregt vom Radio in die Küche, zu Heinis Bett gerannt war und mit Tee Zwieback Aspirin auch irre Nachrichten von Stacheldrahtverhauen, schimpfenden Leuten und eingestellten S-Bahn-

Linien brachte. Nachrichten, die Heini nicht hören wollte, weil sie nichts zu tun hatten mit ihm und seiner Liebe. Er schlief fieberte schlief.

Am Montag also hatte er von den Vorlesungen der Universität freigenommen, um die letzte Festung seines natürlichen Gebisses fallen zu lassen. Als er durch die Straßen lief, ahnte er etwas von dem, was er im Fieber von Mutter gestern erfahren hatte. Die Veränderung spürend, beließ er es dabei. Das interessierte ihn nicht. Ihn interessierte nur die folgende Begegnung mit Maschula, der er, wie jedesmal, mit der Hoffnung entgegensah, daß es ihm gelingen würde, sie anzusprechen. Gleichgültig wie. Diesmal würde er es tun. Mit zahnlosem Mund, eingefallenen Lippen, greisenhaftem Mümmeln.

Als Heini Paffrath die Praxis betrat, fand er Dr. Düvel allein vor. Er bat den Patienten, Platz zu nehmen. Heini durchfuhr ein Schreck. Fieber, dachte er, ich hab sie angesteckt, sie ist krank, liegt im Bett, braucht Tee Zwieback Aspirin, sie braucht mich.

»Schwester Maschula ist heute leider nicht da«, sagte Dr. Düvel mit belegter Stimme.

Heinis Lippen zitterten, flatterten über den zahnlosen Kiefern, sie ist nicht da, ja, wo ist sie denn?

»Sie ist rüber gegegangen. In die DDR.«

Rübergegangen. DDR. Heini starrte den Doktor an.

»Das ist nicht wahr.«

Er wiederholte noch einmal, was er gesagt hatte und daß das nicht wahr sei, und sprudelte dann heraus, daß *er*, Paffrath, zu ihr gehöre, daß er mit ihr verabredet sei, daß er sie liebe. Dr. Düvel packte den erregten Patienten an den Schultern und drückte ihn in den Behandlungsstuhl.

»So, junger Mann«, sagte Dr. Düvel, »der letzte Zahn muß jetzt raus.«

Es war der schrecklichste Heimweg, den Heini je von Dr. Düvels Praxis aus gegangen war. Mit der Zungenspitze tastete er über die Wunde, die beim Ziehen des Zahnes entstanden war. Er kannte das Gefühl. *Schwester Maschula ist heute nicht da.* Die Wunde blutete. Wie durchgeprügelt kam sich der Junge vor. So wollte er nicht nach Hause. Weiter durch die Stadt, links die Spree, rechts der Tiergarten, mit der Zunge nachbohren, das zerfetzte Zahnfleisch, die Siegessäule mit dem goldenen Engel, großer Stern, kleiner Stern, die donnernden Autos, die irgendwohin abbogen, anders als sonst, ruhlos die Tauben auf den Straßenlaternen, ruckedieguck Blut ist im –

Als Heini an die abgesperrte Sektorengrenze Nähe Friedrichstraße gelangte, spuckte er aus. Er konnte das alles nicht fassen, wollte auch nicht. Es war etwas in ihm, das stärker war als das, was er sah.

Drei Tage lang war Heini Paffrath sprachlos. Dann stellte Dr. Düvel seinem Dauerpatienten eine neue Gehilfin vor. Sie interessierte Heini nicht. Gedankenlos ließ er Abdrücke an Ober- und Unterkiefer über sich ergehen. Wie mit Beton gefüllt, kam sich Heini vor, denn er vermochte an nichts zu denken, nichts wahrzunehmen, nichts anzugreifen. Zeitung und Fernsehen ignorierte, sein Studium vernachlässigte er. Immer öfter saß er sogar abends mit Vater zusammen auf der Couch und hörte das *Wunschkonzert*.

Musik dudelte durch die Wohnung, Kokolores, der Gänsehaut bei Martha erzeugte, obwohl sie gern tanzte, sich in Glockenkleidern drehte, aber das *Wunschkonzert* haßte sie, weil es, von tranigen Ansagestimmen begleitet, die Welt der Jugend vorgaukelte, etwas, worüber sie längst hinaus war. Martha Paffrath saß am Fenster, von dem aus man zum Tierpark sehen und, wenn der Wind ungünstig stand, das Brüllen der Kamele hören konnte. Wenn das Kamelkonzert sich mit den Playboy- und Bonanzaträumen der Schlager mischte, fühlte Martha Wut in sich aufsteigen:

Da saßen auf der Couch, Vater und Sohn, vereint, mit schütterem Haar, im gleichen eckig geschnittenen engen Anzug, Vater mit Zigarre, der Sohn, Rauch inhalierend, Student der Kernphysik, und hörten das *Wunschkonzert!* Als ob es nichts anderes gäbe. Als ob nichts um sie herum vorginge, die Katastrophe nicht vorm eigenen Haus durch die Stadt wuchs, die heranrollenden Kampfgruppen Bautrupps Polizei. Obwohl Vater Paffrath alles wußte, trieb es ihn auf die Couch vor das Radio. Zum Rentnerdasein, zum Abschalten drängte es ihn, und Heini, der den totalen Zahnersatz erwartete, saß neben ihm und versuchte, sein Unglück zu vergessen.

Maschula, wegen der er beim Sender des *Wunschkonzertes* anrief und ein Lied für sie bestellte: für meine liebste Verlobte bitte, damit ich sie wiedersehe, *Wir wollen niemals auseinandergehn,* sie ist rübergegangen in die DDR, mein Beileid, doch das sind die Regeln der Zeit, aber *Wir wollen immer beieinanderstehn,* Heini Paffrath und seine Sonne, man kann doch keine Sonne vom Himmel holen, die Zeit ist verrückt, aber *Mag auf der großen Welt auch noch so viel geschehn*, ein Mann kann auch an einer guten HABANOS Gefallen finden, sagte der Mann auf der Couch, Heinrich Theodor, der einen richtigen Namen trug, aber *Wir wollen niemals auseinandergehn*, greinte der kleingetaufte Sohn, während Vater die silberne Guillotine aus der Jackentasche nahm, das Mundstück der HABANOS anschnitt, *unsre Welt bleibt so schön*, und die Zigarre dem Sohn überreichte, der den ersten Zug tat und hustend paffte, noch einmal das Lied, noch einmal *Wir wollen niemals auseinandergehn!*

»Das Lied der Nonnenbeine«, bemerkte Martha, die in der Küche gerade Teig für den *Falschen Hasen* knetete, mit fettigen Händen zum Lästern die Stube betrat und derart ordinär über ihren eigenen Witz lachte, daß Vater aufstand und sagte:

»Ich krieg jetzt nichts runter.«

Das Abendessen fiel für diesesmal aus. Heini legte sich hungrig und mit kratzigem Tabakgeschmack im Mund zu Bett. Ein Mann kann auch daran Gefallen finden. Aber Heini fand nicht einmal Schlaf. Er lag in geblümter Bettwäsche, atmete den Duft der Geborgenheit und dachte an nichts anderes, als daß Maschula neben ihm läge. Die Augen schließend sah er sie: karierter Faltenrock, Popelinebluse, weißer Kragen, Lackschuhe, dieser Anstand, mit dem sie neben ihm lag, über den hinaus Heini sich nichts anderes vorstellen konnte, Maschula, *ein Schiff wird kommen ...*

Heini Paffrath kam mit zweiunddreißig neuen Zähnen nach Hause. Die Prothese drückte noch, fühlte sich fremd an. Die Zunge mußte sich erst an den neuen Widerstand gewöhnen. Nur kurz gönnte sich Heini einen Blick in den Spiegel: Gut sah er aus, ein wenig wie Little Joe, das genügte. Er war fertig. Nie wieder Zahnarzt. Durch die Wohnung spürend, merkte Heini, daß er allein war. Er überlegte nicht lang. Packte eine Reisetasche. Ging noch einmal in die Küche, griff ein Stück übrig gebliebenen kalten Sonntagsbraten, kaute ihn mit neuem Gebiß und sagte:

»Sei nicht böse, Mama.«

Es hörte sah erkannte ihn keiner. Heini Paffrath verließ das Haus. Lief geduckter als sonst, die Reisetasche schlenkerte an seiner Seite. Noch einmal überblickte er den Siegmundshof, lauschte den Stimmen aus dem Tierpark und verbat sich jeglichen furchtsamen Gedanken. Heini Paffrath summte sein Lied und fühlte sich frei aller Pflichten.

Von da an ging alles sehr schnell. Zeitlos, angstlos lief Heini zur S-Bahn-Station Tiergarten, nahm den Zug Richtung Osten. Er senkte den Kopf, um nicht aus dem Fenster schauen zu müssen, links die Spree, Bahnhof Bellevue, der schöne Blick, wohin fahre ich, dachte Heini für einen Moment, nur nicht aufblicken, weiter, Lehrter Bahnhof, Spree, drüber! drüber! dann Endbahnhof FRIEDRICHSTRASSE.

Aussteigen bitte.

Nur nicht zurück. Menschenmassen, Absperrungen, Schilder, Tauben, die auf verbogenen Zehen über die Gleise der S-Bahn humpelten. Heini blieb stehen. Die Tasche im Arm. Er spürte die neuen Zähne, die künstlichen Geschmack im Mund hinterließen. Treppen hinunter. Heini strauchelte. Aus wattiger Ferne hörte er die S-Bahn-Züge gen Westen zurückfahren. Für Momente ahnte er, daß sein Entschluß zerfallen könnte, er auf die Hälfte seines Anfangswertes absank, wie sein neues Leben in rascher Halbwertszeit dem Ende zuging. An die Wand lehnen, durchatmen. Das *Wunschkonzert* im Kopf einschalten. Ich wünsche mir ein Lied für Maschula. Bahnhof Friedrichstraße, der alle Schranken freigeben wird.

Und er setzte sich aufs Pferd,
doch das Pferd war verstört,
und der Herr aus Germany
flog in die Prärie.

Heini Paffrath fand sich in einem Raum, hinter dessen Wänden alle Züge Richtung Maschula fuhren. Die Wände grummelten knarzten. Heini saß auf einem Hocker, zwischen den Beinen die Reisetasche mit Bügelfaltenhose und brauner Anzugjacke. Er starrte einen Mann an, den er sah und gleichzeitig nicht sah, der junge Mann in Uniform der Grenztruppen der DDR, der ihn ebenfalls anblickte, forsch und ratlos, und die Züge donnerten hinter den Wänden, welche noch näher an Heini Paffrath rückten, der jetzt antworten mußte, woher und wohin, *und er setzte sich aufs Pferd*, rüber in die DDR, das können Sie Ihrem Zahnarzt erzählen, warum, wegen Maschula, was ist das, ein Geheimcode, denken Sie ja nicht, ich denke nichts, ich will, wohin, zu Maschula in die DDR, Sie sehen eher aus wie, wie was, also reden Sie, was und wohin, ich sagte doch schon, was, ich glaube, was glauben Sie, daß Sie kein Physiker sind, bin ich doch, und dann wollen Sie zu uns kommen, ja, dem Staat dienen, wissen Sie was, was, ich vermute Wühltätigkeit, was ist das, erzählen Sie mir, was, was ich Ihnen glauben kann, alles, ich glaube hingegen, Sie sind ein Spion, ich will zu Maschula, das ist, was, revanchistisch, konterrevolutionär, ich verstehe nicht, Sie wollen nicht, doch ich will, staatsfeindliche Kontaktaufnahme, nein, ich verspreche, das kennen wir, was, das was Sie uns hier erzählen, ich erzähle gar nichts, jetzt reden wir mal zur Sache, bitte, was wollen Sie bei uns tun, ich bin Physiker, das sagten Sie schon, also was, es gibt genug Arbeit, ich mache alles, das glauben wir

Ihnen nicht, sollten Sie aber, nun fangen Sie doch nicht an zu heulen, ich heule nicht, also gut: melden Sie sich in XX II, der Genosse begleitet sie –

Und der Herr aus Germany flog in die Prärie.

Vom Lager, einer Betonbaracke, in der Nähe des Bahnhofes Friedrichstraße, blickte Heini Paffrath auf eine mit Gras Goldrute Melde bewachsene Baugrube. Vor Erschöpfung vermochte Heini nicht einmal Freude über den Erfolg seiner Einreise zu zeigen. Er legte sich ins Bett, das in einer Reihe anderer Betten stand. Noch befand er sich allein im Zimmer. Still lag er im Kissen, das nach Krankenhaus roch. Auch der Geruch der Decke war fremd, unheimisch. Das Herz klopfte Heini bis zum Zahnfleisch. Klappernd schlug das neue Gebiß aufeinander. Jemand hatte Tee und einen Teller mit Stullen auf den Nachttisch gestellt. Das ganze Zimmer roch nach Leberwurst.

Heini schlief ein. Auf der anderen Seite der Stadt, von der er nichts wußte, als daß sich Maschula dort befindet. Die Sonne, die er erobern würde, so oder so, und wenn er dem unsinnigsten Befehl folgen müßte. Im Traum erschien Heini ein großer Kaktus, mal wie ein Finger, mal wie eine Faust. Maschula! flehte Heini traumtrunken, aber der Kaktus schüttelte den mit roten Blüten bestückten Kopf und säuselte mit Mutter Marthas Stimme *Kokolores Kokolores*.

Die Tage vergingen, ohne daß Heini den Sinn der Wartezeit verstand. Nichts interessierte ihn. Er dachte nur daran, bald Maschula zu begegnen. Maschula war Traum und Code, den Heini täglich entschlüsselte. Selbstvergessen hockte er im Zimmer. Andere Ausgereiste kamen hinzu. Aber auch diese Männer und Frauen nahm er kaum wahr. Er wollte nicht unter Menschen. Die Genossen der Grenztruppe und der Volkspolizei, die im Lager walteten, schienen Heini wie erfundene Gestalten, die Ausweise und Papiere holten und brachten, die ihn erfaßten musterten überprüften, die eine fremde Sprache sprachen, denen er willig folgte, daß er bloß bald seine Suche nach Maschula aufnehmen könnte.

Heini verkürzte das Warten durch Ignoranz der Zeit. Saß er vor den uniformierten Männern, faltete er die Hände.

Ob er der Kirche angehöre ... nein! ... einer anderen Organisation? ... nein! ... ob VaterMutterOnkelTantenundsofort einer Partei ..., nein! nein! ... was er wirklich in der DDR wolle ... Maschula! ... das sei zu wenig ... sie ist alles für mich ... Solche Fälle wie ihn kenne man nicht ... Dann bin ich eben der erste! ... Er werde nie der erste in diesem Land sein ... Was soll ich tun ... Mit der Wahrheit herausrücken, sonst nichts. Man könne ihn auch wieder zurückschicken ... NEIN!

»Na gut«, sagten die Uniformierten, »wir haben Zeit.«

Eines Tages wurde er verladen. In einen Militärwagen. Mit drei anderen Männern fuhr er los, die Reisetasche zwischen den Beinen, in Bügelfaltenhose und Anzugjacke. Wie *Nappsülze* saß er zwischen einem Unteroffizier und zwei Fähnrichschülern, alle drei mit grün umrandeten Schulterklappen, jung, von undurchschaubarer Neugier.

Heini ließ sich durchrütteln. Schal stieg ihm Gleichgültigkeit auf. Was, wenn sie mich umbringen, dachte er und ärgerte sich darüber, daß in ihm nicht ein Funken Angst erwachte. Die ganze Fahrt über schwiegen die Männer. Fixierten sich nur mit den Augen. Bis sie das Ziel erreicht hatten.

Im Herbst 1961 stand er in der Kleiderkammer, vor einem großen Tisch, und ließ sich eine Uniform ausgeben. Die Frau, die ihm Mantel Jacke Hose rüberschob, ihm Socken Stiefel Unterwäsche auflud, dazu Koppel und Helm, Sturmgepäck und Kopfschützer, war von ledrig-drahtiger Figur. Das Haar trug sie zum Dutt gesteckt. Sie sah Heini kaum an, wühlte nur in Kisten, suchte in Regalen, was passen könnte.

»Anprobieren!« befahl sie, als Heini nicht recht wußte, was er mit den Bergen von Kleidung tun sollte.

Umständlich das zivile Hemd vom Leib streifend, als wollte er sich der Frau nicht unbekleidet zeigen, sah er sie aus den Augenwinkeln an. Nein, sie war nicht Maschula. Auch bei näherem Hingucken, bei noch so schönfärbender Fantasie: Die Frau hinter dem Tisch leuchtete nicht halb so hell wie Maschula.

»Nun mach schon«, blaffte sie.

Heini Paffrath entledigte sich seiner Bügelfaltenhose, drehte sich dabei zur Wand und zog die braungrüne Militärhose über. An der Hüfte war sie zu weit, an den Beinen zu kurz. Das silbergraue Hemd umschlappte die Schultern, aber der Kopfschutz paßte. Heini drehte sich vor dem Spiegel, straffte den Körper, riß den Kopf hoch, hielt mit beiden Händen stolz den Kopfschutz fest: sein neues Donnermützchen. Paffrath probte schlacksig zuckend Bewegungsfreiheit, tänzelte, bis die Frau sagte:

»Ab!«

Bleierne Schädelglocken. Bim-bam, ich schwöre der Deutschen Demokratischen Republik, meinem Vaterland, allzeit treu zu dienen, bim-bam, Soldat Paffrath in fahneneidklirrender Luft, Grenztruppe, irgendwo am Rande Berlins, in einem Kasernenhof, im Wald, zwischen Hunderten Soldaten, bim-bam, ich schwöre, ein ehrlicher, tapferer, disziplinierter und wachsamer Soldaten zu sein, ja, Holzauge sei wachsam, flüsterte Paffrath, mußte plötzlich kichern, obwohl Bleiglocken im Kopf schlugen, das Zeitgefühl töteten, bim-bam, ich schwöre immer und überall, Himmel, wo bin ich hingeraten, das ist nicht, was ich wollte! Die Glokken nahmen Paffrath das Bewußtsein.

Er kam zu sich, wenn er nach Absolvieren des Tagesdienstablaufes die Kasernenstube betrat. Das Stuben- und Revierreinigen lag Paffrath mehr als anderen Kameraden. Wenn er seinen Schrank öffnete, konnte jeder den Erfolg reiner Soldatentugenden besichtigen. Es bereitete Paffrath Vergnügen, nach der Ordnung den Schrank ein- und auszuräumen:

Das feuchte Auswischen der Fächer, das Ordnen der Kleidung – die Uniformen mit der Vorderseite nach links, das Schließen des obersten Knopfes an Mantel und Jacke, die Hosen auf Bruch über den Kleiderbügelsteg gelegt; linke Schrankseite Unterwäsche Hemden Kragenbinden Socken, das Fach für Lebensmittel Tasse Besteck; das Fach für Sportkleidung Schuhwerk, paradestramm Stiefel Sprung- und Hausschuhe; rechte Seite *bimbam!* das Mützenfach, darunter Kopfschützer Schal Feldmütze; die Innenseite *bimbam!* Lederkoppel Schutzanzug, auf dem Schrank Stahlhelm Zeltbahn Einsatzdecke, alles alles nach der Ordnung, und Soldat Heini Paffrath räumte und putzte und triumphierte bald vor dem Kompaniechef mit außerordentlichem Einsatzwillen. Er fühlte sich stark und froh.

Nach dem Zapfenstreich, wenn das Licht gelöscht war, stand Heini noch einmal auf. Heimlich, in äußerster Not.

Denn was er noch tun mußte, war gegen die festgelegten Bestimmungen. Aber das wußte, glaubte er, keiner, und Heini öffnete leise den Schrank. Ganz hinten, im Fach für Toilettengegenstände, bewahrte er eine Seifendose aus gelber Plaste auf. Mit leichtem Schmatzen nahm Heini sein Gebiß aus dem Mund, schob die Dose hinter die Handtücher. Dann schloß er den Schrank und legte sich ins Bett. Mit den Fingern spürte er den eingefallenen Lippen nach. Die Zunge strich über blanke Kiefer, und das Herz schlug vor peinlicher Not. Bis der Schlaf kam. Bis es wieder hieß:

Kompanie aufstehen!

Eines Morgens war die Seifendose verschwunden. Samt Zahnprothese. Obgleich Paffrath stets der erste war, der aus dem Bett aufstand, so flink, daß kein Kamerad je bemerkte, was er aus dem Schrank holte und sich in den Mund setzte. Paffrath durchwühlte die Fächer, während die Kameraden die für den Frühsport befohlene Kleidung anlegten, neugierig guckten, was Paffrath für ein Chaos anrichtete.

Soldat Paffrath fand die Gaumenplatte an der rechten Schulterklappe seiner Uniform. Festgezurrt mit Honigband. Der Unterzungenbügel an der linken Schulterklappe. Das Gejohle der Kameraden peitschte ihn endgültig wach, so daß er, noch zahnlosen Mundes, einen Schrank nach dem anderen aufriß, Kleidung und Uniformen der Kameraden herausholte, auf den Boden warf, mit den Füßen nachtrat, die Ordnung zerstörte, bis der Unteroffizier vom Dienst ein Ende setzte.

Dreimal mußte Soldat Paffrath die Sturmbahn laufen.

Hinlegen! Aufstehen! Zum Gefecht! Stellung!

Er stand es durch. Ohne Krämpfe und Blessuren. Durch Muskeln und Knochen spürte er eine Kraft, die ihm, neben der Eroberung Maschulas, noch andere Ziele in Aussicht gab. In Gedanken ließ Soldat Heini Paffrath den Vater vor sich antreten.

Genosse Paffrath! Gestatten Sie, daß ich aufgebe!

Heini gestattete es.

Nach einem halben Jahr wurde Paffrath aus dem praktischen Militärdienst in die Armeebibliothek versetzt.

Politoffizier Pilling, dem Paffrath im Unterricht durch seine ungebrochene Aufmerksamkeit aufgefallen war, vertraute dem Soldaten eine durchaus lohnende Aufgabe an, nämlich die seit Jahren vor sich hin schlafende Bibliothek neu zu erwecken und mit frischem Geist die Kameraden in ihrer Freizeit zum Lesen zu bringen.

Paffrath leistete keinen Widerspruch. Allein die Tatsache, daß Pilling *ihn* angesprochen hatte, ihn und keinen anderen, machte Heini stolz. Er ging an die Arbeit, als würde er eine Schlacht schlagen. Räumte sortierte ordnete die Bücher. Wo sich Staub abgesetzt hatte, vernichtete er ihn. Mitunter las sich Paffrath in den Büchern fest. Es gefiel ihm, wie die Tage verstrichen. Selten besuchten Kameraden die Bibliothek, und wenn es einer tat, beriet ihn Paffrath gern, empfahl Lektüren jeglicher Art. Öfter erschienen Offiziere zur Ausleihe. Ob Pflicht- oder Unterhaltungslektüre – Heini Paffrath hatte in kürzester Zeit den Überblick über sein Regiment. Mitunter besuchte ihn Pilling. Dann setzten sie sich gemeinsam in die Ecke der Bücherstube, rauchten und redeten. Pilling, ein Mann mit kantigem Körper, der über dem scharfgeschnittenen Gesicht sonderbar kindliche Lokken trug.

Tag für Tag wollte er mehr über Heini Paffrath wissen.

Der Tag für Tag reichlicher Auskunft gab. Über sich. Der Vertrauen faßte zu Pilling. Der sogar auf die Frage, ob er, Heini Paffrath, obwohl er aus Westberlin komme, nach dem Ehrendienst bei der NVA, ein Offiziersstudium aufnehmen möchte, der aber nach dieser Frage minutenlang nachdenklich schwieg.

»Hast du was anderes vor?« fragte Pilling.

»Ich will zur Polizei.«

Eigentlich hatte er sagen wollen: Ich will Maschula. Endlich zu Maschula und zu niemandem anderes. Aber Heini sagte:

»Ich will zur Polizei. Ich will in diesem Land bleiben und will es schützen.«

Nach Hause. Heini Paffrath wußte noch nicht, was das war. Von Pilling hatte er eine Adresse bekommen, die Ortsbezeichnung Berlin-Pankow, ein Straßenname, eine Nummer, ein neuer Termin beim Rat des Kreises. Der neue Personalausweis, in dem Heini fraglos blätterte, der sein Paßbild in eckigem Armeehaarschnitt zeigte. Wer ist das? dachte Heini und tastete über seinen Kopf. Es stimmte alles. Jeder Schritt, den er von nun an tat, war ein Schritt auf die Liebe zu. Sein Vertrauen war grenzenlos.

I want to be free, o yes!

Eine kurze Schrecksekunde lang dauerte es, die Heini benötigte, um einem Motorrad auszuweichen, ein Ungetüm aus versunkenen Zeiten, das die Prenzlauer Allee entlanggebrettert kam, ihn, Paffrath, zurück in die Erinnerungsspur drängte.

Heini Paffrath fuhr mit dem Bus. Herzrasen. Fünfzehn Pfennig für den Fahrschein. Friedenpreise. O yes, dachte

Heini. Pankow-Endhaltestelle. Wo er ausstieg, sich umsah: sich einmal kreisrund drehte in seiner neuen Welt, auf dem Stuckerpflaster, links rechts Straßenbahnen, die Richtung Nordend und Buchholz fuhren, der Bus Nummer 7 zeigte den Ort Schildow an, Autos, Platanen, Linden, Frühlicht, dazwischen ein Verkehrspolizist, der den Autoverkehr regelte.

Die Luft hier roch nicht anders als in den Straßen, die er aus der Kindheit kannte. Um seine Befürchtung, er würde sich das Dasein in der *Zone* nur einbilden, außer Kraft zu setzen, ging er die Straße entlang. Schritt für Schritt entdeckte er Neues, Anderes, auch wenn es ihm affig schien, seine Aufmerksamkeit auf einen Zeitungskiosk zu lenken, der nur wenig, vor allem kaum etwas Buntes im Angebot hatte, kein Vergleich zu den Läden, die Heini kannte. Auch die übrigen Geschäfte machten auf Heini einen ärmlichen Eindruck: die dürftigen Auslagen des Kunstgewerbeladens neben der des Modewarengeschäftes, ein Optiker mit zwei Sorten Brillengestellen; ein Bäcker, der Zwieback ausstellte, ein Kino, das den Film »Urlaub ohne Dich« anpries. Heini zuckte mit den Schultern. Wieder empfand er jene dumpfe Leere, die ihm jede Lust auf Neues nahm. Dabei stand er doch kurz vor dem ganz Neuen, einem Leben, das mit einer großen Sonne und einem roten Mund zu tun hatte.

Maschula, deren Bild er hinterher-, aber jetzt erstmal die Berliner Straße entlangging, gelbe rasselnde eisenharte Straßenbahnen auf der einen, dichter Autoverkehr auf der anderen Seite. Paffrath, der eine Adresse und einen Schlüssel besaß und ein paar Mark der DDR. Der die Straßenseite wechselte und auf das Restaurant *Zur Post* zusteuerte.

Das Restaurant entpuppte sich als Stampe, an dessen

einzigen leeren Tisch sich Paffrath setzte. Mittagszeit Hungerszeit. In Aussicht stand das erste zivile Mittagessen. Und Maschula. Bis die Kellnerin zur Stelle war, dauerte es. Die Männer am Nachbartisch riefen sie Märrie, bestellten was zum Tütern, vier Bier, vier Klare. Märrie brachte, was ihre Pflicht war, erst dann trat sie an Heinis Tisch.

»Soljanka, Ragufäng oder Falscha Hase?«

Speichel schoß in Paffraths Mund, als er das hörte. Er starrte die Kellnerin an, die ungeduldig den Kopf schräg legte und fragte:

»Nu wat?«

»Falscher Hase«, flüsterte Heini.

»Na also, jeht doch.«

Märrie verschwand durch eine Flügeltür in der Küche, während die Männer im Raum den neuen Gast anglotzten.

»Der kommt bestimmt vonner Fahne«, flüsterte ein Alter, »der kiekt so melanklütrig.«

»Nee, ick hab so'n Ahnimus, dat der wat janz andret is«, zischte ein Kerl im Blaumann.

»Na, wat denn?«

»Ick mach ma doch nich die Zunge dreckig.«

Zurück kam Märrie mit einem Tablett Bier, von denen sie eins ungefragt auf Paffraths Platz stellte, die anderen an den Tischen nebenan verteilte.

»Aber ich ...« Heini hielt Märrie an der Schürze fest, um ihr zu sagen, daß er kein Bier bestellt habe, aber die bratfettglänzende Frau ergriff Heinis Handgelenk und erklärte:

»Ick seh dir an, wat du brauchst.«

Heini trank das Bier in einem Zug. Wohlwollendes Nicken der Männer vom Nachbartisch. Na also, jeht doch. Heini nickte zurück. Noch hatte er nicht den Mut, aufzustehen und zu fragen: Wer kennt hier Maschula? Noch saß er und sammelte Kraft, seinem Ziel bald unverhohlen nah zu sein. Nach einem weiteren Bier wagte er es:

»Wer kennt von Ihnen kennt Maschula?«

Grölen im Raum. Die Kerle schauten sich an und grinsten.

»Ich bitte Sie«, sagte Paffrath.

»Maschula, wat soll dat sein, ne Russenpastete?« fragte ein Blaumann

»Nee!« rief ein anderer, »det is dem seine Braut!«

Paffrath erschrak. Doch sofort machte Freunde dem Schrecken Platz. Man schien Maschula zu kennen, sicher verkehrte sie sogar hier, obwohl – Paffrath schüttelte den Kopf – diese Stampe war nichts für seine Sonne, er würde ihr Besseres bieten.

»Also, wer kann mir helfen?« Paffrath war bereit, eine Saalrunde zu spendieren.

»Dit kann keener«, sagte ein Kerl mit blaugeäderter Nase, und ein anderer fügte leise hinzu:

»Die Weiber stinken alle nach Fisch.«

Als Märrie den *Falschen Hasen* servierte, vergaß Heini alles um sich herum. Wie es sich gehörte, stand vor ihm auf großem weißem Teller das Gericht: zwei Scheiben Braten, Kartoffeln, dicke braune Soße. Als Zugabe ein paar Würfel Rote Bete. Es war ein Traum. Nach dem ersten Bissen hatte er für Momente Maschula vergessen, sah sich in Mutters Küche, auf Vaters Schoß, und als Heini schluckte, erkannte er Vaters Gabel, die auf seinen Mund zukam, ein Stück *Falscher Hase* darauf, wunderbarer weicher Geschmack, und Heini war zu Hause.

Berlin-Pankow. Vinetastraße 2, Ecke Trelleborger. Einzimmerwohnung unterm Dach. Klo halbe Treppe. Teppich Kastenbett Schrank. Der möblierte Herr Paffrath, den Frau Moder, die Hausvertrauensfrau, sogleich abfing, indem sie sich ihm stemmarmig in den Weg stellte:

»Tach, junger Mann, damit Se's wissen: Hottentottenmusik jibt's bei mir nich, ooch nich Besuch zu mehreren, einmal im Monat Keller und Boden, Samstachs Treppe, Kehren wenn nötich, Jutjemeintes und Beschwerden immer an mich, det Hausbuch liegt bei mir, ansonsten bin ick keen Unmensch, wir vastehn uns?«

Heini verstand. Er schloß die Tür auf und befand sich allein im ersten Eigenen: im Zimmer mit Kachelofen, eine Kochnische mit uraltem einflammigem Gasherd, die Gardinen aus schwerem wollweißem Gewebe, die Bettwäsche wie bei Mutter: buntgemustert, gestärkt, das Kissen auf Schlag. Öffnete Heini das Fenster, sah er in den Wipfel einer Platane. Dunkel war es, obwohl Frühlingslicht durch die dünn belaubten Äste flirrte und Kringel auf die Dielung zeichnete.

Er hatte es ausgestanden. Vater Mutter Flucht. Die alten, die neuen Zähne; die Soldatenbibliothek. Nur das Problem *Maschula* harrte noch einer Lösung. Paffrath spürte, daß sie in der Nähe war. Er legte sich ins Bett, zog die Decke über den Leib und kostete das Gefühl aus, in ihrer Nähe zu sein. Die verrottete Spelunke, die Heini zugewiesen wurde, sah er nur als eine weitere Station an, in der er sich zu bewähren hatte, um dann, wenn er im Rang eines Hauptmanns oder Polizeikommissars stand, hoch aufzusteigen, die Liebe fest in der Hand, und vielleicht zurückzukehren, zu VaterMutter oder werweißwem, der ihn bestaunen würde, jenseits der Grenze, die Heini auf sonderbare Weise nicht ernst nahm.

Frau Moder war es, die ihn, an die Tür wummernd, aus dem Tagschlaf weckte. Sie reichte einen Korb durch die Tür: Zucker Milch Brot Kartoffeln Kuchen Leberwurst.

»Fürs erste«, sagte sie und zwinkerte dem neuen Mieter aus grauen Hausmeisteraugen zu.

Schon ein einfacher Handwurf legte Polizeischüler Heini Paffrath auf die Matte. Dabei war das Fach Judo dasjenige, was ihm am ehesten spüren ließ, daß er noch lebendig war. Schießen Sport Judo versetzten Heinis Körper in Schmerzzustände, gegen die er sich wehren mußte, indem er die Qualen durchstand: so oder so, als Halbmittelgewicht, leicht zu nehmen von den anderen durch Würfe, Hüftfeger und Ristkreuzwürgen. Im Judoanzug hing er wie in einem Sack. Der Anzug beulte an den Knien und am Hintern aus. In der Freizeit trug Heini, was er immer trug: Bügelfaltenhosen, Nylonhemden aus dem Koffer. *Nappsülze*, nannten ihn die Genossen. Einige von ihnen trugen den Bonbon am Revers.

Dachte Heini an seinen ehemaligen Offizier Pilling, lief es besser.

Die Unterrichtsfächer verfolgte Paffrath wie ein Außerirdischer. Als säße er auf einem anderen Stern und beobachte sich, Heini Paffrath, den Anwärter auf ein Amt bei der Deutschen Volkspolizei, wie er fremdsprachige Bücher wälzte: Manifeste, politische Ökonomie, das Kapital, Lenins gesammelte Werke in ziegelschweren braunen Bänden, dazu Russisch- und Gesetzbücher. Er las sich da hinein, wie er einst versucht hatte, sich der Atomphysik zu nähern: in ein krudes Gemisch aus Sätzen, die sein Kopf nur in hellen Momenten aufzunehmen imstande war, die er ansonsten auswendig lernte vom zuverlässigen Schutz der sozialistischen Staats- und Gesellschaftsordnung der schöpferischen Arbeit der Menschen Würde Freiheit Kopfwurf Außensichel zu dienen durch die Erfüllung Wurf Gegenwurf Leben Gesundheit der Bürger schützen Kimme Korn Visiereinstellung *Welche Einstellung haben Sie, Genosse Paffrath?* die richtige Maschula nah wie nie der Imperialismus als höchstes Stadium des Waffe sichern prüfen Bereitschaft melden, wo bin ich? fragte Paffrath, lernend mit der Waffe im Anschlag, Schädelglocken bis zum Feierabend, an dem er schnell die Schule verließ, rannte, um den Bus noch zu bekommen, der ihn vom Dorf Blumberg bei Bernau, vom Ort der Polizeischule über die Landstraßen fuhr, Richtung Hohenschönhausen, wo er umstieg in einen anderen Bus, der ihn über Weißensee Karow Buchholz nach Pankow brachte.

Dort machte er sich auf die Suche. Das feste Ziel Maschula: sie erkennen, sie überführen, sie haben wollen – Paffrath durchlief die Straßen, schlich in Treppenhäuser und Vorgärten, durchsuchte Höfe und Garagenplätze. Mit jedem Schritte dachte er: Gleich treffe ich sie, aber er begegnete nur ihm unbekannten Leuten. Ich muß mehr lernen, sagte sich Paffrath, ich weiß zuwenig, ich gebe mir keine richtige Mühe, ich bin selber schuld.

Abends lernte er nach.

Allein im Bett, zugedeckt bis zur Brust, neben sich Bücher Hefte Butterbrote. Er zeichnete, bevor er einschlief, eine rote Sonne auf ein Blatt weißes Papier.

Nach einem halben Jahr war er soweit.

Im Lehrrevier Pankow hieß man ihn willkommen. Es war wie im Märchen.

Tischlein deck Dich. Die gelbe Leuchtreklame flackerte über der Tür des HO-Ladenkombinates in der Ossietzkystraße. Vor der Ladenfront ging Heini Paffrath mit dem Abschnittsbevollmächtigten Genosse Laux auf und ab. Laux war ein hochgewachsener Mensch, dessen Uniform – da war sich Paffrath sicher – einer Sonderanfertigung bedurft hatte, denn er überragte den Neuen fast um eine Kopfgröße. Lauxens langer Hals hatte in Paffraths Augen etwas Geierhaftes, der Mund wiederum erinnerte ihn wegen der vorgeschobenen Oberlippe an einen Papagei. Lachte der ABV, entblößte er zwei Reihen riesiger Zähne, und die Augen traten hervor, so daß Paffrath Mühe hatte, Respekt vor ihm zu bezeugen. Trotzdem mochte der junge Polizist ihn vom ersten Augenblick an. Genosse Laux, der komische Vogel.

Es war Heinis erster Gang in Uniform. Er hielt sich gerader als sonst. Die Stiefelschäfte scheuerten an den Waden. Trotzdem schritt der frischgebackene Polizist entschlossen aus, schaute um sich, inspizierte, tat, was der Genosse ABV tat und übte sich in dessen Blick. Auf und ab, als gäbe es etwas zu sehen, wo man einschreiten müßte, aber die Straße war am Tag so gut wie leer. Nur ein paar ältere Frauen und Mütter mit Kinderwagen zuckelten über das Pflaster, besahen die Auslagen von *Wurstwaren, Lebensmittel, Konserven, Obst & Gemüse*, betraten die Geschäfte, stellten sich in der Reihe an und kamen mit vollen Körben Beuteln Netzen wieder heraus. Sonne schien über Berlin-Pankow, gleich hell wie über Genosse Lauxens Gesicht, das sagen wollte: Es ist alles in Ordnung, es geht alles seinen Gang.

Laux beobachtete seinen Anvertrauten von der Seite. Der Junge hatte einen merkwürdigen Blick, fast gläsern, als würde er nichts von den Errungenschaften, vor denen sie paradieren, wahrnehmen. Als befände er sich in einem Museum, in dem Dinge aus versunkenen Zeiten zur Ansicht standen, nicht das moderne, und wie es hieß: auf ständigen Forschritt zielende Leben.

»Mensch, Junge, was is?«

Der Genosse ABV stieß Paffrath in die Seite, um ihn zu ermuntern, den richtigen Blick aufzusetzen, aber Heini merkte es schon und zeigte geübtes Strahlen.

»Na also«, sagte Laux.

Tischlein deck Dich. Paffraths Revier. Der es bald allein im Griff hatte, zwischen Ossietzkystraße und Schloßpark auf und ab ging, als gäbe es etwas zu sehen, wo man einschreiten müßte. Mitunter blieb er vor dem Schaufenster der HO-Fischverkaufsstelle stehen, spiegelte sich in den Auslagen der Konservenpyramiden und rückte seine grüne Schildmütze zurecht. Es kam vor, daß ihn jemand ansprach, nach dem Weg oder der Uhrzeit fragte. Begegnete ihm eine Kindergartengruppe, blieben die Kinder stehen und bestaunten den *Freund und Helfer*. Bei solchen Gelegenheiten griff er in seine Hosentasche und holte Bonbons hervor: himbeerrote Zucker, saure Drops, braunen Blockmalz; glänzende Wiener Bonbons, die in der Mitte eine weiche Füllung besaßen, und Kandis, den er besonders liebte, sich selbst in den Mund stopfte und kaute. Nur einmal ertappte Wachtmeister Paffrath einen älteren Bürger, der mit dem Stock gegen die gläsernen Fensterchen des Imbißautomaten schlug und *Scheiße! Scheiße!* brüllte. Einsperren, dachte Paffrath, aber Paffrath legte dem Mann nur die Hand auf die Schulter, fragte, ob er helfen könne. Der zeigte dem Polizisten einen Vogel und lief davon.

Auf und ab. Revierbegehung. Dasein für die Bürger. Dafür aber die Uniform, die sich gut angepaßt hat. Die Wachtmeister Paffrath erst zu Hause ausziehen mußte. Auf und ab. Die Feierabende, aus denen er nicht herausfand, weil sie in der Kneipe *Zur Post* begannen und ihn lähmten. Die Suche nach Maschula versank auf dem Grund der Gläser, obwohl Paffrath hoffte, mit jedem Glas, das er trank, die Lust erwecken, endlich loslaufen und sagen zu können: Ich habe sie. Aber Paffrath ließ sich von Märrie nachschenken. Er wußte, daß Märrie nicht Maschula war. Immer schwächer wurde Paffrath, immer bierschaummüder. Statt aufzustehen, soff er bis in den Morgen hinein, und wenn er mitunter vor dem Toilettenspiegel stand, den Mund aufriß und seine zweiunddreißig neuen Zähne sah, wollte er sie am liebsten herausnehmen und wegwerfen. Er wünschte sich sein altes marodes Gebiß wieder und sehnte den Zahnarztstuhl herbei und die Schmerzen.

Tacktack die schwarze eiserne Schreibmaschine auf Wachtmeister Paffraths Schreibtisch, die er *tacktack* im Zehnfingerschreibsystem hervorragend bedienen konnte, besser als die anderen Genossen, die *tack-und-tack* mühevoll auf der Tastatur herumhackten. Paffrath war als jüngster Volkspolizist schnell zur Stelle, nahm Kollegen gern die Schreibarbeit ab, und man sagte *Mann, toll!* zu ihm.

Neben der Schreibmaschine, die auf einem dicken Filz lagerte, hatte Paffrath in korrektem Winkel die Arbeitsutensilien geordnet: das Stempelkissen neben dem Stempelkarussell; links die Schale Büroklammern, daneben Locher Klammeraffe Radiergummi, rechts neben dem Bleistiftbecher die Büroleimflasche, darunter, ordentlich zurechtgelegt Aktendullis Lineal Ersatzfarbbänder. Die Schubfächer stets gefüllt mit Brief-, Kohle- und Durchschlagpapier. Die Karteikarten Schnellhefter Aktenordner gaben fehlerlose Riegen ab.

Jeden Morgen nahm Paffrath als erstes den Datumsstempel, drehte an den Rädchen und stellte Tag Monat Jahr ein. Jeden Tag ein paar Millimeter Veränderung, der Fortschritt der Zeit. Diese Tätigkeit machte Paffrath stolz. Jeden Morgen putzte Paffrath mit einem feuchten Lappen die Telefone des Wachbüros. Jeden Morgen vor eigentlichem Dienstbeginn durchblätterte er das »Neue Deutschland«, sortierte die Lochbänder der Fernschreiber, kontrollierte die von den Genossen verfaßten Protokolle sowie den Dienstplan.

Im untersten Schubfach von Paffraths Schreibtisch befanden sich, weit hinten versteckt, mehrere Dosen Bonbons. Wenn Paffrath etwas nicht gelang, eine Kleinigkeit, wie das Verhaken von Büroklammern zum Beispiel, oder er vertippte sich auf der Schreibmaschine, griff er nach den Bonbons und stopfte sich eines in den Mund.

Irgendwas stimmt nicht mit dem, sagten die Genossen, wenn sie unter sich waren. Beweisen konnten sie nichts.

Es gab Tage, da fühlte sich Paffrath schwach. Da mochte er nur unter Mühe seiner Ordnung im Wachbüro standhalten. Da zog es ihn ins Freie, auf Streife. Und er ging gern Streife, weil er dann näher dran war an dem, was er zu finden hoffte.

Tischlein deck Dich. Eines Tages begriff er, was er an diesem Ort verloren hatte. Wie von Zauberhand kam ihm die Erleuchtung, die seinen Hunger zu stillen imstande war. Pflichtgemäß suchten Heinis Blicke noch einmal Straße und Umgebung ab, bevor er, mit erregtem Herzschlag, den Fischladen betrat. Es war kurz vor achtzehn Uhr. Paffrath sah sich um: die bunten Fliesen, Konservenpyramiden, Bierflaschen. Die Frischfischtheke war von Frauen umlagert, die Sprotten Rollmops Fetthering kauften. Es roch nach Räucherfisch und Haarlack.

»Guten Tag«, sagte Paffrath.

Niemand rührte sich. Nur eine haarlackduftende Kundin bemerkte, daß auch der Genosse Wachtmeister sich hinten anzustellen habe. Paffrath tat, wie ihn geheißen wurde. Brav stellte er sich ans Ende der Schlange. Noch immer schlug sein Herz bis in die Schläfen. Tiefer schob er das Schild der Mütze ins Gesicht, steckte die Daumen in den Koppelgurt. Lässig wollte er erscheinen. An der rechten Seite trug er seine Makarow.

»Sie wünschen?«

Paffrath riß die Augen auf. *Sie* hatte ihn angesprochen. In weißer Schürze, auf dem goldgelockten Haar ein gestärktes Häubchen. Die Augen venushell, und alles rund rund rund, strahlend wie immer, der Mund: lackrot.

»Ein Pfund Sprotten? Ganz frisch, nimmt heute jeder mit, Genosse Wachtmeister.«

»Ja«, sagte Paffrath.

Er starrte die Verkäuferin an, wie sie mit der Hand die Fische aus Kiste holte, auf ein Zeitungsblatt warf und darin einwickelte.

»Macht einszwanzig.«

Paffrath schob das Päckchen von sich. Hinter ihm drängelten die Kundinnen. Sekunden Minuten Jahre vergingen, bis Paffrath endlich den Mund aufbekam und die Verkäuferin aufforderte:

»Ihren Personalausweis!«

»Wie bitte?«

»Sie haben richtig gehört. Den Personalausweis!«

Kopfschüttelnd ging die Verkäuferin nach hinten in den Personalraum, während die Kundin hinter Paffrath sich sogleich erkundigte, ob sie etwas auf dem Kerbholz habe, vielleicht verhökere sie den guten Fisch unterm Ladentisch, und sie, die einfachen Bürger, würden nur trockene Makrelen bekommen …

Er schlug den Ausweis auf. Name der Inhaberin: Marion Schwarz. Paffrath schüttelte den Kopf. Heiß war ihm geworden. Jetzt roch es faul im Laden.

»Stimmt was nicht?« fragte die Verkäuferin.

Heini nahm die Mütze vom Kopf. Schweiß rann ihm von der Stirn. Die Verkäuferin blickte den Kunden an, legte den Kopf schief, trat einen Schritt näher.

»Herr Paffrath?«

»Ja«, sagte er und fügte hastig hinzu: »Ich muß weiter.«

Dann rannte er aus dem Laden, versteckte sich hinter einer Litfaßsäule. Er konnte hören, wie im Fischgeschäft gelacht wurde. Kreischend endlos.

* * *

Endlos scheint die Zeit, die Heini Paffrath benötigt, um, in seiner Blöße ertappt, über den Hof die Treppen hinauf zu seiner Wohnung zu laufen. Gott, mach, daß mich keiner sieht.

»Guten Morgen, Herr Kommissar.«

Frau Moder, die wie ein alter Rettich riecht, sitzt in der Tür, festgewachsen auf einem Küchenstuhl. Wie immer, wenn Paffrath kommt oder geht, hockt sie parterre als höchste Kontrollinstanz, läßt ihre hundertjährigen Filzpantinen an den Füßen wippen und grüßt. Guten Morgen. Herr Kommissar.

Weg ist er. Zwei Treppen höher. Weiß leuchtet die Unterwäsche. Er findet nicht gleich den Schlüssel, aber wo suchen, wenn keine Taschen da sind – er hat den Bund in der Hand. Nun trifft er jedoch das Schlüsselloch nicht vor schamzitternder Erregung. Paffrath klingelt. Am Türschild stehen die Namen PAFFRATH und BLOCK. Aufmachen, verdammte Penner, zischt er und gelangt in das Schlüsselloch in dem Moment als Frau Moder von unten durchs Haus mit beißender Greisinnenstimme fragt:

»Kann ick wat tun für Sie?«

»Krumpel!« zischt Paffrath und zieht die Tür hinter sich zu.

Wieder steht er vor dem Spiegel. Nimmt sich ins Visier. So schlimm seh ich noch gar nicht aus. Er versucht vorwärts zu denken, aber die Erinnerung an Maschula sitzt, eine Drude, ihm auf den Schultern. Er spürt sie, hat den Geruch wieder in der Nase. Paffrath wittert Räucherfisch. Wie er sie entdeckt hatte! Dem Moment des Wiederfindens kostet er jetzt nach. Aber damals war er noch ein junger Volkspolizist in schwarzen glänzenden Stiefeln.

Paffrath hebt das rechte Bein. Neuweiß leuchten die Tennissocken, aber er sieht sie schwarz, wadenhoch. Stiefel sind aus ihnen geworden. Paffrath treibt den Traum voran. Die zivilgrauen Hosen, die er jetzt anzieht, verwandeln sich in graugrüne Polizeihosen: unten eng, über dem Knie geplustert; jetzt das Hemd, die Krawatte, die Jacke mit Brusttaschen Kragenspiegel Schulterstücken. Das Koppelschloß. Paffrath schließt den Kragen, kneift die Augen zusammen, spürt Maschulas Lippen auf seiner Wange, über die er lächelnd streicht. Sein altes junges Gesicht hat er in Gedanken mit einer Schildmütze versehen, über der Kordel glänzt das Emblem der Deutschen Volkspolizei, darüber erhebt sich in feschem Schwung der tellerartige Fortsatz.

»Nein!«

Paffrath wischt das Bild weg, kratzt sich das Gesicht auf, nein! Er will an seinem ersten Freiheitstag, wo doch alles vergangen verjährt entsorgt ist, der ganze Müll, seine Liebe, die ihn zum Flennen brachte, die ihm jetzt und heute noch vorm Badezimmerspiegel entgegengrinst, nicht an sie denken.

* * *

Nachts dachte Paffrath an nichts anderes. Da nahm er manchmal das Kopfkissen, das so gut nach Kindheit roch, drückte es an seine Brust, knüllte, streichelte, warf es aufs Bett zurück und schlug mit der Handkante in die Mitte, so daß es zwei Zipfelohren bekam und Paffrath kichern mußte. Maschula, sagte er, legte sich auf das Kissen, vergrub sein Gesicht, wo es warm und weich war.

Und erhob sich mit schamheißem Kopf.

So war es oft. Um sich zu beruhigen, pflegte Paffrath, in seinen Dienst- und Einsatzplänen zu lesen.

Eines Sonntags ging Wachtmeister Paffrath los. Streife, sagte er. Privat, aber in Uniform. Bei sich führte er ein Fahrrad. Gemächlich schob er es die Berliner Straße hoch. Die Leute auf der Straße waren in Feiertagsbummellaune. Paffrath wollte sich nicht auf dem Fahrrad zeigen, weil es womöglich albern aussah, wie er in Uniform strampelte, vielmehr schob er das Fahrzeug mit wichtiger Geste, als sei es beschlagnahmt.

Es war sein Arbeitsweg. Am Kino vorbei, unter der Brücke hindurch, rechts der Güterumschlagplatz, links die S-Bahn-Endhaltestelle Pankow, am Stoffladen, am Schuster vorbei. Bis zur Gaststätte *Zur Post*, wo er anhielt. Ein Bierchen wäre jetzt schön. Aber Paffrath dünkte sich im Dienst, schob sich und das Fahrrad weiter voran, den Weg bis zur alten Pfarrkirche, vor der eine mächtige pilzförmige Rotbuche Schatten spendete. Jetzt bog er links ab, Richtung Rathaus, bis zum Eckladen *Wild & Geflügel.* Dort blieb der Wachtmeister abermals stehen, diesmal weil er Seitenstechen verspürte und der Drahtesel sich schwer bewegen ließ. Er schob sich Kandis in den Mund. Das beruhigte. Wie immer. Durch die Scheibe des Ladens konnte Paffrath nichts erkennen, als eine Tafel, an der *Frische Hasenköpfe* in Kreide geschrieben stand.

Irgendetwas stimmt nicht, dachte er.

Mühlenstraße 42, Erste Etage, die Tür mit dem Namensschild SCHWARZ. Erst nach wiederholtem Klingeln wurde geöffnet. Vor Heini Paffrath stand Maschula in Schürze und Holzpantinen, an ihrer Seite ein Kind. Heini starrte das Kind an, nur das Kind, nicht die Mutter, denn die kannte er ja, aber das Kind kannte er noch nicht, es war unglaublich, ein Kind an ihrer Seite zu sehen, so klein, eine Dreistigkeit. Verrat.

»Mitkommen«, sagte Paffrath.

Maschula hielt das Kind fest. Sie wollte die Tür schließen, Paffrath stellte seinen Fuß dazwischen. Mitkommen.

»Aber warum denn?«

»Sie tragen einen falschen Namen.«

»Na, jetzt reichts aber. Paffrath, Sie sind verrückt.«

Paffrath war im Dienst. Er forderte Maschula, die sich Marion Schwarz nannte, auf, mitzukommen. Er benötige sie, sagte er, als Zeugin für einen Einbruch in das *Wild & Geflügel*-Geschäft.

»Was hab ich denn damit zu tun?« empörte sich Maschula, sie kenne das Geschäft, da gäbs nichts zu holen, nur Hasenköppe, seit Tagen nur Hasenköppe.

Sie würde schon sehen. Notgedrungen zog sich Maschula ein Kleid an. Das Kind stellte sie bei der Nachbarin unter und verließ mit Heini Paffrath das Haus.

Musik klang in Heini. *I want to bee free, o yes.* Plötzlich, als sei er hineingeworfen worden in ein instrumentales Tösen, und es trieb ihn auf den Tönen Liebe und Wut weiter. Endlich hatte er die Sonne im Besitz. Aber die Sonne war ihm nicht treu gewesen, sie hatte ein Kind, was Heini nicht verstehen konnte, aber er fragte Maschula: Weißt du noch? – Was sollte sie wissen, Dr. Düvels Zahnarztpraxis, ach, das war eine andere Zeit, das war keine Zukunft, Zukunft hat das jetzt, Kind & Mann & *Tischlein deck Dich*. – Das könne doch nicht ihr Ernst sein. Er, Paffrath, sei extra wegen ihr rübergekommen, alles habe er hinter sich gelassen, nur wegen ihr … wo überhaupt befinde sich der Vater des Kindes? –

»Beim Frühschoppen«

Paffrath packte Maschula am Arm. Heiß fühlte sie sich an. Mit einem Ruck zog er sie in die Toreinfahrt des Hauses, wo das Fahrrad wartete.

»Wir machen einen Ausflug.«

Er forderte Maschula auf, hinten auf dem Fahrrad Platz zu nehmen.

»Nee«, sagte die, die sich Marion Schwarz nannte, »das soll wohl'n Witz sein. Ich komme morgen auf die Wache wie jeder anständige Bürger, wenn die Polizei etwas von mir will.«

Maschula riß sich von Paffraths Arm los und verschwand im Hausflur. Lange stand er, Hände um die Fahrradgriffe gepreßt, und konnte sich nicht rühren. Die Abfuhr zog sich als Schmerz vom Kopf über die Brust bis in die Beine. Was für eine ungeheuerliche Tat. Was für ein Widerstand.

Er mußte los. Bewegung. Die Liebe hatte ihn abblitzen lassen. Aber nicht mit mir, dachte Paffrath. Er schwang sich aufs Rad. Mit schwerem Tritt in die Pedale fuhr er los. Die Straße hoch, was ihn anstrengte, aber das helle Feiertagslicht feuerte ihn an. Er fuhr und fuhr, am Bürgerpark vorbei, über die Panke, die träge in ihrem Bett lag, weiter die Grabbeallee, treten, treten, das tat gut. Meter für Meter strampelte sich Paffrath voran, bis er in einen Traum geriet, der ihm Kraft zufließen ließ, und der Traum wurde stark und unverschämt, und Heini Paffrath spürte, wie sich Maschula an seiner Jacke festkrallte, mit eisernen Fingernägeln und zu schreien begann. Aber Paffrath fuhr weiter, Oberkörper nach vorn gebeugt, bog links in die Tschaikowskistraße ab, und *Ruhe!* schrie er im Traum, da Maschula nicht mit Schreien aufhören wollte, und Paffrath gelangte auf einen Parkweg, der zur Schönholzer Heide gehörte. Jetzt hielt er und stieß Maschula vom Gepäckträger. Sie lag im Gras, rührte sich nicht mehr. Schön, in einem geblümten Kleid, das aus Mutters Bettwäsche genäht war. Traumverfangen lag sie in Paffraths Traum, die Beine leicht gespreizt. Paffrath wollte in sie hineingehen, aber da schlossen sich die Beine wieder, und Maschula sang *Wir wollen niemals auseinandergehn!* Aus der Reparaturtasche, die unter dem Sattel hing, holte Paffrath Kleber, der zur Schlauchreparatur benötigt wird. Er klebte Maschulas Lippen zu. Sie konnte nicht mehr singen. *Steh auf*, sagte der Polizist, der sich jetzt zum Abschnittsbevollmächtigten beförderte. Maschula stand, zitterte. *Lauf!* Aber sie lief nicht. Sie war die Sonne und stand. Jetzt zog er die Pistole. Die gute alte Makarow. Die Sonne hatte keine Angst vor ihm. *Lauf!* rührte sich nicht. Paffrath warf die Pistole hoch bis in den Himmel. Jetzt näherte er sich Maschulas Lippen, aber sie konnte nicht küssen, die Lippen waren fest miteinander verbunden, so daß Paffrath mit harter Zungenspitze die Lippen zu öffnen versuchte, bis sie auseinander rissen und dunkles Blut wie Lack ins Laub tropfte. *Stehenbleiben!* rief der Abschnittsbevollmächtigte. Maschula hatte sich von ihm entfernt, war nach links gegangen, ging weiter, immer Richtung Mauer, die Paffrath nicht sehen konnte, nur den Park, den Sportplatz, das sowjetische Ehrenmal, *Wohin?*, aber niemand antwortete, und Paffrath wuchs etwas Hartes in der Hand. Der Vierkantschlüssel traf Maschula an Stirn Schläfe Hals. Ein knirschendes Brechen des Schädels träumte sich Paffrath herbei. Dann küßte er sie. *MeineGutemeineLiebemeineSchöne.* Dann hob er hinter dem Knallbeerbusch ein Grab aus. Mit bloßen Händen, so wie er es gelernt hatte, achtete weiter auf Tarnung, verwischte die Spuren. Heini senkte seine Sonne in die Erde.

Aus der Traum. Im Schönholzer Park stieg Wachtmeister Paffrath vom Rad und nahm die Mütze ab. Über ihm raschelten die Blätter der Bäume. Vögel Licht Eichhörnchen. Unsicher blickte Paffrath sich um. Der Park war friedlich. Spaziergänger traf er, die ihn grüßten. Nur einmal glaubte er, ein Hund würde Maschulas Witterung aufnehmen, aber das Tier ließ bald wieder von der verdächtigen Stelle ab.

Bleischwer verschlief Paffrath die Nacht.

Am Morgen darauf sah sein Plan einen Einsatz auf dem Alexanderplatz vor. »Die Volkspolizei im Dialog mit der Jugend« hieß der Auftrag. Pünktlich traf Wachtmeister Paffrath gegen Mittag auf dem Alexanderplatz ein. Mit zwei anderen Genossen gingen sie strammen Schrittes von der Weltzeituhr zum Hotel, von dort aus zum Warenhaus und zum Springbrunnen, auf dessen steinernem Rand Jugendliche lagerten. Sie lungerten, die Jacken unterm Kopf zusammengerollt, den Blick zum Himmel, als würde sich dort etwas abzeichnen, das Paffrath verborgen blieb, und so war Paffrath auch schnell dabei, an die Jungen und Mädchen heranzutreten und zu sagen: »Den Ausweis bitte.« Oder: »Was treiben Sie hier, Bürger?«

Während er Ausweis um Ausweis kontrollierte, blickte er streng unter dem Schirm seiner Mütze hervor. Etwas wie ein Zwielicht schien er in den Augen der jungen Leute zu bemerken. Es machte ihn unruhig. Auch wie sie sich benahmen! In achtlos gekrümmter Körperhaltung vor ihm sitzen blieben! Manche hatten Kofferradios dabei, manche

Bierflaschen und Zigaretten, aber was Paffrath am meisten irritierte, waren die Jeans, die die meisten Brunnengäste trugen. Echte Levis-Jeans, die über das Grün seiner Polizeihosen triumphierten. Paffrath sah sich zurückversetzt in die Zeit, wo ihn Ditte Krampe aufs Motorrad verladen und zu Raubzügen verführt hatte. Die echten Jeans. Eine Welt, die Heini nie gewollt hatte, die hier, wie es hieß, das Land unterminierte und die ihm jetzt in normalster Gelassenheit entgegentrat.

Die er kontrollieren mußte. Der er widerstand.

Wachtmeister Paffrath war froh, am Nachmittag im Büro die Protokolle auszufüllen. Keine besonderen Vermerke, nur das Übliche, alles in der Ordnung.

»Dem fehlt 'ne Frau«, sagten die Kollegen der Wache, wenn sie Paffraths Eifer betrachteten.

Noch am selben Tag stand Heini in der Dämmerung an jener Stelle im Schönholzer Park, an der er den Mord geträumt hatte. Er glaubte dem Traum. Und sah sich um. Nichts hatte sich verändert. Laub und Zweige lagen unverrückt. Für einen Moment verspürte er den Drang, alles beiseite zu schieben und nachzusehen, was von seiner Sonne noch übrig war. Aber im nächsten Augenblick dachte Paffrath wieder klar. Er wußte, daß er sich durch solchen Versuch verdächtig machen würde.

Im Restaurant *Zur Post* bestellte er *wie immer*. Er aß ohne aufzublicken. Längst war das Lokal Paffraths Stammsitz geworden. Da er meistens in Uniform erschien, genoß er unter den Gästen gewisse Ehrfurcht. Nur Märrie machte keinen Unterschied zwischen ihm, Blaumännern und anderen Bierpinseln. Sie servierte *wie immer*, Bier, Braten, mal ein Körnchen dazu, mal einen guten Ratschlag:

»Jehn Se doch mal of Pirsch, Jenosse Wachtmeester, alleene steigt ma doppelt schnell inne Kiste.«

An diesem Abend soff Paffrath die Erinnerung an Maschula weg. Soff Korn um Korn, aber die Schnäpse taten ihm nichts. Er schwankte nach Hause, genoß die Nachtluft, und als er unter der S-Bahn-Brücke hervortrat, sah er in der Ferne die leuchtende Kuppel des Fernsehturms.

Paffrath beschloß, seinen Traum auszuschmücken. Alles, was der Blumenladen an Kakteen bot, packte die Verkäuferin in Zeitungspapier.

»Viel Spaß damit.«

Zu Hause wickelte Paffrath die Ware aus: Finger- und Igelsäulenkakteen, ein Warzenkaktus, eine kleine Aloe. Er stellte sie sorgsam auf den Küchentisch. Immer, wenn er sich an den Gewächsen stach, seufzte er wie unter schönsten Zärtlichkeiten. Weiter nahm Paffrath die alte Holzfußbank, die ihm Frau Moder zum Fensterputzen vermacht hatte. Er strich sie mit roter Lackfarbe und ließ sie am Fenster trocknen. Dann baute er seine Wüste. Stellte Paffrath abends Kerzen vor die Kakteen, begannen sie zu tanzen. Zuckendes Lackrot, warm, flackernde Corona, und Heini saß vor dem Bänkchen auf dem Teppich, wiegte sich hin und her, träumte, versank, stupste seine Lippen über seine Hand, hoch runter hoch runter.

Später vervollständigte Heini den Altar mit einem aus der Poliklinik entwendeten Nierenschälchen. Zur Erinnerung an die Zahnarztzeit mit Schwester Maschula tat er auch noch eine halb ausgedrückte Tube Zahnpasta hinzu. Er ging in die Knie, dankte der rotblühenden Königin der Nacht für das, was ihm widerfuhr.

Kein Verdacht war je gegen Heini Paffrath aufgekommen. Wenn er manchmal in den Park ging, um Maschula zu besuchen, stellte er sich vor den Knallbeerenbusch und meldete:

»Keine besonderen Vorkommnisse!«

Im Oktober 1983 erhielt Genosse Paffrath die Nachricht vom Tod der Eltern. Bei einem Autounfall in der Nähe von Paris verunglückt. Heini spürte, daß sich sein Blut an eine tiefe Stelle des Körpers verzog und einem Schrecken Platz machte, den er gerade mal als lästig empfand. Als hätte Heinrich Theodor Paffrath eben den Jungen beim Spielen gestört, das alte Bild hervorgezogen: *Na, wer ist das? – Ja, das ist dein Vater!* – als hätte Mutter Martha Heini in diesem Moment die Polizistenmütze heruntergerissen, das Donnermützchen aufgesetzt, *Du siehst noch immer aus wie* – als hätte er eine Ohrfeige bekommen für all die Jahre der Flucht, die vergangen sind, für das Vergessen, das ihm so leicht gefallen war.

Mit entsprechendem Besuchsantrag bekäme Genosse Paffrath wahrscheinlich die Erlaubnis, zur Beerdigung seiner Eltern nach Westberlin zu fahren, erläuterte ihm ein Kollege der Bezirksbehörde.

»Nein«, sagte Paffrath nach kurzem Zögern, »ich habe keine Verbindung mehr zu meinen Eltern.«

Oberleutnant Dechant, der dem Revier vorstand, klopfte Paffrath auf die Schultern. Der wuchs ein wenig, verschluckte die Reste Schrecken Sehnsucht Trauer, ließ sich noch einmal von Dechant belobigen und ging an seine Arbeit. Auch wenn die anderen Kollegen ihn seltsam beäugten. Sie sagten nichts, schlossen ihn mit fremden Blicken ein. Heini blieb bei seinem Entschluß. Er würde nicht zur Beerdigung fahren. Es stellte für ihn keine Versuchung dar, die Grenze zu übertreten. Die Grenze war sein Schutzwall, seine Sicherheit, die er zu lieben begonnen hatte. Die ihm niemand mehr nehmen konnte.

Auch Genosse Laux nicht, der als einziger über den Kollegen öffentlich den Kopf schüttelte und sich von Paffraths Drohungen nicht einschüchtern ließ.

»Warum schüttelst du den Kopf, hä? Warum? Ich will nicht zurück in den Westen.«

»Es ist die Beerdigung deiner Eltern«, lenkte Laux ein.

Er schüttelte weiter den Kopf, zeigte sich weiter ratlos bestürzt, bis Laux Paffrath zum Heulen gebracht hatte, zu einem gräßlichen haltlosen Flennen, das Laux zwang, den Kollegen aus dem Verkehr zu nehmen. Den Kopf unter Lauxens langen Geierhals gelegt, heulte er Knöpfe Krawatte Kragenspiegel naß.

Nachts schlugen die Schädelglocken, bimbam. Im Traum streute Heini Sand ins Grab der Eltern. Heiß wurde es, und auf dem Grab begannen Kakteen zu wachsen, Finger, die sich drohend erhoben, ihm die Schultern peitschten, gratuliere, gratuliere, bim bam, bim bam!

»Gratuliere.«

Oberleutnant Dechant überreichte Heini Paffrath zum 40. Geburtstag einen Präsentkorb. Sekt Ölsardinen Ananas Pralinen Kekse Schokolade Zigarren. Ein Dreimalhochhochhoch, der Beifall der Kollegen aus dem Revier, eine Runde Kaffee und Kuchen.

Nun sollte der Kollektivplan in Kraft treten.

Susi Pausewang, Mitarbeiterin der Paß- und Meldestelle, forderte Heini Paffrath auf. Ein schlankes Frollein, das mit ihrem Hosenanzug entschlossen auf ihn zuging und die auftoupierten Haare duften ließ. Schon schepperte das herbeigeschaffte Kofferradio. Der Flur des Polizeireviers Hadlichstraße wurde zum Tanzparkett. *Kriminaltango!* Schon faßten sich, wie auf Absprache, die Paare unter. Schon ging es im Zweivierteltakt langsam-schnell-schnell den Flur entlang, *In der Taverne, dunkle Gestalten, rote Laterne,* Drehung an Zimmer 201, Lauxens Wange an der Wange einer Genossin des Kreisamtes, *Abend für Abend lodert die Lunte,* zweidreivier, auch Kollege Dechant, die anderen, Paar um Paar, schnell schnell *sprühende Spannung liegt in der Luft.*

»Komm«, hauchte Susi Pausewang und zwang Heini, seine Hand um ihren Rücken zu legen und zweidrei lange Schritte nach vorn, Drehung, *Kriminaltango,* Susi hauchte in Heinis Ohr, aber der stolperte, roch nur Haarlack, sah die Grannen des künstlichen Dutts, puderstumpfe Wangen, rote Lippen, die nicht im entferntesten Maschulas Lippen glichen. *Komm,* Susi hatte ihn in der Zange. Unter den eisern ernsthaften Blicken der Genossen der Volkspolizei schob sie ihn fügsam übers Linolparkett, links Büros, rechts die Wand mit der Tafel der Besten, worauf Susi Pausewang fotogeil abgebildet war, *komm!* Jetzt roch Paffrath Maiglöckchenparfüm, das ihn in einen biestigen Zustand versetzte, auch wenn die Kollegen ihn noch so laut anfeuerten, auch wenn Sektkorken knallten und Susi sich in seinem Arm leidenschaftlich zurückwarf und er gezwungen war, sie zu halten, auch wenn er sich gleich darauf losriß von ihr und in die Toilette flüchtete.

Im Spiegel sah er ein gehetztes Tier. Das schlecht rasierte Gesicht schien stellenweise schimmelig. Paffrath strich sich über die ergrauten Bartstoppeln. Maschula, dachte er. Fast mußte er wieder heulen, aber er riß sich zusammen, da Dechant plötzlich hinter ihm stand und kundgab, daß er Paffrath beneidenswert fände: so eine bruchsichere Welteinstellung, dazu noch dieses Weib, mannomann.

»Ich bin in festen Händen«, log Paffrath.

»Ja«, sagte Dechant, »nur: Du kennst sie nicht.«

Paffrath drehte sich zu dem Kollegen um.

»Laßt mich in Ruhe«, bat er.

Eingeschlossen in die Toilettenkabine, lauschte er, ob sich die Geburtstagsgesellschaft verzogen hat. Als es still wurde, öffnete Heini die Tür, betrat den Flur. Er war leer. Dienstschluß. Erleichtert ging Paffrath in sein Zimmer, um die Aktentasche zu holen. Auf seinem Stuhl saß Susi Pausewang.

»Bitte, Genossin«, flehte er.

Da stand sie auf, näherte sich ihm, drückte ihn gegen die Wand. Kurz vor Heinis Lippen zuckte Susi Pausewangs roter Strichmund. *Komm.* Haarlack Maiglöckchengift. Nein, dachte Paffrath, um Gottes Willen! Jetzt hatte sie ihn. Jetzt öffnete auch er den Mund, zeigte Willen, Gier und ließ das Gebiß aus dem Mund heraus auf seine Hand fallen. Erst die obere Zahnreihe, dann die untere. Paffrath war jenen Griff gewöhnt, das tägliche zackzack, Zähne raus, Zähne rein. Er hielt der Verehrerin das künstliche gebleckte Gebiß vors Gesicht und ließ es sagen:

»Komm.«

Susi Pausewang stürzte aus dem Zimmer.

Am nächsten Morgen wußte die gesamte Belegschaft des Polizeireviers, was Paffrath an sich trug.

Bei dem geht's früh los, munkelte man.

* * *

Er hat es ausgestanden. Er ruft sich vorm Badezimmerspiegel zur Beherrschung. Kommissar Paffrath a. D., der in zeitlosem Zivil zur Tagesordnung übergeht. Der wünscht, sein Gehirn spülen zu können wie seinen Mund. Der, weil sich nichts im Kühlschrank befindet, einkaufen gehen muß. Um zu leben. Um sich und Eva und Bogumil satt zu machen. Heini Paffrath, der sich erschießen könnte vor Wut, weil ihn die Erinnerungen kreuzquer in Beschlag nehmen. Die Leben, die Tode. Dabei hat nie eine Spur zu ihm als Täter geführt. Er ist frei. Die Fälle abgeschlossen.

»Was brauchen wir?« ruft er durch den Flur ins Wohnzimmer.

Heini schlägt sich an die Stirn, wie immer, wenn er sich zur Raison rufen will. Trotzdem lauscht er, ob nicht doch jemand Antwort gibt.

Für den Einkaufsweg nimmt er die Straßenbahn. Das gute alte Gefährt, das seit seiner Ankunft in Pankow die Schönhauser Allee, dann die Berliner hochrattert, an der Kirche links nach Niederschönhausen, rechts nach Buchholz abbiegt, das ihn heute, als moderner Niederflurwagen, mitnimmt in der Gesellschaft der Arbeitslosen und Renter.

Heini läßt sich zwei Stationen bis zur S-Bahn-Brücke bringen. Den Weg, den er noch gestern zu Fuß gelaufen war, weil er da sichtbarer für die Leute gewesen war: Kommissar Paffrath in graugrün-senfgelber Polizeiuniform, im

Halfter die echte Walther. Heute nimmt er die Straßenbahn, weil er sich im zivilen Umgang mit sich selbst üben muß. Keiner der Fahrgäste grüßt, keiner kennt ihn. Alle zockeln sie ins Einkaufspankow. Alle haben sie Zeit, viel Zeit, die sie hinter sich bringen müssen. Alle haben es, wie Heini Paffrath, ausgestanden.

Mit leerem Stoffbeutel steht er am Gemüsestand des Italieners gegenüber der *Absatzbar*. Überlegt, was er kaufen soll. Wir sind zu dritt, rechnet er. Eva Bogumil Ich. Vielleicht Blumenkohl. Oder türkische Erdbeeren. Heini entscheidet sich für Rotkohl. Den Kohlkopf im Beutel, blickt er sich um. Der helle Tag, die Leute, wimmelnde Freiheit im Revier, das ihm so vertraut ist, daß er schwört, es niemals zu verlassen. Was nun? Zum Rotkohl gehört *Falscher Hase*, zum *Falschen Hasen* gehört Hackfleisch. Ja, denkt Heini plötzlich, der Tag ist gekommen, an dem ich selbst einmal kochen muß. Ich, der Zeit hat, wird für die Heimkehrenden kochen. Für Eva und Bogumil.

Beim Fleischer kauft er ein Kilogramm Hack. Merkwürdig kommt er sich vor in der Gesellschaft der Kunden, die so sicher und ungehetzt ihre Käufe tätigen. Er, der Zeit seines Lebens nur selten und nur das Nötigste einkaufte, sieht sich nun zum hausmännischen Unternehmer gewandelt. Dumme Kuh, denkt Paffrath, als die Verkäuferin ihm lächelnd das Wechselgeld zurückgibt, dazu noch, wie Paffrath sicher vermeint, ein ironisches Guten Appetit! über die Theke nachruft. Jetzt noch Zwiebeln Eier Semmelbrösel.

Während Heini kauft, sieht er sich schon in der Küche stehen und den Teig bereiten. Es amüsiert ihn, sich aus dem Zivilanzug nunmehr in eine Küchenschürze hineinzudenken, mit beiden Händen die Zutaten zu vermischen, wie er es bei Mutter gesehen hatte – dieser furchtlose Griff in die weiche klebrige Masse, wühlen kneten vermanschen, und die Gewürze, die schon jetzt verdufteten, da Heini Paffrath mit vollgepacktem Beutel an der Berliner- Ecke Hadlichstraße steht und die Straße entlanggeht. Schritt für Schritt den Weg zu seiner Dienststelle, den er zehn zwanzig dreißig Jahre lang gegangen war. Den er ausgestanden hat. Dennoch zieht es Paffrath dahin, ferngesteuert oder magnetisch, durch welken Flieder, an zerfallenen Garagen vorbei, rechts der Bahndamm, und Paffrath läuft mit Rotkohl Hackfleisch Zwiebeln im Gepäck, während ein Polizeiauto mit zwei Kollegen an ihm vorbeifährt und keiner ihm daraus winkt.

Paffrath schnappt nach Luft. Schon heute, denkt er, sehen sie mich nicht mehr. Schon heute bin ich nur noch ein Arsch, der zuviel Zeit hat. Jetzt steht er auf dem Parkplatz vor dem Polizeirevier I, Abschnitt 27 und begibt sich auf Beobachtungsposten. Hinter einem Kleinlaster versteckt, versucht Heini, das Herzrasen einzudämmen. Er beobachtet das Gebäude, lenkt seinen Blick durch die Fenster in die Büros. Zweiter Stock, wo er einst gesessen hat. Jetzt sitzt Hauptkommissar Stefanek dort, die Kollegen, die alle noch jung sind und an ihren Schreibmaschinen oder Computern hocken. Heini hört das Tacktack der alten Maschinen, dann vernimmt er nur noch das Surren der Elektronik, das aus den Fenstern zu ihm dringt. Krampfhaft hält Heini seinen Stoffbeutel im Arm und glotzt in gelernter Observationsmethode nach oben.

Er erklärt sich den Lauf der Dinge: Sie sind ja fast alle nicht mehr im Dienst, Kollege Dechant nicht, nicht Laux, auch nicht Susi Pausewang, die seinen Kuß verschmäht hatte. Sie alle sind *vor* ihm in Ruhestand gegangen und befinden sich jetzt im zivilen Alterungsprozeß.

Hinter dem Fenster im zweiten Stock rührt sich etwas. Paffrath meint, Hauptkommissar Stefanek zu erkennen, wie er, in grüner Krawatte und senfgelbem Hemd, Anweisungen gibt. Dann tönt Lachen zu Heini herunter. Jetzt, denkt Heini, wird er die Sache von gestern mit der Spielzeugpistole erzählt haben. Die Zähne vor Wut und Scham zusammengebissen, krallt Paffrath seinen Einkaufsbeutel. Das weiche Fleisch spürend, beginnt er zu drücken und zu kneten. Das beruhigt. Ich werde kochen, sagt sich Paffrath, ich werde für Eva und Bogumil und für mich kochen und uns satt machen. Ich werde das hier alles vergessen, die Idioten, die Verräter. Obwohl er jetzt gehen will, endlich wirklich zurück oder voran in ein neues Leben, bleibt Heini Paffrath in seinem Versteck. Er kann sich nicht satt sehen an dem, was er ahnt, was hinter den Fenstern des Polizeirevieres vor sich geht.

»Na, wartet«, sagt er.

Der Kommissar a. D. greift in den Beutel. Den Blick auf die Front des Gebäudes gerichtet, hinter dem, wie er vermutet, sein Leben bewertet wird. In Witzen und faulen Anekdoten. Aber in diesem Moment sieht Paffrath, wie Stefanek sich zum Aktenschrank bewegt. Er bleibt davor stehen, viel zu lange. Vor dem Buchstaben B bleibt Stefanek stehen, B wie BLOCK, und in Heini schießt der Verdacht hoch, daß Stefanek sich jetzt seiner annimmt. Fall B. Der Paffrath in fiebrige Angst versetzt. Den er gleichsam zurückverfolgt mit dem warmen Schauer der Sehnsucht. Der noch nicht ausgestanden ist.

* * *

Der Ofen der kleinen Pankower Wohnung heizte ordentlich. Auch wenn Heini Paffrath es scheute, Eimer Briketts aus dem Keller nach oben zu tragen, vorbei an grinsenden Mietern: Tja, auch ein Genosse Wachtmeister muß Kohlen schleppen; auch wenn er nur ungern Holz in Scheite hackte und Späne losschlug – so liebte er doch die Prozedur der Vorbereitung. Geknülltes Papier aufs Rost zu legen, darüber sorgsam Holz zu schichten, dann das Zünden. Wie hell das Feuer Papier fraß, wie knuspernd es auf das Holz überging und Flammen schlagen ließ, die Heini beobachtete und fast vergaß, Briketts aufzulegen, um dem Flammenspiel noch länger nachzusinnen. Maschula sah er tanzen. Blut, Kakteen. Noch einmal kostete er dem Traum nach, in dem er Maschula tötete. Blut, Glut. Wenn die Briketts durchgeglüht und die Ofenklappen verschlossen waren, war es für Paffrath vorbei.

So lebte er mit sich.

Wenn er vom Dienst kam, die Wohnungstür aufgeschlossen, das Licht im Flur angeknipst hatte, legte er seine Makarow samt Ledertasche ab. Dann nahm er die Mütze vom Kopf, zog die Jacke aus. Hatte er sich der Schuhe entledigt, faßte er mit der rechten Hand seine linke Schulter. Die Linke packte die rechte Schulter. So stand er eine Weile.

»Wie gehts dir?« fragte Heini Paffrath.

»Gut«, sagte Heini Paffrath.

Allabendlich kniete er vorm Altar, um im Flackertanz der Kakteen müde zu werden.

Jeden zweiten Samstag hatte Mieter Paffrath laut Reinigungsplan Hausordnung. Mit Eimer Schrubber Hader bewaffnet, tat er, was Frau Moder streng kontrollierte: Erst kehren, dann einmal naß wischen, dann trocken, dann warten, bevor man übers Frischgewischte läuft. Heini pfatschte den Hader breit, putzte, wenn es sein mußte, sogar auf den Knien, auch unter den Treppenrändern, auch das Geländer. Er ließ nichts aus. Frau Moder nickte das Ergebnis ab.

»Wenn alle so jründlich wärn wie Sie, Jenosse Wachtmeester, dann würden wa Weltspitze sein.«

»Sind wir doch«, sagte Heini.

Stolz überkam ihn, erfuhr er Lob aus Frau Moders Mund. Nach so einer Wischaktion fühlte sich Wachtmeister Paffrath fast glücklich. Mitunter, wenn er Frau Moder zufällig im Haus begegnete, die alte Granne ihn anlächelte, schlug ihm das Herz. Ja, er war gründlich. Sehr gründlich.

Nur einmal hatte Paffrath etwas vergessen. Einen Treppenabsatz hatte er mit Putzen ausgelassen, warum auch immer. Nach der Inspektion stand sie diesmal mit in die Hüften gestützten Fäusten vor Heini. Sie sagte nichts, packte Paffrath an der Hand, zwang ihn auf die Knie und führte Heinis Finger unter den Stufenrand.

»Wat sagen Se dazu?«

Ein halbes Jahr später ereignete sich im Treppenhaus Vinetastraße 2 ein weiterer Vorfall. Wieder war Wachtmeister Paffrath am Wischen. Im Eimer hatte er heißes Laugenwasser, wie immer, Hader, Schrubber, den Vorsatz, alles gründlichst zu bewältigen. Paffrath war froh und dabei, sich unverzüglich auf die Knie fallen zu lassen und eifrig jede Stufe zu reinigen. Schon kniete er eine Etage tiefer, fischte den Lappen aus der Lauge.

In diesem Augenblick öffnete sich die Tür vor ihm. Eine

Frau trat heraus. Mit Eimer Schrubber Handfeger. Sie stand vor Paffrath in blumiger Kittelschürze. Er sah die Waden. Er sah die Kniee, die Schürze, die Knöpfe der Schürze. Von unten vermaß Paffrath die unbekannte Mieterin, während dieselbe von oben herab auf den Mann blickte, dem der Atem stockte, der mit einem Arm im Wischwasser steckte und mit dem anderen einen Gruß andeutete.

»Tag, Frau –«

Eva Block. Die Neue im Haus. Sie trug eine silbergetönte Hochsteckfrisur, an der rechten Hand den Ehering. Die Füße steckten in Holzpantinen. Sie roch nach ausgelassenem Speck, nach herzhaftem Wrasen, der Paffrath Speichel im Mund zusammenfließen ließ.

Er sei dran mit der Hausordnung, sagte er. Nein, sagte sie, Frau Moder habe befohlen, daß die neuen Mieter sogleich in ihre Aufgaben eingeweiht würden. Paffrath wollte nicht nachgeben, aber auch Frau Block, deren Name in großen Lettern an der Tür prangte, griff nun nach dem Wischlappen. Sekundenlang verharrten beide wie im Tiefstart.

Eine Strähne löste sich aus Eva Blocks Frisur.

»Eins, zwei, drei!« sagte Paffrath.

Gleichzeitig klatschten er und die neue Mieterin ihre Lappen auf die Stufen. Rusch rusch, die erste. Eins, zwei, drei! Rusch, rusch, die zweite. Musik klang aus Eva Blocks offener Wohnung, ein Sender, der *Laurentia, liebe Laurentia mein* spielte. Da stand Eva aus ihrer Kniestellung auf, zog Paffrath mit sich hoch, *wann werden wir wieder beisammen sein?* und weiter gings, Beuge und Hoch, *Am Mohontag!* Was geht denn jetzt los, dachte Paffrath noch, da mußte er auf Evas Geheiß wieder in die Hocke gehen, den Feudel nehmen und wischen, sie tat es ihm gleich, auf! auf!

und *Ach wenn es doch alle Zeit Montag wär und ich bei meiner Laurentia wär!* Auf! runter! Auf! runter! Montag Dienstag Mittwoch Donnerstag Freitag Samstag Sonntag. *Ach wenn es doch alle Zeit*

Nach sieben Strophen standen Heini und Eva erschöpft und lachtränenweich im Erdgeschoß. Sie hatten es geschafft. Keine halbe Stunde war ihre Begegnung her, schon beseelte Paffrath Begierde. Seit Jahren war er nicht so ausgelassen gewesen, und, wenn er es recht bedachte, kannte er den Rausch solch plötzlicher Enthemmung gar nicht. Er blickte in das erhitzte Gesicht der Frau, von der er meinte, sie seit Ewigkeiten zu kennen: die schmalen spöttischen Lippen, die vordringenden Augen, die schweren Augenbrauen, in denen sich Heinis Sehnsüchte verwoben.

Gemeinsam stieg die lustige Putzkolonne die sauberen Stufen nach oben.

»Wir warn Spitze«, sagte Eva und reichte Paffrath die Hand.

»Spitze!« bestätigte er und schlug ein.

Er stand in der Wohnungstür. Groß schlank wollwestengekleidet. Lederschuhe trug er statt Pantoffeln. Ein Geruch ging von ihm aus, der Paffrath bekannt vorkam. In der Hand hielt der Mann Lupe und Pinzette.

»Bogumil, mein Göttergatte«, stellte Eva ihn ihrem Putzgenossen vor.

»Paffrath«, sagte Paffrath.

Er wartete auf den Schrecken der Enttäuschung. Aber der Schrecken wollte nicht eintreten. Statt dessen betrat Paffrath die fremde Wohnung, freundlich hineingewinkt von Herrn Block, geführt von seiner Frau, der noch immer

Laurentia in den Knochen zuckte. Die Wohnung roch nach ihr. Nach Wärme und Speck.

Ihr Mann wird mir den Marsch blasen – Paffrath versuchte sich im logischen Denken. Kühn absurd erschien ihm die Gymnastiknummer auf der Wischtreppe. Er selbst kam sich vor wie abgerissen von sich. Alles war so schnell gegangen. Aber jetzt kamen drei Schnapsgläschen und eine Flasche Klarer auf den Tisch.

»Auf gute Nachbarschaft!«

Heini Paffrath saß auf der Couch zwischen dem Ehepaar Eva und Bogumil Block und soff sich zum Leben empor. Man trank, aß Speckfettbrote, drehte das Radio lauter. Man redete irgendetwas, das Heini im Rausch der Geselligkeit nicht verstand. Feierabendgeplapper, das er so nie in seinem Stammlokal erfuhr. Hier bei Eva und Bogumil umschloß Paffrath Vertrauen, das ihm zunächst suspekt vorkam. Aber Schnaps war Schnaps, und Bogumil war Briefmarkensammler.

»Leiter des philatelistischen Zirkels Pankow«, sagte er, und Eva ergänzte augenzwinkend:

»So kann mans auch nennen.«

Es muß nach Mitternacht gewesen sein, da Bogumil mit dem Gast ins Nebenzimmer wankte und ihm seine Sammlung zeigte. Nicht, daß Paffrath die einzelnen Marken scharf orten konnte. Aber nachdem er Seite um Seite der buntgezähnten Objekte überflogen hatte, sonderte er Lob und Bewunderung ab. Anerkennend strich er über die Lederdeckel der Alben, bis Bogumil ihn umarmte und bat:

»Jetzt mußt du mir aber auch sagen, welchen Beruf du hast.«

Paffrath spürte die Wärme der Umarmung. Lavendel

glaubte er zu riechen. Bogumils tiefe Stimme. Sein Kinn lag auf Heinis Kopf, so daß sich Heini noch kleiner machte und den Duft, der aus Bogumils Wollwestenbrust stieg, einsog.

»Sag schon«, brummte Bogumil.

Paffrath riß sich aus der Umarmung los. Im Schnapstran zeichnete sich vor ihm das faszinierende Gesicht des Hausherren ab: oval, dunkeläugig, die Lippen wie zwei dicke Schnecken, das Kinn nach hinten fliehend. Drei Schritt zurück trat Paffrath. Dann sagte er:

»Ich bin Oberleutnant.«

Am nächsten Tag weckten Heini Kirchenglocken. Am Sonntag nach jenem beglückenden Abend erklangen die Glocken *bimbam*, als wollten sie Heini in eine andere Welt versetzen. Nachdem er aufgestanden war, begriff er, daß er die Nacht zuvor vergessen hatte, Maschulas Altar aufzusuchen.

»Verzeih mir«, murmelte er, dann stürzte er ins Bad, nahm die künstlichen Zähne aus dem Mund, schrubbte sie unter fließendem Wasser, gurgelte sich den pelzigen Schnapsgeschmack weg, setzte die Zähne wieder ein, grinste sich im Spiegel entgegen und verstreute kurz darauf einen halben Eimer Asche im Treppenhaus. Vom Dachboden bis Parterre, vor jede Tür, den Gang zum Hof, eine Aschespur, grau und schmierig. Nachdem er bei Frau Moder geklingelt hatte, spurtete er die Stufen hoch zu seiner Wohnung. Paffrath tat verdutzt, als ihn Frau Moder herausklingelte und nach dem Urheber der Schweinerei fragte. Auch Frau Block wußte von nichts und empörte sich:

»Ich sag's meinem Mann, der findet die Sau.«

Heini sorgte dafür, daß Bogumil nicht zum Einsatz kam, sondern in der Wohnung blieb.

»Ich«, erklärte Paffrath, »bin hier der Polizist.«

Die alte Modern wollte nichts von Detektivspielen wissen, sondern tippte mit strengem Finger auf den Hausordnungplan, wonach Eva Block Wischdienst hatte und also für die Sauberkeit verantwortlich sei. So oder so.

»Ich helfe dir«, versprach Paffrath.

Sie kehrten wischten polierten gemeinsam das Treppenhaus. Diesmal ohne Radiomusik, aber Eva und Heini summten und sangen, *ach wenn es doch endlich bald Montag wär*, Schulter an Schulter, Knie an Knie, Kopf an Kopf.

Eine Stunde später fand sich Heini an Blocks Küchentisch beim Frühstück. Eva erzählte Bogumil, welcher Kaffee brühte, daß jemand über Nacht die Treppen mit Asche verschmutzt habe.

»Ich krieg den Kerl«, versprach Bogumil in einer Weise, daß Heini erschrak und das Gespräch auf den schönen arbeitsfreien Sonntag lenkte, Kaffee und Brötchen lobte und versprach, beim nächsten mal etwas Kulinarisches zum Frühstück beizusteuern.

Das nächste mal. Heini sehnte es herbei im Moment, da er Blocks Wohnung verlassen hatte. Ihm graute plötzlich vor den eigenen Wänden. Auch die Angst war wieder da, man könne ihm auf die Spur kommen. Das nächste mal. Wann? Bald, hoffte Heini.

Obwohl er den Sonntag allein vertrottete: vom *Falschen-Hasen*-Essen in der *Post* bis zum Besuch des Schönholzer Parkes, wo er um Maschulas Grabstelle herumschlich, war er sich sicher, daß der Abend die Freude erweitern würde.

Mit Eva und Bogumil war Paffrath zwei Menschen begegnet, von denen er bislang nicht glaubte, daß es sie gab: Sie nahmen ihn zu sich, auch am Abend, bei Schnaps, Bier, bei Fettstullen und langen erregten Gesprächen, in denen Bogumil das Worte führte und kundtat, was ihm das Höchste war: die Briefmarken aus alten und neuen Zeiten, Wohlfahrts-, Deutsche Reichspostmarken, Marken der Walter-Ulbricht-Serie, auch Tiere Pflanzen Weltwunder Könige und Wappen, Marken aus Ost West Übersee, geordnet nach Motiven, Marken mit Variationen, Stempel, Stempelformen, Ersttagsstempel, Blöcke, Fehldrucke ...

Während Eva Schnaps nachschenkte und Heini ihr das eine oder andere mal wie zufällig übers Haar strich, auch wenn ihr Gatte das sehen konnte, während sie die Männer einhüllte mit heiteren Sprüchen, zog Bogumil Paffrath in die Welt seiner Leidenschaft. Wohl wollte er während dessen vieles von Heini wissen, woher er käme, wie ihm der Dienst als Oberleutnant der Volkspolizei schmecke, an welchen Fällen er säße, was ihm das Liebste sei, aber die Neugier war dem Gast recht. Sie wärmte, hüllte ihn ein. Alles war Paffrath bereit zu sagen.

»Das Liebste«, gestand er leise, »ist ganz nah.«

Gegen Mitternacht betrat Heini noch einmal Blocks Badezimmer. Tief sog er die Luft ein, den Geruch nach Seife und Putzzeug. Er benutzte die Toilette, obwohl er nicht mußte. Er betätigte vorsichtig die Dusche über der Badewanne, ließ sich Wasser über die Hände laufen und cremte sich danach mit Evas Hautcreme ein. Heini roch an seinen Fingern und küßte sie. Jetzt befeuchtete er Bogumils Rasierpinsel, schäumte ihn mit der Rasierseife ein, von der Heini blitzschnell registrierte, daß sie aus dem Westen war. Heini sah sein weiß beseiftes Gesicht im Spiegel. Nachdem er sich wieder abgespült und an Bogumils Handtuch getrocknet hatte, öffnet er die Flasche Kölnisch Wasser. Eva stand in der Tür. Hinter ihr Bogumil, der barsch fragte, was Paffrath hier veranstalte.

Heini drehte sich langsam vom Spiegel zu den beiden um. Der Kölnischwasserduft befeuerte seinen Mut, auf Eva zuzutreten, ihr mit der rechten Hand unters Haar zu greifen, sie zu sich herabzuziehen und einen Kuß auf die Stirn zu drücken. Sekunden später fühlte Bogumil Paffraths Lippen auf seinen Fingern.

»Laß das!« rief Bogumil.

Sprachlos stand Eva im Bad und schüttelte den Kopf.

Heini Paffrath wünschte ihnen eine gute Nacht. Als er, benebelt vom Glück, in der Wohnungstür stand, sagte er:

»Also bis morgen.«

Ach, wenn es doch endlich erst Montag wär.

Paffrath begriff nicht, daß am Montagabend, nachdem er vom Dienst kam, die Tür zu Blocks Wohnung verschlossen blieb. Hinter der Tür Radiogedudel, das Klackern von Evas Holzpantinen, durchs Schlüsselloch Speckfettduft. Er kratzte am Holz, klingelte noch einmal. Die Tür blieb zu.

Heini wartete eine Weile, stieg dann schweren Schrittes nach oben in seine Wohnung. Er aß eine Handvoll Zucker. Als es Paffrath schlecht zu werden drohte, stürzte er aus der Tür, polterte die Treppen hinunter, über die Straße, in die Konsumverkaufstelle, wo er ein Stück fetten Speck erstand. Er briet den Speck, um den Geruch zu haben. Das heiße Fett troff Paffrath aufs Hemd. In Uniform saß er in seiner Küche, kostete der Sehnsucht nach. Die Finger wischten die Pfanne aus. Fett leckend, fragte er sich: Warum.

Eva arbeitete in der Abteilung Verpackung des VEB Glühlampenwerkes NARVA. Das hatte sie Paffrath erzählt. Drei Schichten auf Akkord. Er versuchte, sich Eva bei der Arbeit vorzustellen, verspürte den Drang, ihr hinterherzufahren, S-Bahn bis Jannowitzbrücke, dann zu Fuß zur NARVA, wo sie Licht verpackte.

Er traute sich nicht. Wartete, daß sie selbst auf ihn zuträte und sagen würde: Komm.

Überall fand Paffrath Lauerorte, um Eva und Bogumil zu erspähen. Er wollte eine Antwort. Mitunter, wenn er nachts herumschlich, sah er Licht in Blocks Wohnung, aber wenn Paffrath sich entschlossen hatte, die Treppen hoch zu eilen und zu klingeln, verlosch das Licht wieder. Auf der Dienststelle sammelte Paffrath die eingehende Post, schnitt die Briefmarken von den Umschlägen, weichte sie in Wasser ein, trocknete sie zwischen Löschblättern und warf sie, sorgsam in Papier verpackt, in Bogumils Briefkasten. Es folgte keine Reaktion auf das Geschenk. Paffrath erkundigte sich bei Frau Moder, ob sie wisse, was mit der Familie Block lossei, aber Frau Moder schaute ihn nur an und zischte:

»Kann ick hellsehn?«

Paffrath dachte sogar daran, Eva und Bogumil polizeilich zu ihm vorladen zu lassen. Er verwarf den Plan, nachdem er sich klar war darüber, daß ihn so eine Tat vor den Genossen endgültig verdächtig machen würde.

An einem der Tage, an dem der Wachtmeister Streife ging, bog er plötzlich von der vorgegebenen Bahn ab. Heute wollte er ihn stellen, den Philatelisten Bogumil, wollte sehen, wie er in seinem Verbandsbüro am Tisch saß und Briefmarken sortierte, wie er –

Aber Wachtmeister Paffrath fand keinen Philatelistenverband. Die Nachfrage auf der Meldestelle hatte eine Adresse ergeben, die nicht mehr existierte. Paffrath suchte die Gegend ab, fragte Bürger, drang in Häuser ein, rief nach Bogumil und setzte gar seine Bierbrüder aus der *Post* für gutes Geld auf Bogumils Fährte.

Eines Abends standen sie sich gegenüber. Im Dunkeln, unter der Hängebuche an der Kirche. Plötzlich waren sie aufeinander getroffen, jeder von seiner Arbeit kommend. Heini durchschoß Freude und Zorn. Bogumil wollte sich wegducken, da hatte er die Makarow vorm Gesicht. Paffrath zitterte. Bogumils Schneckenlippen öffneten sich. Deutlich sah der Wachtmeister, wie sie sich ihm näherten. Komm.

»Ich drück ab«, flüsterte Heini und legte den Finger um den Abzug der Waffe.

In diesem Augenblick spürte er den Kuß auf der Stirn. Weich, warm, ein bißchen ölig. Dann war Bogumil verschwunden. Rund um die Kirche suchte ihn Paffrath, lief alle Straßen ab, vermutete ihn gar im Geäst der Buche, aber der Mann blieb unauffindbar.

Im Badezimmerspiegel glaubte Paffrath, die Stelle erkennen zu können, auf die der Kuß traf. Mit zärtlicher Fingerspitze umkreiste er den Fleck an der Stirn, bevor er, wie immer, sich selbst umarmte.

Am Altar gedachte Paffrath seiner Liebe. Drei Kerzen zündete er an. Maschula war nicht mehr allein.

Er schrieb eine Einladung auf Büttenpapier, in welcher er Eva und Bogumil Block bat, mit ihm gemeinsam Mittag zu essen. Er selbst würde kochen. Gute Hausmannskost mitsamt der Gelegenheit, sich auszusprechen, zu versöhnen, ein Schnäpschen zu trinken und so weiter. Er steckte die Einladung in Blocks Briefkasten.

Da er keine Absage erhielt, begann Paffrath in der *Post* Überlegungen anzustellen, wie er den Sonntagmittag gestalten, vor allem, was er den Gästen auftischen sollte.

»Na wat wohl«, sagte Märrie, nachdem Paffrath *wie immer* seinen Teller leergegessen und sie über sein Vorhaben informiert hatte.

»Aber ich kann so was nicht.«

Der Wachtmeister bat Märrie flehentlich, sie möge die Zubereitung des *Falschen Hasen* auf einen Zettel schreiben, ihm die Tricks verraten, damit der Braten auch wirklich gelänge.

»Betriebsjeheimnis«, sagte Märrie, stellte dem Gast noch ein Bier hin und verwies ihn auf die Handhabung eines Kochbuches.

»Na danke«, sagte Paffrath und fügte gekränkt hinzu: »Wenn dein Laden mal ausgeraubt wird, werd ich dem Dieb noch was hinterhertragen.«

»Nu mal sachte, Jenosse Wachtmeester«, entgegnete Märrie, »ick will nur nich, daß Se Ihr'n Jästen wat hinzaubern, wat schmeckt wie Spucke und Braunbier.«

Dann flüsterte Märrie dem Wachtmeister etwas ins Ohr, das die anderen Kneipgänger nicht hören sollten, und Paffrath war es zufrieden.

An jenem Sonntag, an dem das Versöhnungsessen geplant war, hatte Paffrath dienstfrei beantragt. Nachdem die Kirchenglocken verklungen waren, ging er mit saubergeputztem Gebiß, frisch rasiert und im besten Zivilhemd auf die Straße. Er atmete die frische Luft der Zuversicht ein. Keine Absage bedeutet Zusage.

Laurentia, liebe Laurentia mein.

Gegen elf Uhr gewährte ihm Märrie Einlaß durch die Hintertür des Restaurants. Sie drückte ihm ein bratenduftendes, in Folie gewickeltes Päckchen in die Hand, das er dankbar entgegennahm und großzügig bezahlte.

Zu Hause war der Tisch gedeckt. Mit einer extra für diesen Anlaß gekauften Tischdecke. Mit Weingläsern und Servietten. Perfekt, wie es Paffrath aus Kinderzeiten kannte. Pünktlich um dreizehn Uhr schnitt Paffrath den *Falschen Hasen* an. Scheibe für Scheibe das köstliche dampfende Fleisch. Gleich würde es klingeln. Aber Eva und Bogumil erschienen nicht. Nicht zur angegebenen Zeit, auch nicht später, nachdem Heini den erkalteten Braten in die Backröhre zum Aufwärmen gesteckt hatte. Auch nicht, nachdem Heini bei Blocks Sturm geklingelt, nicht, nachdem er die Zuckerdose in der Küche geplündert hatte.

Reglos blieb Paffrath am Küchentisch hocken. Am Abend klingelte er bei Frau Moder. Er überreichte ihr das Päckchen mit der Bitte, es nicht verderben zu lassen. Seine Gäste hätten kurzfristig abgesagt, aber *er* hätte den Braten selbst zubereitet.

»Da wird ja der Hund inne Fanne varrickt«, staunte die alte Hausgranne.

»Nich Hund, sondern Hase«, erklärte Paffrath, und stolz setzte hinzu: »Das Rezept hab ich von meiner Mutter.«

Verstockte Tränen quälten ihn. Die Enttäuschung über den verpatzten Mittagstisch machte Paffrath dumpf und unfähig, Dinge und Geschehnisse um sich herum mit gebotener Wachsamkeit aufzunehmen. Zwar erledigte er ordnungsgemäß seinen Dienst, aber es interessierte ihn nicht, was er tat.

Eines Morgens – Paffrath, der immer der erste im Büro war, hatte gerade den Datumsstempel von Montag auf Dienstag gedreht – ereilte das Revier die Meldung, daß im Bürgerpark auf Höhe der kleinen Fasanerie die Panke über die Ufer getreten sei und bereits für beträchtliche Überflutungen der Wiesen und Wege gesorgt habe. Einen Moment benötigte Wachtmeister Paffrath, um seinen Schrecken zu bändigen: Er sah Maschulas Leiche im Wasser treiben. Aber schon hatte er seine Makarow umgeschnallt, die Mütze aufgesetzt und fand sich im Auto mit Kollegen wieder. Schon stand er am Tatort.

Er sah den ertrunkenen Goldfasan, dessen schillerndes Gefieder von Schlickalgen und Schwemmholz gebrochen war. Aufgescheucht rannten Seidentauben Perlhühner Pfauen über die geflutete Wiese. Paffrath sah, wie das Wasser der Panke langsam weiterstieg, wie es die roten Kieswege leckte, sie verschluckte, dann die Wiese, wie es weiterkroch, ganz langsam, doch sichtbar, unaufhaltsam; er sah, wie sich das Flüßchen neue Wege suchte und fand. Niemand konnte so schnell etwas dagegen tun.

Über Nacht hatte jemand mit Holzbrettern und Steinen einen Staudamm gebaut. Hinter der Fasanerie, wo eine Brücke über die Panke führte, wo sie sonst träge stinkend floß und beinahe nicht von der Stelle kam. Der Verdacht war da, daß es sich bei den Tätern um eine Gruppe stadtbekannter Jugendlicher handeln mußte, um Ruhestörer, sogenannte Punks.

»Verdammte Bande«, sagte Paffrath zu Genosse Laux, der mit zuckendem Geierhals neben ihm stand und nur meinte, daß man vor allem die Vögel retten müsse.

»Aber die Kerle gehören eingesperrt. Jugendarrest!

Alle! Wir müssen durchgreifen, hart durchgreifen, Genosse!«

Paffrath hörte sich reden, wie er noch nie geredet hatte. Laut, mit überschnappender Stimme.

»Wir müssen ihnen zuhören, Paffrath«, sagte Laux.

»Das ist nicht Ihr Ernst!«

»Es ist Ernst.«

Plötzlich vernahm Paffrath eine Flöte. Aus Pfauenschnäbeln drangen jene quietschenden schrillen Töne, die Heini einst aus den Tiefen des Kanalbunkers vernommen hatte. Damals, in seinem ersten Leben, als er den Kommilitonen, dem Zigarrenrauch, als er dem Widerstand auf der Spur war. Wegsperren! dachte Wachtmeister Paffrath, aber die Pfauen kreischten, flöteten, waren nicht zu beruhigen.

»Genosse Laux!« schrie Paffrath.

Laux hatte sich vom Tatort entfernt.

Eine Stunde später war der Staudamm gebrochen. Die Bretter schwammen davon, weggespült von einer Stromschnelle. Die Volkspolizisten versuchten noch Indizien abzufangen, fischten Hölzer und Unrat aus dem Fluß, verstauten die Beweise im Kofferraum des Autos. Wachtmeister Paffrath war es, der, hundert Meter vom Tatort entfernt, ein großes Spanholz aus der Panke fischte. In schwarzer Farbe stand darauf:

GERMAN ANGST

Mitunter hatte er das Bedürfnis, auf der Straße die Waffe zu ziehen und im explodierenden Einverständnis mit dem Schicksal all die Zufriedenen um sich herum wegzuschießen.

Kam er vom Dienst, verharrte er *wie immer* vor Blocks

Wohnungstür, besah sich den Abtreter und alles andere ganz genau, ob sich etwas verändert hat, und schnüffelte vorsichtig am Schlüsselloch. Er wußte genau, daß jemand zu Hause war.

Es begann die Zeit, da er mit Eva und Bogumil sprach. Als seien sie in seiner Wohnung anwesend. Heini rief in die Küche, und Eva antwortete: Ja, gleich ist der Tisch gedeckt! Komm, forderte Heini Bogumil auf, sieh dir an, was ich für dich erstanden habe. In der Tat hatte Paffrath ein Häufchen von verschiedener Post abgelöster Briefmarken gesammelt und sie dem Freund zurechtgelegt. Ich danke dir, Lieber, sagte Paffrath zu Heini, der die Marken nach Farben Stempeln Motiven sortierte, der sie laienhaft, doch voll erblühender Leidenschaft verehrte und Bogumil präsentierte: Bitte, da hast du. Und Paffrath konnte hören, wie sich Bogumil bei ihm bedankte. So deutlich klang dessen Stimme in Heinis Reich, daß er seiner Gegenwart sicher war. Heini Paffrath lud Abendbrot auf drei Teller, aß erst seinen, dann den linken, dann den rechten Teller neben sich leer. Danke, bitte, ja, es hat geschmeckt. Machst du den Abwasch, Eva? Bitte, danke, ja, ich liebe dich. Ich dich auch.

Es kam vor, daß Wachtmeister Paffrath, als er einmal aus dem Spiel erwachte, mit seiner Makarow die Wohnzimmerlampe ausschoß.

»Kurzschluß«, erklärte er Frau Moder, die nach dem Knall in der Tür stand und das Schlimmste befürchtet hatte.

Auf dem Revier gab Paffrath an, er hätte im Schönholz eine tollwütige Katze töten müssen, daher die fehlende Patrone. Oberleutnant Dechant zog ihn daraufhin in sein Dienstzimmer, musterte ihn und sagte:

»Ich glaube, für den Genossen Paffrath ist's Zeit für eine Beförderung. Nicht nur die Katzen leiden an Tollwut, das wissen Sie.«

»Nein«, erwiderte Paffrath erschrocken, »ich will nicht.«

Der Oberleutnant zog erstaunt die Augenbrauen hoch und tippte auf Paffraths vierstreifigen Armwinkel, der über zwanzig Dienstjahre anzeigte.

»Sie wären der erste, der eine Beförderung ablehnt.«

»Ich habe keine Zeit«, sagte Paffrath.

Er fühlte, wie er blaß wurde, wollte sich erklären: daß er seit kurzem Familie besäße, die müsse versorgt werden, die brauche ihn. Aber Paffrath erklärte gar nichts, sondern verharrte in stockzüngiger Ablehnung. Dechant ging vor dem Wachtmeister auf und ab: der Oberleutnant, der, wie sein Kollege, einen vierstreifigen Armwinkel, aber zusätzlich die dreisternigen silbergrundierten grünumrandeten Schulterklappen trug. Paffrath schwieg. Plötzlich mußte er an seinen Vater denken, wie er einst gesagt hatte: *Ich bin Feuerwehrmann, sonst nichts.*

Paffrath war Polizist, sonst nichts. Das wollte er bleiben, das mußte er erklären, obwohl ihn die goldschimmernden Sterne auf Dechants Schultern faszinierten. Paffrath wußte, daß es noch mehr als drei Sterne gibt, vier für den Hauptmann, dann kommt der silberne Zopf, vom Major bis zum Oberst; das kannte Wachtmeister Paffrath, das rechnete er täglich durch, eins zwei drei vier Sterne vom Generalmajor bis zum Armeegeneral auf goldenem Zopf, das würde Paffrath gut stehen. So hat er sich schon öfter vor dem Spiegel erträumt und einmal sogar seine Wachtmeisterschulterklappen, die nur einen silbernen Streifen auf dunkelgrünem Grund und nur einen einzigen silbernen

Knopf trugen, übernäht mit aus Goldfolie geflochtenen Zöpfen. So aufgeputzt war Heini am Abend in seiner Wohnung herumgelaufen und hatte sich gut gefühlt. Frei aller Sehnsucht nach Maschula Eva Bogumil.

»Sie sind ein viel zu bescheidener Mensch«, sagte Dechant.

Vom Blinkern der Schultersterne hingerissen, hatte Paffrath fast vergessen, wo er sich befand. Schamröte stieg ihm ins Gesicht. Er sah dem Oberleutnant an, daß er ihn durchschaute: Schulterklappen aus Goldfolie, der Schuß in die Wohnzimmerlampe, der Zahnpasta-Kakteenaltar, das Schlüssellochküssen.

Er mußte sich der Beförderung stellen. Alles andere würde auffallen. Immer heftiger, spürte Paffrath, zog sich die Schlinge der Indizien gegen ihn zu.

»Was haben Sie vor?« flüsterte er.

Paffrath bewältigte die herannahende Ohnmacht mit letzter Kraft, indem er, wie er es gelernt hatte, in Hab-Acht-Stellung ging und den Blick nicht mehr an Dechants Dienstgradabzeichen festhielt, sondern zum Bild an der Wand, das den Staatsratsvorsitzenden zeigte, lenkte. Das Bild beruhigte ihn. Nun trat Dechant nah an Paffrath heran und sagte:

»Es ist eine besondere Art der Beförderung, die ich Ihnen vorschlagen will. Zu diesem Zweck sollten Sie sich mit Offizier Mehlhorn treffen, der Sie einweihen wird. Also! Genosse Paffrath! Ich wußte es!«

Nichts wußte Wachtmeister Paffrath, aber pünktlich traf er am vorgeschriebenen Treffpunkt ein. In Zivil. Im Bürgerpark Pankow, auf der Brücke, die über ein Ziegengehege führte. Dort stand er an einem Novembernachmittag des Jahres 1988, schlotternd vor Kälte und Aufregung. Nicht, daß Paffrath sich vor etwas fürchtete. Er hoffte nur, es möge sein Goldfolientraum in Erfüllung gehen, aber ohne zeitfressende Anstrengung. Was Heini im Augenblick begehrte, war nichts als Zeit und Ruhe für seine Familie, für Eva und Bogumil. Sie bekam er zwar nicht mehr zu Gesicht, spürte sie aber täglich um sich herum und wollte im ausgreifenden Wahn seiner Wünsche für sie sorgen. Nun mochte er sich seiner Beförderung nicht mehr entziehen, weil er vielleicht an Macht gewänne, an jener Stärke zulegen, die ihm die Tür zur Liebe öffnen würde. Blocks Tür. Hinter der das Reich seines innigen Verlangens lag. Vielleicht würde Heini Oberwachtmeister der VP werden, oder gleich die Leutnantslaufbahn einschlagen, wer weiß.

Wachtmeister Paffrath wunderte sich, daß er sich über den seltsamen Treffpunkt nicht zu wundern vermochte. Komisch, dachte er, ich stehe hier und bin nicht da.

Regen kam auf. Fünf Minuten nach der Zeit. Kein Mensch zu sehen. Unter der Brücke, auf der Paffrath auf und ab ging, drängten sich Ziegen und Schafe auf einen Haufen. Als sie plötzlich zu blöken begannen, stand ein Mann in Kapuzenmantel hinter Paffrath und sagte:

»Mehlhorn.«

Paffrath drehte sich um. Regen drosch auf die Männer, aber Heini sah sofort, was ihn wie einen Blitzschlag traf: Das war kein Offizier namens Mehlhorn.

Das war Bogumil.

Schweigend standen sie voreinander. Bis Bogumil den Kopf schüttelte. Bis er sagte:

»Da ist was schiefgelaufen.«

Nein, dachte Paffrath erschrocken, nichts ist schiefgelaufen, gar nichts! – Er streckte die Hand nach Bogumil aus. Regenschauer trafen Heini ins Genick. Unter der Brücke blökten und meckerten die Tiere, als würde eine Flut über sie kommen. Ratlos beschämt stand Bogumil vor dem Freund, der, an Tränen schluckend, gleichsam zu lachen begann:

»Das ist 'n guter Witz, Offizier Mehlhorn! Da hat sich einer 'n Scherz mit uns erlaubt, einen guten Scherz, was?«

»Ich bin nicht zum Scherzen hier«, sagte Bogumil, »Ich habe nur jemanden anderen hier erwartet.«

»Das lügst du! Du wolltest mich endlich wiedersehen!« rief Paffrath, hängte sich an Bogumils Arm, und während Bogumil versuchte, sich freizumachen, plapperte Paffrath:

»Weißt du, wie der große graue Ziegenbock da unten heißt? Walter Ulbricht! Haha. Und das Schaf mit den drei Hörnern? Chruschtschow! Haha! Du solltest mal sehen, wenn die zu fressen bekommen, das reinste Tollhaus.«

»Sei still«, bat Bogumil.

Es dauerte, bis Paffrath sich beruhigt, bis er den Gleichschritt mit Bogumil gefunden hatte. Die Männer liefen die Brücke herunter, über die Liegewiese bis zur Panke. Durch den heftigen Regen war das Flüßchen angestiegen, riß Grasnaben und Laub mit sich.

»Komisch«, sagte Bogumil, »sonst steht das Wasser immer an der Stelle, aber heute –«

»Heute zeigt die Panke wieder mal, daß sie ein Fluß ist«, rief Paffrath und zog seinen Begleiter wieder zurück Richtung Wiese, zum Café am Bürgerpark. Noch immer regnete es in Strömen.

Im Café waren sie die einzigen Gäste. Sie bestellten

Kuchen und Schnaps. Nachdem sie sich aufgewärmt hatten, zeigte sich Bogumil plötzlich wieder zugänglich. Als sei die wochenlang gepflegte Distanz Heinis ungebrochener Zuneigung gewichen. Als sei nichts geschehen, kein Badezimmerexzeß, kein Türeverrammeln, kein Versetzen, keine Flucht. Bogumil plauderte. Legte dem Freund dar, was er im Angebot hatte: eine Beförderung der besonderen Art: doppeltes Gehalt inklusive absoluter Diskretion. Lockte ihn. Heini, vor Glück über die wiedergefundene Liebe, die ihm jetzt auch den Weg zu Eva zeigte, oder hatte er einen anderen Weg zu gehen, den Heini noch nicht vor sich sah. Der Mann hieß nicht Mehlhorn, sondern Block, Bogumil, und warum sollte er ihm nun noch etwas abschlagen.

»Du bist unser Mann«, sagte Bogumil zu Heini Paffrath.

Er wollte den Moment festhalten, da ihn Bogumils Blicke in ein Vertrauen zogen, das ihn körperlich erregte, und er Mühe hatte, die Hände bei sich auf dem Tisch zu behalten.

Er sollte mit dem Namen *Lepus* unterschreiben.

Er hatte ein weißes Blatt Papier vor sich auf dem Küchentisch.

Er gab sich Mühe, etwas auf das weiße Blatt Papier zu schreiben, aber er wußte nicht, was es sein sollte.

Er überlegte lang.

Er saß die Nacht hindurch.

Er hätte als erstes Frau Moder in ein Gespräch ziehen sollen.

Er hatte sie nur nach dem neuen Hausordnungsplan fragen können.

Er schimpfte sich einen unfähigen Idioten.

Er wußte, daß Bogumil auf ihn wartete. Und Eva.

Er zeichnete eine blaue Sonne auf das weiße Blatt Papier.

Er sollte den Bericht mit dem Namen *Lepus* unterschreiben.

Er strich die Sonne durch.

Er hatte Kopfschmerzen.

Er roch Speckfettduft, der durchs Treppenhaus zog.

Er wollte aufstehen und eine Treppe tiefer an der Tür klingeln.

Er wollte nicht seinem Offizier begegnen.

Er wollte Evas Schürze berühren und Briefmarken bestaunen und Bogumils Lippen auf der Stirn spüren.

Er sollte mit dem Namen *Lepus* unterschreiben.

Er zerknüllte das weiße Blatt Papier.

Er unterschrieb nie etwas mit dem Namen *Lepus.*

Wachtmeister Paffrath hatte es ausgestanden.

Sein Name wurde aus der Kartei der betreffenden Dienststelle gestrichen. Es war ein Versuch gewesen, mehr nicht. Nie wieder sprach ihn Oberleutnant Dechant auf das Thema Beförderung an. Immer öfter wurde Paffrath zum Nachrichten- und Verwaltungsdienst eingeteilt. Immer seltener zeigte er sich den Bürgern auf der Straße in der Uniform der Deutschen Volkspolizei. Aber wenn er auf eine Gruppe Kinder traf, riefen sie ihn *Freund und Helfer*.

Am Totensonntag stand sie vor ihm. Im Blumenladen Florastraße.

»Mensch!« rief Eva, schaute entsetzt Heini an, lächelte darauf, und Heini bekam weiche Kniee und begann *Ver-*

zeihung zu stottern, verzeih mir, verzeih mir, immer wieder, bis Eva sagte:

»Das mußte ja so kommen, aber du hast keine Schuld.«

»Ich habe alles falsch gemacht.«

Paffrath beharrte auf seinem Versagen. In die Kniee gehend, näherte er sich der Frau, die, eine winterblumenduftende Erscheinung, plötzlich bewies, daß das Leben weiterging. Benommen vor Zuversicht, daß er *jetzt* die Gelegenheit für eine Fortsetzung der Liebe besaß, vergaß er sich und schnüffelte an Evas Mantel.

»Mein Gott«, zischte Eva, »was ist mit dir?«

Jetzt griff auch die Blumenverkäuferin ein und schnarrte:

»Wolln Se nun wat koofen oder nich?«

»Einen Kranz«, sagte Eva schnell.

Mißtrauisch blickte sie Heini an, der im hilflosen Versuch, sich zur Ordnung zu rufen, begann, um die Eimer voller gelber weißer rostroter Chrysanthemen zu schleichen, der über die bereitliegenden Tannenreisbündel, Grabkissen- und Kränze stieg, als wolle er eine Wahl treffen, der im hektischen Hin und Her hoffte, von Eva an die Hand genommen zu werden, aber Eva nahm Kranz und Tannengrün, was sie bezahlt hatte, in die Hand und sagte zu Heini:

»Du steigst mir hinterher, das kann ich nicht leiden.«

»Nein!«

Er widersprach sogleich. Abermals fühlte Heini, wie ihm die Augen naß wurden, wie ihn Kindsgegrein überkam, aber noch rechtzeitig schaffte er es, im Wachtmeisterton die Sache richtigzustellen:

»Ich steige dir nicht hinterher. Ich bin hier, um Blumen für das Grab meiner Frau zu kaufen.«

»Du hast eine Frau?«

Erstaunt blickte Eva Paffrath an, sah, wie er plötzlich zielsicher mehrere Sträuße Chrysanthemen aus dem Eimer griff, sie auf die Verkaufstheke legte und fragte:

»Was macht das?«

»Ärger«, sagte die Verkäuferin. Sie löste einen einzelnen Strauß aus dem Bündel Blumen, steckte die anderen zurück in den Eimer und erklärte, daß es nur je einen Strauß für eine Familie gäbe, aber sie könne darüber nachdenken, ob der Genosse Wachtmeister vielleicht noch ein kleines plasteblumenbestücktes Grabkissen dazubekommen sollte ...

Er nahm, was man ihm gab.

Gemeinsam machten sich Eva und Heini auf den Weg zum Friedhof. Noch immer konnte Heini sein Glück nicht fassen, Seite an Seite mit *ihr*, an der sich sein Wahnsinn entzündete und mit ihm der Funken übersprang zum Traum, der Bogumil, ihn und Eva vereinte, auch jetzt hier heute, am Totensonntag, der ihn die Florastraße entlangführte, Seite an Seite mit Eva, ein Stück die Wollank-, und rechts die Schulzestraße, an der ratternden haltlosen S-Bahn vorbei, dahinter die Mauer.

»Du hast uns nie von deiner Frau erzählt«, begann Eva noch einmal das Gespräch.

Kalt war es. Atemwölkchen entstiegen ihrem Mund. Noch immer beäugte sie mißtrauisch den Mann an ihrer Seite, der mitunter sein Gesicht in die fetten weißen Blüten des Chrysanthemenstraußes drückte, den süßherben Geruch einsog und – Amalgam roch.

»Sie hieß Maschula. Sie ist verbrannt«, sagte Paffrath.

Dann stieß er ein kurzes meckerndes Lachen aus, hakte

Eva unter und eilte mit ihr die Bahnhofstraße entlang. Als sie, außer Atem, am Bürgerpark halt machten, gestand Eva:

»Du bist mir irgendwie unheimlich.«

»Warum? Weil ich euch nichts von Maschula erzählt habe?«

»Keine Ahnung«, sagte Eva. »Wenn ich dich sehe, möchte ich alles mit dir tun, aber gleichzeitig ist mir, als könnt ich bald keine Luft mehr bekommen. Ich weiß nicht, wer du bist, und doch – ich sehe dich immer vor mir. Dich und Bogumil, aber ich weiß nicht, was das soll. Vielleicht bin ja auch *ich* verrückt.«

»Schon möglich.«

Paffrath setzte einen strengen Blick auf, blickte Eva in die Augen und bestätigte seinen Verdacht:

»*Du* scheinst mir nicht ganz in Ordnung.«

Jetzt war der Augenblick gekommen. Jetzt konnte er Eva eine Geschichte auftischen, in welcher er eine Zahnärztin namens Maschula und sich selbst in märchenhafter Einigkeit entstehen und in einer Feuerkatastrophe enden ließ.

»Mein Vater«, schloß Heini die krude Erzählung, »war Oberst der Feuerwehr. Eines Tages hatte er Maschula aus Eifersucht mit Benzin übergossen und angezündet. Dann hat er sie löschen wollen, mit VENUS, dem selbstgebastelten Feuerlöscher, um als Retter dazustehen, aber Maschula, meine arme Maschula, verbrannte. Wie eine Sonne, die nicht mehr leuchten will. Zwanzig Jahre ist sie nun schon tot.«

»Und dein Vater?«

»Lebt noch. Da drüben.«

Heini deutete mit dem Daumen nach links Richtung Mauer.

»Im Westen?« fragte Eva irritiert.

»Quatsch«, sagte Heini und zog Eva weiter zum Waldfriedhof Schönholz.

Gemeinsam legten sie den Kranz auf das Grab von Evas Eltern. Einmal berührte Eva Heinis Hand. Er hielt die Luft an. Nie wieder wollte er den Gang des Lebens beschleunigen. Hier und jetzt fühlte Heini Paffrath sich in Familie: das Grab der unbekannten Eltern, Eva, die es mit Tannengrün bedeckte, sorgsam den Kranz aufbettete und immer wieder Heinis Hand berührte, *komm!*, und als sie fertig war, sagte sie:

»Jetzt gehen wir zu deiner Frau.«

Paffrath erschrak und holte heftig Luft. Schnell überlegte er, wohin mit sich und seinen Lügen. Wohin mit dem Chrysanthemenstrauß, dem er den Geruch entzogen hatte wie eine Droge. Kurzentschlossen legte er die Blumen auf Evas Elterngrab.

»Ich hab deine Eltern lieb«, flüsterte er.

Fassungslos sah Eva, was Heini tat. Du bist hier falsch, wollte sie sagen, aber es kam kein Wort aus ihrem Mund. Hau ab! wollte sie ihm zurufen, aber sie schaffte es gerade, Paffraths Blumen vom Grab zu reißen, sie zu Boden zu werfen, darauf herumzutrampeln, bis die Blütenköpfe zertreten und zermatscht waren. Dann rannte Eva rasch davon.

Mit fliegendem Mantel ins Niewiedersehen –

Heini blieb auf dem Friedhof zurück. Mit der Dämmerung legte sich Schneegries über die Gräber. Als die letzten Besucher gegangen waren, schlich auch Heini davon.

Der Weg führte ihn aus dem Friedhof an jene Stelle im Park, wo Maschula, wie er glaubte, unter Laub und Holz lag. Jetzt hatte er keine Blumen mehr für sie. Einen Zweig vom Knallbeerenbusch pflückte Heini und legte ihn auf den Hügel, unter dem niemand je etwas vermutet hatte. Auch Heini war sich nicht mehr ganz sicher. Er ging in die Hocke, befahl sich nachzusehen, was von Maschula noch vorhanden ist. Ein paar Zweige schaffte er beiseite, dann drohten ihm die Finger zu erfrieren.

Totensonntagsglocken. Bim bam, Paffrath fühlte sich verraten, verlassen, so auf sich zurückgefallen, daß er sich allein auf der Welt dünkte, im grabtiefen Mitleid versank, und er merkte nicht, was auf ihn zukam:

Eine Gruppe Männer und Frauen, in Wintermänteln und Parkas. Hundert, vielleicht mehr. Paffrath starrte sie aus der Hocke heraus an. Jetzt haben sie mich, dachte er und versuchte die von Maschulas Grab weggeschobenen Zweige wieder zurückzulegen, die Indizien zu vertuschen, aber die Gruppe interessierte nicht, was er tat, sondern einer sagte nur:

»Komm.«

Leise, fast flüsternd, komm. Aber Heini schüttelte den Kopf. Bürger! wollte er rufen, das ist nicht erlaubt, das ist eine Zusammenrottung, eine Demonstration. Aber Wachtmeister Paffrath, der sich an diesem Ort nur mühsam seines Amtes besann, blieb hocken. Stumm zog die Gruppe weiter, ein dunkler drängender Troß, von denen einige noch einmal zu ihm zurückschauten, ihn zu locken schienen. *Wohin?* dachte Paffrath und bedauerte, keine Uniform anzuhaben, sondern nur seine alte graue Zivilhose, so daß er als Polizist nicht zu erkennen war.

Als die Leute abgezogen waren, erhob sich Heini Paffrath.

Ein paar Minuten stand er noch regungslos vor Maschulas Grab. Dann ging er davon.

Der dunkle Park verschluckte seine Schritte.

»Ich komme«, sagte Paffrath.

Kurz nach zwei Uhr morgens öffnete er in Handschuhen und mittels einer Haarklemme die Tür zu Blocks Wohnung. Im Flur roch es vertraut. Speck Putzhader Bier. Duster war es, und Paffrath mußte achtgeben, um nicht gegen die Möbel zu stoßen. In dicken Strümpfen war er gekommen, um das Knarren der Dielen abzufangen. Er tastete sich voran.

Das Schlafzimmer kannte er. Eva hatte es ihm bei seiner ersten Wohnungsbesichtigung gezeigt: Doppelbett Kleiderschrank Wandspiegel. Die rankengemusterte Tapete. Mehr war damals nicht gewesen, aber jetzt wußte Paffrath, würde es zu mehr kommen. Das Paar schlief in mondsilbriger Bettwäsche, feines glänzendes Batist, das den nächtlichen Besucher lockte. Für Augenblicke blieb Paffrath atemlos vor den Schlafenden stehen. Schon wollte er sich leise unauffällig zwischen die beiden legen, sich klein machen in der Besucherritze und links rechts von ihrer Wärme nehmen. Schon war er an die Bettkante getreten, da wurde ihm schwindlig vom Duft, der aus dem Bett stieg: seliger süßherber Schlaf, in dem sich BogumilEva ahnungslos befanden und ihn, Paffrath nicht teilhaben ließen. Er wollte nicht mehr träumen. Er wollte die Tat.

Vorsichtig, um keine Diele knarren zu lassen, schlich Paffrath aus dem Schlafzimmer über den Flur in die Küche.

Sofort sah er die Pfanne mit Resten ausgelassenen Specks. Er konnte der Versuchung, davon zu kosten, widerstehen. Heini Paffrath ging es um mehr.

Er nahm Pfannen und Töpfe vom Herd, öffnete den Backofen, holte vorsichtig die Kuchenbleche heraus. Noch einmal sah er sich um, lauschte. Aus dem Schlafzimmer klang Schnarchen, gemeines Ratzen, das plötzlich aussetzte und in veränderten Tönen fortgeführt wurde. Jetzt sollt ihr es wissen, dachte Paffrath und drehte den rechten äußeren Knopf des Gasherdes auf. Dann den mittleren, den linken, dann den Knopf, der für die Gaszufuhr des Backofens sorgte. Er ließ das Gas ausströmen. Leise fauchend erfüllte es den Raum. Erst als Paffrath der dumpfe Geruch zu benebeln begann, verließ er die Küche, öffnete die Tür zu BogumilEvas Schlafzimmer und sah das Paar noch einmal in lebendigem Schlaf.

»MeineGutenmeineSchönenmeineLieben«, flüsterte er.

Lautlos verließ er in Socken die Wohnung.

Wachtmeister Paffrath selbst alarmierte Polizei und Feuerwehr. Gegen sechs Uhr morgens, als er zum Dienst und wie immer vor Blocks Wohnung am Schlüsselloch schnüffelte und den Gasgeruch, der herausdrang, mit Genugtuung wahrnahm.

»Kein Licht! Keine Zigaretten!« rief Paffrath den Hausbewohnern zu, die aufgeregt die Rettungsaktion der Polizei verfolgten.

Es war nichts zu retten.

In Pappsärgen wurden Bogumil und Eva die Treppen heruntergetragen, an Paffrath vorbei, der blaß am Geländer lehnte und nur wußte, daß es diesmal *echt* war.

Und daß es vorbei war. Und daß er es ganz allein getan hatte.

»Det mußte ja so kommen«, heulte die alte Modern, schlug die Hände vors Gesicht und fügte barsch hinzu: »Aber daß Se's in *meim* Haus tun, det is doch nich jerecht!«

Am Nachmittag wurde Paffrath wie alle anderen Hausbewohner von Genossen der Kriminalpolizei nach Hinweisen auf ein mögliches Verbrechen befragt.

Nein, sagte Paffrath, er hätte keine Indizien für irgendwas, ganz bestimmt nicht! Er wüßte auch, er sei sich sicher, daß Herr und Frau Block ihm erzählt hätten, Tage vorher schon, daß sie nicht mehr aus noch ein wüßten! Eine Liebeskatastrophe sei wahrscheinlich auch im Gange gewesen, nein nein, so vertraut sei man miteinander nicht gewesen, daß er Genaueres wüßte, nein, er wüßte nur, daß sie angedeutet hätten, sich aus der Welt zu schaffen, aber er hätte dem keine weitere Beachtung geschenkt, denn sie seien durchaus lustig gewesen, so lebensfreudig, *Laurentia liebe Laurentia mein*. Ja, ein wenig sei ihm das seltsam vorgekommen, aber man könne ihm als Polizist schon glauben, daß er ein sicheres Gespür für geheimnisvolle Vorgänge habe.

Man glaubte dem Genossen Paffrath.

Die Decke bis zum Hals gezogen, saß er noch bis nach Mitternacht im Bett. Das Fenster hatte er geöffnet und ließ Nachtgeräusche ins Zimmer: das Knarzen des Baumes, das sanfte Rauschen der Stadt. Sonst war es still. Kein Ton drang aus dem Haus nach oben. Immer lautloser wurde die Nacht.

»Na mach schon«, flüsterte Paffrath.

Er wollte es hören. Schloß die Augen, hoffte, daß er das

Schlagen seines Herzens vernähme. Aber Paffraths Herz ging ruhig. Im geregelten Ablauf seiner Bestimmung, keinen Deut zu schnell.

»Junge, es war Mord«, sagte Paffrath.

Er lauschte seinem Geständnis nach, die Angst blieb aus.

»Mord!« rief er, so laut, daß er das Fenster schließen mußte, denn plötzlich verspürte er ein Ziehen in den Schläfen. Gott sei Dank, dachte Paffrath noch, dann verwandelte sich das Ziehen in ein Puckern, das er antrieb: los! stich!, und es stach, wie Paffrath es wollte, ein scharfer Schmerz, versetzt mit pfeifenden Flötentönen, und Paffrath preßte die Hände auf die Schläfen.

Endlich.

Die Angst war doch noch gekommen. Sie dauerte bis zum nächsten Tag. Dann griff sie nicht mehr nach ihm.

* * *

Der Kommissar a. D. greift beidhändig in die weiche Hackfleischmasse, aus der er eine Kugel formt. Dann tritt Paffrath aus seinem Versteck hervor, der rechte Arm holt Schwung, und der Fleischklops fliegt über den Parkplatz des Polizeireviers. Getroffen wird das Heck eines schwarzen edelglänzenden Wagens. Paffrath frohlockt. Es wird Stefaneks Schlitten sein, redet er sich die Tat zurecht. Weiter hofft Heini, daß dieser Fall vorsätzlicher Sachbeschädigung den Fall B wie BLOCK, den Stefanek so unnachgiebig verfolgt, ablösen wird. Noch ein Schuß Beutelmunition. Noch eine klatschende Kanonenkugel. Dann die Zwiebeln, helltönende Salven gegen die Windschutzscheibe. Die Semmelbrösel als staubiger Schnee auf den glänzenden Lack. Am

Ende der Superschuß: der Rotkrautkopf, der Stefaneks Wagendach eine Delle zufügt.

Heini wischt die Hände an der Hose ab. Ein letzter Blick zum Fenster in den zweiten Stock, wo noch immer Hauptkommissar Stefanek Dienst tut. Am Schreibtisch, von dem man Heinis schwarze eiserne Schreibmaschine verbannt hatte. Auf dem ein Computerbildschirm flackert und tcktcktcktck leise schnell in flimmernden Farben Daten auf- und abruft. Auf dem eine neue Ordnung herrscht.

Für Heini ist es vorbei. Leute betreten und verlassen das Revier. Keiner grüßt ihn. Es ist ihm egal. Getroffen ist getroffen. Der Irrsinn verschossen, und Paffrath beschließt, er möchte sein Leben begreifen.

Es ist vorbei.

Vergessen.

Maschula Eva Bogumil, Phantome einer Fremdzeit.

Im Mai 2003, an seinem ersten dienstfreien Tag, da die Hadlichstraße in Berlin-Pankow fliederwelk Paffraths Gang vom Polizeirevier I, Abschnitt 27, in eine festbeschlossene Zukunft anzeigt, an jenem atemfrischen Mittag, besitzt der Pensionär nicht mehr als einen leeren Einkaufsbeutel. Er wirft ihn über den rostigen Zaun an der Evangelischen Grundschule und lauscht. Kein *Heini! Heini!* Kein Indiz gegen ihn.

Im Laufschritt weiter. Nur nicht abknicken, denkt Paffrath, während ihn Seitenstechen befällt und er gekrümmt voranhechelt. Aber die Schmerzen zeigen nur, daß er bereits aus der Übung, kein Polizist mehr ist, sondern in sein altes Leben zurückfinden wird, jetzt oder nie.

Berliner Straße. Rechts das hellrenovierte Jüdische Waisenhaus, links die rostigstählernen Brücken der Nordbahn.

Der Autoverkehr, der sich hupend und stinkend durch die zu enge Straße quält, Staus produziert und die Leute genervt auf den Fußweg springen läßt. Paffrath schlängelt sich zwischen Bussen Bahnen Autos Menschen hindurch, steuert die *Absatzbar* an, läuft vorbei, auch am Restaurant *Zur Post*, wo Märrie gerade neue briefkastengelbe Tischdecken auflegt, am Postamt vorbei zum Blumenladen, da schlägt er einen Haken und rennt zurück oder voran. Noch weiß er es nicht.

* * *

Wochenlang stand die Wohnung frei. Wochenlang schnüffelte Paffrath wie jeden Tag vor dem Namensschild BLOCK am Schlüsselloch. Tag um Tag roch er weniger. Anfangs war es noch Gas, das aus den Türritzen entwich, dann glaubte Paffrath, Speckfettduft zu erheischen, schließlich verloren sich die Düfte.

»Okay«, sagte Paffrath eines Morgens, »*ich* werde mich von nun an um das Essen kümmern müssen.«

Er sprach auf dem Wohnungsamt vor. In Uniform, vier Sterne auf grünem Grund, die Makarow im Holster. Auf der Vinetastraße 2 sei eine Zweiraumwohnung freigeworden. Jener traurige Vorfall, jaja, er habe davon erfahren, furchtbar! jaja. Aber die Wohnung wäre ihm, dem Genossen Wachtmeister, gerade recht. Er sei befördert worden, und in seiner neuen Position benötige er mehr Raum. Außerdem sei er fast fünfzig Jahre alt, seit Jahrzehnten bei der Volkspolizei, da stünde ihm doch eine ordentliche Wohnung zu, nicht wahr?

»Im Prinzip gelten Sie als endversorgt«, sagte die Dame vom Amt.

»Und außerhalb des Prinzips?«

Paffrath schob seinen Erfolg, den er bei der Dame nach mehreren Vorsprechterminen erreicht hatte, darauf, daß er bei jedem Termin seine Uniform getragen hatte. Als er endlich den Schlüssel zur begehrten Wohnung in der Hand hielt, war ihm das mehrere Gläser Sekt in der *Post* wert.

»Sie strahln ja wies Siebenjestirn, is wat passiert?« erkundigte sich Märrie bei ihrem Stammgast, der die ganze Kneipenrunde auf ein Glas Sekt einlud.

»Ich heirate.«

Keine Sekunde lang erschrak er über die ungeheuerliche Nachricht, die er sich selbst zugestellt hatte. Heini wiederholte sogar noch einmal, was er eben sekttriebig von sich gegeben: Ich heirate.

»Ick werd varrickt«, sagte Märrie.

Sie ließ noch einen Korken knallen, drückte Paffrath einen Schmatz auf die Stirn und behauptete stolz:

»Janz unschuldig bin ick ooch nich an den Wachtmester sein Jlick, ick denke nur an den juten Braten, der hat die Dame rumjekriegt, wa?«

Ja! Ja! Ja! Paffrath feierte. Glas um Glas perlende Zuversicht goß er hinunter. In seiner Hosentasche steckte der Schlüssel zur neuen Wohnung. Als er sich von Märrie verabschiedete, umarmte sie ihn und flüsterte ihm ins Ohr:

»Ach weeßte, ick jönns dir, aber eens solltste wissen: ick hätte dir ooch jenommen, janz ehrlich.«

»Zu spät«, flüsterte Paffrath zurück.

Einen Moment lang war er enttäuscht. Der Verdacht fuhr ihm durch den Kopf, daß er soeben die Chance seines Lebens verlogen hatte. Noch immer stand er in enger Umarmung mit Märrie.

»Wie heeßt Se denn?« fragte sie, und Paffrath spürte etwas Nasses in seinen Kragen laufen.

»Eva«, flüsterte er, »Eva Bogumil.«

»Is ja'n komischer Name.«

Märrie befreite sich aus Paffraths Klammer, schneuzte sich und schickte ihn auf den Heimweg.

»Paß off, wo de hinläufts!« rief sie ihm nach.

Drei Uhr morgens drehte Heini Paffrath den Schlüssel in der Tür mit dem Namensschild BLOCK. Kurz nahm er die Witterung auf: Der Gasgeruch war verschwunden. Heini legte sich sogleich in BogumilEvas Bett. Auf die blanke Matratze. Das Bettzeug war konfisziert. Paffrath wußte, wie solche Dinge abliefen, aber plötzlich wußte er gar nichts mehr und fiel in Schlaf.

Fröstelndes Erwachen. Die Kirchenglocken vor dem Fenster klangen wie sonst auch, aber hier, in seiner endlich erreichten Heimstatt, drang helleres Licht durch die Fenster. Aufrecht im Bett sitzend, die dreigeteilte sprungfederquietschende Matratze unter sich, sah Paffrath: Das Schlafzimmer war leer. Außer dem Bett befand sich nichts mehr darin. Paffrath sprang auf, stürzte ins Wohnzimmer, auch da: Leere, ein hämisches Nichts. Nur die Küche beruhigte ihn: Da standen noch der Herd und die Spüle. Auf den Bodenfliesen glaubte Paffrath vertraute Fettspuren zu finden. Auf den Knieen rutschend, saugte er Reste von Vertrautheit ein. Bis er zu sich kam, in blöder zwergenhafter Stellung, um sich blickte und begriff, wozu er sich Zutritt verschafft hatte.

Er wollte den Schlüssel von Blocks Wohnung zurückgeben.

Er wollte nicht mehr in sein altes Zimmer zurück.

Er wollte sich der Polizei stellen.

Er baute eine Barrikade gegen die Angst.

Er dachte daran, Pankow zu verlassen.

Er zog zwischen den Weihnachtsfeiertagen um.

Von oben nach unten.

Er richtete im Schlafzimmer Maschulas Altar ein.

Er bedeckte einen Stapel Briefmarkenalben mit schwarzem Samt und legte drei Glühbirnen darauf.

Er zündete drei Kerzen an.

Für Maschula Eva Bogumil.

Er schraubte das Namensschild PAFFRATH unter das Namensschild BLOCK.

Er sagte Frau Moder, es sei *seine* Sache, mit wem er zusammenlebe.

Im Mai 1989 verschwand Abschnittsbevollmächtigter Laux. Er war nicht zum Dienst erschienen, obgleich er zu jenen Genossen zählte, die niemals krank waren. In seiner Wohnung war Laux nicht anzutreffen, auch nicht am nächsten Tag, nicht die Tage darauf. Paffrath hörte, wie Oberleutnant Dechant *Scheiße!* brüllte, sah, wie er aufgescheucht über den Flur des Polizeireviers rannte, als wüßte er nicht, was zu tun sei, als wüßte er nicht, wohin.

»Was ist los?« fragte Paffrath.

Dechant schrie:

»Mann, was hast du im Kopp?«

Wachtmeister Paffrath hatte nur seine Liebe im Kopf. Eva und Bogumil, mit denen er seit kurzem zusammenlebte. In zwei Zimmern. Mit ihnen spielte er Alltag. In der Besucherritze des Bettes lag er und dünkte sich von beiden Seiten gewärmt. Wenn Heini aß, aß er dreifach. Er konnte nicht verstehen, daß ein Mann wie Laux einfach verschwand. Auch Eva und Bogumil waren einfach verschwunden. Aber in diese Tatsache hakte Paffrath ein, die wollte er nicht gelten lassen, denn es galt kein Tod für die Liebe.

Hinter vorgehaltener Hand wurde im Pankower Polizeirevier über Lauxens wahrscheinliche Flucht gesprochen. Scheiße, Scheiße, lautete Dechants Kommentar, und Heini hörte sich plötzlich sagen:

»Wer von zu Hause ausreißt, kommt ins Gefängnis.«

Schweiß brach ihm aus. Schon sah er sich vierjährig am Küchentisch sitzen. Schon spielte er auf seinem Schreibtisch mit Kugelschreibern Büroklammern Aktenmappen wie mit Bauklötzchen. Ich muß hier raus, dachte er noch, dann rutschte er ohnmächtig zu Boden.

»Scheiße«, sagte Oberleutnant Dechant.

Paffrath, als er wieder bei sich war, beschloß, sich nicht weiter des kollektiven Geheimnisses um Lauxens Flucht bemächtigen zu wollen. Es lenkte ihn ab. Seine Arbeit wollte Paffrath tun, Streife laufen für immer und ewig, oder Bürodienst, oder Revierwache, er wollte nicht mehr als ein Polizist sein.

Betrat er das Haus Vinetastraße 2, kam ihm neuerdings Frau Moder immer mit verkniffenem Gesicht entgegen.

»Ha'm Se schon jehört, Jenosse Paffrath?«

»Nein. Aber Sie wissen doch, daß der Fall Block abgeschlossen ist. Es war Selbstmord. Su–i–zid. Haben Sie verstanden?«

»Nee, ick meene, ob Se wat jehört ham ausm Fernsehn. Wat in Ungarn los is. Ick sach Ihnen! Die Goulaschköppe machen doch glatt Ihre Grenzen auf«, schnarrte Frau Moder aufgeregt.

»Ich sehe nicht fern«, sagte Paffrath.

»Ick weeß. Detwejen hörn Se ja von mir, wat los is.«

»Danke, Frau Moder. Übrigens: Die Treppe mache ich morgen.«

Nach solchen Gesprächen vernahm Paffrath Schädelglokken, *bimbam*. Da hüllte er sich ins Bettzeug, suchte in Träumen Wärme, redete mit Eva und Bogumil, lauschte den Stimmen, die hinter den Altären wohnten und hervortraten, wenn er sie brauchte.

Was die Hausordnung anbelangte, so hatte Frau Moder nichts zu klagen.

28. September 1989.

Als Kommandoempfänger war Heini Paffrath verantwortlich für die Küche.

Er hatte wie zweihundertsechzig weitere Volkspolizisten der Berliner Bezirksbehörden, Kreisämter, Inspektionen, Reviere und Wachen seinen Koffer packen und auf Reisen gehen müssen. Frühmorgens stieg man auf dem Bahnhof Lichtenberg in zu Mannschaftswagen umgebaute Güterzüge, setzte sich auf Holzbänke, zivile Klamotten im Gepäck. Im Lederhalfter oder zwischen Schulter und Armbeuge die gute alte Makarow: Neunerkaliber, dreißig Schuß pro Minute. Die Stimmung unter den Polizisten war aufgekratzt, als sei der vom Armeegeneral persönlich verlautbarte Hinweis *Die Lage sei ernst*, Anlaß zu seltsamer Ausgelassenheit.

Man trug ein Lied auf den Lippen. Es war eine seltene Gelegenheit untereinander zu sein. Die Hauptmänner Obersten Generäle lächelten mild, als Genossen des Pankower Kreisamtes ihre Hymne anstimmten: *Bolle reiste jüngst zu*

Pfingsten, nach Pankow war sein Ziel. Die Reise der Truppe ging von Berlin Richtung Osten bis Bad Freienwalde. Dort stiegen die Polizisten um in Lastkraftwagen, *da verlor er seinen Jüngsten ganz plötzlich im Jewühl*, und die Wagen fuhren los, ostwärts über bröckelige Straßen, über Alleen, an Orten wie Altranft und Neugaul vorbei, fuhren über Land in eine gräulich-helle Weite, die sich vor ihnen erstreckte. Auch wenn die Volkspolizisten erregt den Takt auf ihre Koffer schlugen, *'ne volle halbe Stunde hat er nach ihm jespürt*, spürte Wachtmeister Paffrath wie sich etwas in ihm dagegenstemmte, eine Art Heimweh ihn erfaßte, bevor die Truppe überhaupt am Ziel war. Er fragte sich noch immer, wo Laux abgeblieben war, warum er nicht unter ihnen sei. Immer wieder stellte Paffrath diese eine Frage, und laut grölten die Genossen den Refrain: *aber trotzdem hat sich Bolle janz köstlich amüsiert.* Am liebsten wollte Paffrath die Sänger abstellen, den Empfang stören, aber *In Pankow gabs kein Essen, in Pankow gabs kein Bier!* schmetterte die lustige Fuhre. Das Lied wurde durch alle Strophen getrieben. Allen voran Oberleutnant Dechant, der Paffrath von der Seite anschaute, als wüßte er etwas, was niemand wußte. Da hielten die Wagen an.

Das Heim befand sich nahe der Zäckeritzer Loose, in kahler hingestrichener Landschaft, die, wenn Paffrath den Horizont anpeilte, in vorherbstlichem Grau abtauchte. Hinter dem Gebäude, das den knapp dreihundert Volkspolizisten Herberge sein sollte, floß das Flüßchen Mucker. Dahinter Felder Felder Felder, markiert von einzelnen Bäumen und alten Bauernhöfen, den Loosen. Hinter Feldern und Wiesen der Deich, die Oder, deren trägen gewaltigen Strom Heini Paffrath spürte, ohne daß er sie sah.

Er wurde für die Küche eingeteilt. Befehl des Obersten, Beifall der Genossen. Der Rest war Ehrensache. Paffrath wollte es erst nicht glauben: Was er zu tun hatte, war so weit entfernt vom Auftrag, den die anderen Polizisten hier erfüllen sollten. Mußten sie fünf Tage lang eine Schulung für den Gebrauch einer neuen leichten ungarischen MPi namens »Skorpion« über sich ergehen lassen, hatte Paffrath ein halbes Dutzend Küchenleute unter seiner Aufsicht, Säcke von Kartoffeln Mohrrüben Dauerwürsten, einen Kochplan, TellerundTassentürme, Hundertschaften Eßbestecke, die großen Spülbecken und somit das Regiment über Leib & Wohl der Genossen.

Gab Paffrath Befehle Richtung Kochkessel, scheuchte er Gemüseputzer- und Fleischschneiderinnen, prüfte er, von seltsamem Verlangen getrieben, die Schneideschärfe der Messer. Draußen auf dem Feld übten die Genossen die Handhabung der neuen Waffe. Ab und zu hörte Paffrath Schüsse. Mitunter schrie ein Vogel, als würde er vom Himmel in die Küche gestürzt kommen. Heini war nicht wohl an diesem Ort, zumal Kochdünste, gemischt mit Schmierseifenwrasen, ihn umwolkten wie die Witze der Weiber, die ihn töricht und respektlos behandelten:

»Na, Jenosse Kartoffelwachtmeester, dürfen Se nich peng peng spieln wie die andern? Och, macht nuscht, soll'n wa Ihn' mal unsre Munition zeigen? Wir sinn, wie wa hier sinn, richtje Granaten, schaun Se mal!«

Schon hatte die eine ihren Rock hochgehoben, die andere mit nackten Zehen dem Wachtmeister in den Schritt gefühlt, die dritte die Zunge nach ihm gelüpft, und alle haben sie gelacht, dreißig Schuß in der Minute. Giftigen Blikkes maß Heini das Küchenpersonal: die vernaschten Mamsellen in ihren speckigen Schürzen, den groben Stoff der Polierhader um den Bauch geschlungen, stinkend nach Bratfett – Heini griff sich an den Kehlkopf – das waren die ekligen Varianten von Eva, seiner geliebten Küchenfee, das waren kesselkratzende Katastrophen, und draußen ging das Leben weiter. Schüsse. Skorpionstiche. Befehle, denen Paffrath nachlauschte und sich sehnte, dabei zu sein.

Abends saßen die Volkspolizisen zusammen beim Bier. Je nachdem, lobten oder tadelten sie das Essen. Oberleutnant Dechant, der neben Heini Platz genommen hatte, stellte fest, daß am Genossen Paffrath ein Talent verlorengegangen sei. Ein Talent, das ihn sicher eines Tages das Leben retten würde.

»Wieso das Leben?« fragte Paffrath beleidigt.

»Ich hab so was im Urin«, sagte Dechant.

Sie schliefen zu viert. Die Zimmergenossen, mit denen Paffrath das Zimmer teilte, kannte er aus dem Revier. Es war ihm unangenehm, sich vor ihnen bis auf die Unterhosen auszuziehen, und obwohl Paffrath ausgiebig duschte, glaubte er, die Genossen würden Küchendünste an ihm riechen. Während sie schnarchend und schnorchelnd in Schlaf sanken, lag Heini wach. Durchs halb geöffnete Fenster vernahm er das Gurgeln der Flußströmung. Einmal krähte die Nachtluft, dann war es still. Heini fühlte seine Schläfen puckern. Konnte sich nicht erklären, was mit ihm los war, welche Angst sich auf ihn legte. Schon sah er im Halbdämmer des Schlafes die Genossen aus ihren Betten aufstehen und auf ihn zutreten. Schon träumte er, wie ihm sein Gebiß entflog, durchs Zimmer kreiste und aus dem Fenster zischte; er sah, wie es neben Laux flog und er es im Flug fing; meckerndes

Gelächter ertönte, und Paffrath lief dem Trophäenjäger hinterher. Plötzlich bekam er das Gebiß wieder zu fassen: Es hing an einer Gummischnur, wie ein Jojo, hoch und nieder fuhr es, ein Kugelblitz, und Paffrath hörte sich rufen: Aber es rettet mir doch das Leben!

Da rüttelten ihn die Genossen wach.

Als Heini gegen Morgen noch einmal einschlief, flüsterte er *MeineLiebenmeineGutenmeineSchönen.* Gelächter weckte ihn. Ein neuer Tag brach an im Oderbruch, der scharfes Licht über die Felder schickte. Paffraths Versprechen hieß:

»Ich geb mir Mühe, euch nicht mehr zu stören.«

Die Zubereitung des *Falschen Hasen* ordnete Paffrath für den Abschlußtag an.

Als er morgens aus der Herbergstür trat, um im Nebengebäude den Stand der Lebensmittelvorräte zu prüfen, vernahm er ein Geräusch in der Ferne. Paffrath konnte die Stelle, von der das Geräusch kam, nicht genau orten, so daß er begann, ihm nachzulaufen. Kühl war es. Schwerer Nebel hatte sich zwischen Bäumen und Höfen verfangen. Jetzt herrschte Stille. Über Paffrath formierte sich ein Vogelschwarm. Es pfiff in der Luft, oder war es weiter vorn, dort, wo Paffrath jetzt hinlief, über die Loosewiesen, den Feldweg, weiter, denn da gab es etwas, das ihn aufregte, hinten, über dem Steg, unter dem die Mucker plätscherte, bei der Zollbrücke, hinter dem Deich, auf den Paffrath jetzt schwer atmend stieg und sich einem Sturm ausgesetzt sah, der ihn zurückdrückte, den Deich herunter, in dessen Schlick er fast einsank – da war wieder das Geräusch, als würde ein Tier vor ihm aufspringen, ihn fliehen oder sich an ihn werfen wollen.

»Wer ist da!« schrie Paffrath gegen den Wind.

Vor sich die Wiese, den Deich, den schwarzgurgelnden Fluß, am anderen Ufer Polen, da erblickte er den Mann. Der rannte weg in seltsamen Sprüngen: ein stelzenlanger Mensch mit blankem vorgerecktem Hals, und es schien, als lache er, denn Paffrath sah riesige Zähne blitzen, und war sicher, daß er ihn kannte, ein Lebender Toter Vermisster, einer, der alles aufgetrieben hatte gegen ihn, der Indizien schwenkte wie Trophäen, all die schönen süßen Lügen, so daß Paffrath plötzlich wieder den Zwang nach Zucker verspürte, verzweifelt in seinen Hosentaschen nach Bonbons suchte, nichts fand und –

»Stehenbleiben!« rief Paffrath.

Nichts hatte er bei sich, was den Fliehenden zwingen konnte, haltzumachen. Keine Pistole, kein Küchenmesser.

»Halt!«

Das war nicht Paffrath, der gerufen hatte. Der Mann schlug einen Haken, drehte, rannte Richtung Oder. Schon hatte er das Ufer erreicht. Paffrath hinterher.

»Halt!«

Paffrath stolperte und stürzte ins nasse Gras. Schlug die Hände überm Kopf zusammen. Halt! Da fiel der Schuß.

Wie der Genosse Laux ins Oderbruch gefunden hatte, obwohl er doch seit Monaten als vermißt galt und deshalb nicht in der Liste der ausgewählten Volkspolizisten stand, blieb den Schulungsteilnehmern ein Rätsel. Noch vor Mittag wurde der Tote eingesargt und den entsprechenden Untersuchungsstellen übergeben. Am Nachmittag fanden die letzten Schießübungen statt. Man war vorbereitet. Auf alles. Der *Falsche Hase*, gebacken und hergerichtet nach dem Rezept von Wachtmeister Paffrath, fand allgemeine Zustimmung. Paffrath selbst hatte sich mit einem Glas Honig satt gemacht. Er wollte weg von hier. Er hatte den Schuß noch im Ohr.

Auf der Rückfahrt tranken sie Likör. Herzkirsch. Einszweidrei Flaschen. Die Güterwagen ruckelten in ermüdendem Rhythmus über die Gleise. Herzkirsch zweidrei. Wieder sangen die Polizisten von Bolle, der sich ganz köstlich amüsiert hat. Und wieder versuchte die Behauptung des Armeegenerals vom *Ernst der Lage* sich dazwischen zu schieben. Heini war noch nicht gestillt. Er trank mit den Genossen Herzkirsch. Der rote süße Saft stieg ihm zu Kopf. Jetzt rief er das *Wunschkonzert* aus. Die Genossen lachten, hakten sich unter, sangen für Paffrath, was er ihnen befahl, *Ein Schiff wird kommen*, und er jaulte ausgelassen den Refrain mit. Eine neue Flasche machte die Runde, spendiert von Oberleutnat Dechant, der sich als Meister des Saufens entpuppte, so daß die Genossen staunten, was der sonst so prinzipienfeste Mann wegkippte, als würden ihm vor irgendetwas die Muffen sausen. Aber heute, aber hier im Güterwaggon, der über zwei Hundertschaften Volkspolizisten zurück nach Berlin transportierte, weil sie dort auf ihre Einsätze warteten, bestens geschult an der neuen Waffe – heute öffnete der Oberleutnant seine Verschläge, ließ die Sau raus und fiel schließlich Wachtmeister Paffrath volltrunken in die Arme.

Paffrath schwankte. Schwer wog der Vorgesetzte, dessen drei goldene Sterne auf der Schulterklappe vor Heinis Augen zu flirren begannen.

»Mensch, laß mich verrecken«, hauchte Dechant Paffrath ins Ohr.

Erschrocken, gleichermaßen belustigt, krallte Heini den Betrunkenen fester an der Uniformjacke. Abermals spürte er die Likörflasche am Mund. Paffrath soff. Zug um Zug mit dem Oberleutnant, der weich und kirschrot im Gesicht wurde, dessen Mütze vom Kopf herab zwischen die Stiefel der Polizisten fiel. Der Zug ratterte weiter durch die herbstnasse Landschaft, an Niederfinow und Eberswalde vorbei, denn er mußte nicht anhalten, niemanden mitnehmen. Oberleutnant Dechant riß Wachtmeister Paffrath zu Boden. Die Genossen grölten. Nur wenige saßen verunsichert auf den Holzbänken und wußten nicht, ob sie einen Rettungseinsatz wagen sollten. Noch immer fest umschlungen, rollten die beiden Männer durch den Waggon. Arm in Arm. Kopf an Kopf. Paffrath, dem übel wurde, der versuchte, sich aus der Umklammerung zu lösen, und gleichsam darauf versessen war, den schweißfeuchten Geruch Dechants in sich aufzunehmen, küßte die Sterne.

Drei goldene Sterne auf silbernem Grund, grünrandig umzogen.

Drei Küsse auf erhabenes Metall.

Dann riß Paffrath sich los und hoch, taumelte durch die gedrängt sitzenden Genossen, bis zur Tür.

»Stehnbleiben!«

Paffrath hörte den Befehl nicht. Spürte nur noch den kalten zuschlagenden Wind, der ihn durch die geöffnete Waggontür ergriff und hinausschleuderte.

Den Schotterhang hinab auf eine Wiese irgendwo zwischen den Ortschaften Rüdnitz und Nibelungen. Dort blieb Wachtmeister Paffrath liegen. Herzkirsch floß ihm aus Mund und Schädeldecke.

Am 13. November 1989 erlangte Heini Paffrath das Bewußtsein wieder. Im Krankenhaus Bernau. Verbunden mit Kabeln, verstrippt wie ein Roboter. Im Mund Plasteschläuche. Durch den Mullverband der Ohren drang das Piepen und Seufzen des Beatmungsgerätes. Von der Zimmerdecke, auf die Paffrath starrte, blätterte fiebergelbe Farbe. Es roch nach Salben und Sepso. Vorsichtig drehte er den Kopf zur Seite. Vor dem Kleiderspind befand sich das Waschbecken. Darüber eine Konsole mit Spiegel. Auf der Konsole sah Heini ein Wasserglas, das durch einfallende Spiegellichtstrahlen sonderbar leuchtete. Wie eine kleine faustgroße Sonne blitzte es golden, flirrte und mäanderte vor seinen Augen.

Maschula, dachte Paffrath beglückt.

Er roch ihre Gegenwart. Aber was war passiert? Der Patient mußte warten, bis jemand sein Zimmer betrat. Dann kam sie. Schwester Brunhild, die Paffrath sofort umtaufte.

»Na also«, sagte die Schwester, verzog ihr altes Gesicht zu einem Lächeln und erkundigte sich bei dem neuerweckten Patienten, ob er ihr folgen könne. Heini Paffrath nickte. Noch nie, glaubte er, einen klareren Kopf besessen zu haben. Schwester Brunhild entfernte die Sonde aus seinem Mund.

»Mal schlucken!« befahl sie.

Heini schluckte. Trockenspeichel, Plastesuppe. Da spürte er die eingefallenen Lippen. Ohne den Halt der Zähne wurden sie vom Mundraum eingezogen, warfen Falten und berührten unangenehm schwabblig die Zunge. Schwester Brunhild lächelte noch immer. Sie trat zum Waschbecken, drehte den Wasserhahn auf, nahm das golden leuchtende

Glas von der Konsole und Heinis Gebiß heraus. Kurz abgespült, servierte sie dem Patienten die Zähne.

»Mund auf!«

Paffrath formte seinen Mund zu einen kleinen faltigen O.

»Paßt noch«, sagte die Schwester, nachdem sie Heini das Gebiß eingesetzt hatte, und fügte hinzu: »Es ist 'ne Menge passiert, Herr Paffrath, Sie sollten sich schonen.«

Ja, er habe Familie, aber die sei unabkömmlich. Die könne ihn nicht aus dem Krankenhaus abholen. Nein, seine Frau sei telefonisch nicht erreichbar. Auch per Telegramm nicht, nein, nein. Er würde allein nach Berlin zurückfahren. Mit der S-Bahn, ja, er würde sich schonen. Drei Wochen Kur, das ist ja mehr, als die Polizei erlaubt! Ja, auch danach würde er alles langsam angehen lassen. Nein, er würde noch nicht gleich nach Westen fahren.

Paffrath schlug sich die Hand vor den Mund.

Was hatte er eben gesagt? Was nachgeplappert, was ihm der Oberarzt als Auflage für seine Genesung befohlen hatte. Nach Westen?

Paffraths Aufenthalt im Bernauer Krankenhaus verlängerte sich um drei Tage. Die Nachricht von der offenen Grenze hatte ihn zurück ins Koma gedrückt. Als er endlich ohne Rückfallgefahr auf den Beinen stand, den gebrochenen Schädel gerichtet; als endlich juckender Schorf die brennenen Schürfwunden überwältigt hatte, faßte er den Entschluß, die Zukunft ruhig anzugehen. Er mußte der Zeit ja nicht folgen. Heini Paffrath war sein eigener Mann. Auch wenn er in schmutzig zerrissener Volkspolizeiuniform in Bernau die S-Bahn bestieg, sich schlotterich schwach fühlte, auch wenn er argwöhnisch die anderen Fahrgäste beäugte, die in Menschentrauben auf den Bahnhöfen standen und in den Zug Richtung Innenstadt drängten, als müßten sie vor irgendetwas fliehen.

Paffrath stieg in Pankow aus. Witterte fremde Luft. Aber hier auf dem Platz, wo links die Flora- und rechts die Hadlichstraße abging, war alles, wie er es kannte. Es war sein Revier. Obwohl es Heini abermals schwindelte, schleppte er sich ins Restaurant *Zur Post.*

»Wie immer«, sagte er.

Märrie, die Paffrath fast nicht erkannt hätte, erschrak vor dem schrundigen Anblick des Stammgastes.

»Biste etwa in *den* Aufzuch off'm Kudamm spaziern jegang, oder hat dich deine Jattin inne Mangel jenomm, weil wejen ›Kreuzberger Nächte sinn lang‹?«

»Sei still«, bat Paffrath.

Und wartete. Wartete auf den *Falschen Hasen*, der heute einfach nicht kommen wollte, obwohl Märrie geschäftig hin und her eilte, dies und jenes den Gästen brachte, bis schließlich ein Teller vor Paffrath auf dem Tisch stand.

»Was ist das?« fragte er.

Märrie grinste, dann wiegte sie ihre Hüfte und sagte:

»Wat neuet. Janz und jar italienisch!«

»Ich hab das nicht bestellt.«

»Kannste och nich«, sagte Märrie, »würdste dir och de Zunge bei brechen.«

Steif blieb Paffrath vor dem Teller sitzen. Duft von Pfeffer Butter Salbei zog ihm in die Nase.

»Nu mach schon!« Märrie gab dem Gast das Besteck in die Hand.

Als das Gericht schon fast kalt war, entschloß sich Paffrath, den ersten Bissen zu tun. Kalbsfleisch, zart gebraten, mit Schinken und würzigem Salbei belegt.

»Hhhhmmm«, sagte Märrie.

Paffrath schmeckte etwas traumhaft Neues, schnitt den zweiten Bissen ab, den dritten vierten und so weiter, aß, kaute, kostete dem Gericht nach. Es schmeckte ihm, und er haßte sich dafür. Heini Paffrath wollte nicht, daß es ihm schmeckt. Er wollte *wie immer*. Er begann, die Salbeiblätter aus dem Essen herauszusortieren, schob das Fleisch beiseite und beschwerte sich, daß es keine Kartoffeln dazu gab.

»Da echte Italiener kennt Kartoffeln nur als Jemüse«, erklärte Märrie, worauf Paffrath brüllte, sie solle ihm mit dem Mist zufrieden lassen und ihm gefälligt das Bier bringen. Seit Stunden schon warte er auf sein Bier.

Er trank. So wunderbar vertraut schmeckte das Bier, daß Paffrath für Momente glaubte, alles, was ihm in den letzten Wochen widerfahren und was sich im Land ereignet hatte, sei eine einzige Lüge gewesen. Aber kein Gast, der an diesem Abend die *Post* betrat, wollte eine Lüge bestätigen. Das Heulen kam Paffrath an. Am liebsten hätte er sich in Märries Schürze geschneuzt.

»Als Volkspolizeier wirste in nächster Zeit janz schön inne Bredullje komm«, hörte er einen Kerl an der Theke flüstern.

Aber Wachtmeister Paffrath, etwas lädiert durch den Sturz aus dem Zugwaggon, doch innerlich unversehrt, gelangte noch vor Morgengrauen nach Hause. Vinetastraße 2. Der Hausflur, der ihn treu mit hundertjährigen Rankenkacheln grüßte. Zwei Treppen hoch, von weitem die Namensschilder BLOCK und PAFFRATH in Sicht, alles beim Alten. Heini Paffrath öffnete die Tür zur Wohnung, breitete die Arme aus, fühlte, wie sich Eva und Bogumil hineinwarfen, sah, seine Sonne Maschula in der Schlafzimmertür lehnen, ihm zulächeln und fragen: Mensch, Heini, wo warst du so lange?

»Kleiner Unfall.«

Er küßte sich von den Fingerspitzen bis zum Ellenbogen. Dann zog er die Uniform vom Leib, klappte vor Erschöpfung auf dem Flurlinoleum zusammen und schlief bis zum nächsten Mittag durch.

* * *

Der Garbaty-Platz ist die zugigste Stelle Pankows. Aus der S-Bahnhofvorhalle, aus den U-Bahn-Ausstiegen, von den Straßen und vom Bahndamm her pfeift es, auch wenn sonst die Stadt windstill ist. Eingezogenen Kopfes hasten die Leute über den Platz, um schnell abzutauchen in die schützenden Räume der Apotheke, des Bäckers, der Absatzbar oder des Restaurants *Zur Post*. Die meisten aber drängen sich in Busse und Straßenbahnen, die sie Richtung Kirche Buchholz Niederschönhausen bringen.

Paffrath friert. Trotz wachsender Maiwärme, die Abgase verwirbelt und Heini staubig umföhnt. Der Wind zerrt an seinen dünnen, durch jahrzehntelange Treue erhalten gebliebenen Hosen. Auch die schäbige Jacke schützt ihn nicht vorm Wind und der aufziehenden Furcht, sich hier von dieser Stelle nie mehr fortbewegen zu können. Wo er doch frei ist. So ins Weite hinein frei, daß es Heini schwindelt. Entschlossen reißt er den Kopf hoch, hält dem Anblick der fahrenden S-Bahn-Züge auf der Brücke stand. Ja, fahren. Endlich einsteigen, losfahren!

Bolle reiste jüngst zu Pfingsten.

Als sich die S-Bahn-Tür knallend hinter Paffrath geschlossen hat, setzt er sich sogleich auf einen freien Platz ans Fenster. Es geht los. Seit zehn zwanzig dreißig Jahren kennt Heini die Strecke – wenn er zur Schönhauser Allee fuhr oder zum Alexanderplatz. Die Weltzeituhr, der Brunnen, deren Belagerer er kontrolliert hatte, *Was treiben Sie hier, Bürger?*, die Überprüfungen, das In-Gewahrsam-Nehmen. Paffrath, der Volkspolizist. Freund und Helfer. Was treibe ich hier, denkt er.

Nur ungern hatte Heini Paffrath seinen angestammten Kiez Pankow verlassen. Jedesmal, wenn er gezwungen war, sich in Bewegung zu setzen, hatte ihn Panik ergriffen, als würde er nicht wieder zurückfinden an den Ort, an dem er gewohnt, seine Lieben gepflegt, wo er alles andere vergessen hatte.

Jetzt fährt er. Ein Kommissar außer Dienst. Ein Mann, der, stolz über den Entschluß, sein Leben neu zu beginnen, die Faust ballt. Alles ist wie immer. Rechts die Brücke über die Mühlenstraße, die Linkskurve, die der Zug sonst haltlos durchraste, aber heute, am Tag da Heini Paffrath sich entschlossen hat, die Strecken weiter auszumessen, fährt der Zug gemächlich. Erst senkt Paffrath den Kopf, dann zwingt er sich, denselben zu heben und durchs Fenster zu schauen. Wo einst die Mauer stand, sieht er Gleise Gärten Häuser, und voran bringt die S-Bahn den plötzlich so lebenswütig gewordenen Mann, der unruhig auf dem Sitz hin- und herruckelt. Bornholmer Straße. Der unbekannte Haltepunkt, die Grenze, an der Paffrath sich aufruft, gelassen zu sein, denn seit zehn Jahren ist die Bornholmer wieder grenzlos, das weiß er, und der Zug fährt in diesem

Moment mit Heini Paffrath Gesundbrunnen Nordbahnhof Richtung Jugend.

FRIEDRICHSTRASSE

Aussteigen bitte. Unterirdische Ankunft.

Nur nicht zurück. Wie damals: Menschenmassen, nur verändert in ihrer Hast. Heini steht im Gewirr der Treppen und Bahnsteige. Stählern konstruierte Wegweisungen in jede Richtung der Stadt, durch die Heini jetzt tapfer seinen Weg sucht, auch wenn er nicht weiß, wohin dieser führen soll, nur weg von Pankow, nur heute nicht mehr zurück, obwohl – dieser Gedanke durchschießt Paffrath – Maschula Eva Bogumil zu Hause auf ihn warten, auf den *Falschen Hasen* mit Rotkraut, aber hier, aber jetzt ist alles, was er sieht, in bunte Lichter getaucht, die den Wahn zurückschlagen, Heini in übelerregende Nüchternheit versetzen. Bahnhof Friedrichstraße, wo der Übertritt in die Liebe begonnen, wo man ihn verhört und verhökert hatte, und nun erkennt Paffrath nichts. Steht und dreht sich im Lichtgefunkel, wird angerempelt, mitgezogen, bis er vor einem Stand bunter Zuckerwaren zu halten kommt: die Gewürze des Trostes in nie gesehener Fülle. Paffrath schlägt zu. Zwei Tüten Himbeerbonbons, eine mit Sahnetoffees, eine Tüte Lakritz. Heini lutscht, zerkaut den Trost, daß ihm beinahe das Gebiß aus dem Mund fällt. Fast schon spürt er süßen Zahnschmerz, wie früher. Einmal spricht er eine vorbeihastende Frau mit *Mutter* an. Jetzt klingen durch Lautsprecher Schädelglocken, *einsteigen bitte!,* und Paffrath, bimbam, bimbam, rennt eine Treppe hoch.

Der Zug, in den er einsteigt, geht Richtung Bahnhof Zoologischer Garten. Die Stationen, vor dreißig Jahren einmal abgefahren, befördern Paffrath in etwas zurück, von dem er die Erinnerungen ausradiert hat. In eine weggeschmirgelte Welt, die er erst heute bereit ist zu besichtigen, da er sie tot und versunken dünkt: das Vineta seiner Biografie.

Ausstieg Tiergarten. Der Lavendelgeruch, dem Heini sogleich nachgeht. Zum Ausgang hin, der auf die Charlottenburger Straße führt, die heute Straße des 17. Juni heißt. Jene Stelle, an der er Sartschend Ben begegnet war. Jetzt sieht Heini sich selbst: ein etwas bullig gewordener Kerl mit angegrautem Haar, der seine uralten Lieblingsklamotten trägt und aussieht wie *Nappsülze*. Den Straßenlärm erinnert Heini nicht. Nur daß er zugibt, sich darüber klar sein zu müssen, daß die Zeit ihn überrollt hat, Vater Mutter Flucht und Liebe, doch jetzt steht er wieder hier, an jener Stelle, wo er mit zwei Pfund *Biehf* den Hunger besiegt hatte.

Heini Paffrath geht um die Ecke. Links das neue Bürohaus der Königlichen Porzellanmanufaktur, rechts die S-Bahn-Bögen wie immer. Ein Stück die Bachstraße entlang – Heinis Herz klopft unterm Kinn – gleich, hofft er, wird ihm jemand begegnen, den er kennt. Er ist wieder da, zurückgekehrt an den Ort seiner Herkunft, und er ist *groß* zurückgekehrt. Heini breitet die Arme aus. Er hat es ausgestanden. Auch wenn niemand kommt, der sagt: Deine Mutter wartet auf dich. Oder: Dein Vater will mit dir Bauklötzchen bauen. Heini Paffrath hat alles besiegt.

Siegmundshof. Der bemalte Häusergiebel an der Ecke: unbekannt. In der ersten Tür ein Antiquitätenladen, daneben eine Kneipe. Ein blaues, ein rotes Haus, daneben die verrotteten Neubauten. Heini läuft am Asylantenheim vorbei. BIERKELLER steht in großen Lettern über der Tür.

Heini tritt an die Klingelschilder und zählt: zehn zwanzig dreißig, bis einhundertsechzig Schilder zählt er und geht weiter zum Wullenwebersteg und von dort bis zur gelben Brücke. Darunter die Spree. Wie damals. Frühabendsonne, auf deren Strahlen Heini zurück bis zum Haus geht, in dem er geboren wurde. Die blauverputzte Fassade, die Heini befremdet berührt, die Haustür: unverändert. Er versucht, sie zu öffnen. Vergebens. Er blickt sich um. Er sieht, wie er sich umblickt. Jetzt schließt er die Augen, lauscht. Ein Auto fährt vorüber. Ein Fahrrad, lautlos. Deutlich hört Heini nur die Fahrgeräusche der S-Bahn, versetzt sich an den elterlichen Küchentisch, die Bahn rattert, elektrisches Wimmern, da spürt er es warm um die Ohren werden, und Heini zieht das Donnermützchen über die Augen.

»He! He!« ruft der Mann auf der Straße und hopst, ein Bein ums andere, he! he! bis zum Ende.

Aus dem Zoo, der sich nur hundert Meter entfernt befindet, kann Heini Paffrath die Tiere hören. Erst glaubt er, wie früher, es sei das Brüllen der Kamele, aber es ist ein anderes Geräusch, das zu ihm dringt: Schafsgeblök Gänseschnattern Eselsgeschrei. Heini reißt die Augen auf und verpaßt sich linksrechts eine Ohrfeige.

»Idiot«, sagt er.

Er begibt sich auf den Rückweg. Noch einmal rüttelt Heini an der Haustür, die einst zu VaterMutter führte. Sie bleibt geschlossen. Maidämmerung zieht auf. Fliederwelker Duft aus den Vorgärten. Heini kratzt sich an Armen und Beinen. Ein Schuhsenkel löst sich. Jetzt kommt ein Passant von der anderen Seite der Straße auf ihn zu. Fleischermeister Hiergeist! denkt Heini beglückt, da bleibt der Mann vor ihm stehen, blickt ihn von oben bis unten an, schüttelt den Kopf und drückt Heini mitleidig eine Münze in die Hand.

* * *

Das neue Geld roch anders. Schwerer wog es als die Aluminiumgroschen. Von den Scheinen, die Paffrath mißtrauisch gegen das Licht hielt, spürte er etwas wie Radioaktivität ausgehen.

Wachtmeister Paffrath bestand auf seinem Revier. Pankow zwischen Schönholz und Bornholmer Straße, auch wenn er lieber in der Nähe des Parkes oder mehr östlich, Richtung Heinersdorf die Lage überprüfte. Die Bornholmer war ihm unheimlich geworden. Wo einst die Mauer stand: zerborstener Beton, daraus Stahlstreben in die Luft ragten. Sand Kies Splitt, zwischen den Schutthalden klafften Löcher, die Paffraths Blick anzogen, in jene Richtung lenkten, die er nie wieder einschlagen wollte. Das VaterMuttergebiet, verschmähte Straßen, die ihn lockten, aber Paffrath blieb hart. Wo immer es ging, machte er einen Bogen um jene aufgebrochenen Stellen. Hörte er unter der Bösenbrücke das genervte Jammern der an- und abfahrenden S-Bahn, drückte er beide Hände auf die Ohren und wandte sich ab. Obwohl er nur zu gerne die wiedererrichtete, mit Behelfsbahnsteigen ausgestattete Haltestation eigenfüßig betreten und gespürt hätte, wohin von dort aus die Reisen gingen.

Im *Tischlein-deck-Dich* verkaufte man die neuen Waren. Bunte Produkte und Düfte, die sich hemmungslos vermischten, Kaugummi Kaffee Fisch Seife Schokolade: Wolken voller Verheißungen. Paffrath dachte nur: so viel Zeug und keine Maschula.

»Ich brauch das alles nicht«, beschloß er.

Am 1. Oktober 1990 zwischen elf und dreizehn Uhr wurde Berlin Ost von der neuen Polizeihoheit übernommen. Wachtmeister Paffrath mußte, wie alle anderen Kollegen, Schulterstücke Kragenspiegel Mützenemblem von der Uniform trennen und abgeben. Mit blanker Jacke stand er vorm Spiegel der Reviertoilette und sah sich beim Zittern zu. Bis die Tür geöffnet wurde und ein neuer, nie zuvor gesehener Kollege den Raum betrat und freundlich den Befehl gab:

»Herr Paffrath, kommen Sie zum Anstoßen!«

Herr Paffrath. Der nackte abgerissene Name. Nicht Oberst wie Vater, nicht Genosse, nicht mal mehr Wachtmeister. Herr. Ein ziviler klangloser Stummel. Mehr nicht. Paffrath wollte jetzt an die Arbeit gehen. Er wollte weitermachen und schnell vergessen, was ihm eben geschehen war. Noch einmal griff er sich erschüttert an die schmucklosen Schultern, dann setze er sich an den Schreibtisch.

Korrekt wie immer: Leim, Stifte, Stempelkissen, der Datumstempel, an dem Paffrath jeden Tag die Rädchen weiterdrehte, Tag Monat Jahr, und auch heute war das Datum richtig eingestellt. Neu war nur das Briefpapier. Der veränderte Briefkopf mit dem Wappen BERLIN, der neue goldene Stern, darinnen der gekrönte Berliner Bär. Ich bin Polizist, sonst nichts, dachte Paffrath.

Er nahm er seinen Dienst auf. Wie er es kannte. Wie er es seit zehn zwanzig Jahren gewöhnt war. Streifegehen Überprüfungen In-Gewahrsam-Nehmen. *Klassenauftrag* erfüllen. Befehle empfangen.

Noch immer die alte Makarow im Anschlag.

Eines Morgens steckte ihm ein Mann auf der Straße ein Tütchen Sahnebonbons zu. Bei einer Werbeaktion aus dem

Korb gezaubert, *Werthers Echte*, die Heini aus Kinderzeiten kannte. Paffrath schlug zu. Er warf die Tüte auf die Straße, trat mit dem Fuß darauf. Wieder, wieder, es knirschte wie Knöchelchen unter seinen Tritten. Beinahe hätte er noch die Pistole gezogen. Der Mann, der auf die andere Straßenseite rannte, konnte, hinter einer Litfaßsäule versteckt, sehen, wie der Polizist noch eine Weile erregt um die zermalmte Süßigkeit herumschlich, bis er sich schließlich bückte, die zerrissene Folie aufhob, auseinanderklaubte und die Bonbonkrümel in den Mund stopfte.

Paffrath versuchte, seine vertraute Zeit bei sich zu halten.

Jede Veränderung, die stattfand, nahm er zwar wahr, aber er ließ sie nicht für sich gelten. Kam er nach Hause, schloß er sich in seine Wohnung ein, befahl Eva Bogumil Maschula, sich zu ihm zu gesellen, zündete die Altarkerzen an und verharrte in der Vorstellung seligen Stillstandes. Nur manchmal geschah es, daß Paffrath den Zauber hinwegbrüllte, wie ein Tier schrie fauchte röhrte und aus sich herausfahren wollte. Dann drehte er das Radio laut, stampfte nach einer beliebigen Musik, und

Ein Herr aus Germany floh in die Prärie.

Im Winter 1991 sollte Frau Moder die Treppen heruntergetragen werden. Auf dem Küchenstuhl sitzend, die Beine angewinkelt, hatten sie zwei Sanitäter linksrechts eingehakt. Herunter auf die Straße sollte sie, wo das Krankenauto stand. Aber die Sanitäter kamen mit ihrer Last kaum bis zum Treppenabsatz. Frau Moder saß auf ihrem Stuhl und machte sich schwer. Noch einmal hoben die Männer die alte Frau mit aller Kraft hoch – da ließ sie sich schon nicht mehr bewegen. Kein Stück. Erst als man ihr versprach, sie zu Hause zu lassen, ließ sie sich zurück in ihre Küche schleppen.

»Na also«, sagte Frau Moder.

»Verarschen lassen wir uns nicht«, sagte einer der Sanitäter.

Nie wieder sollte Frau Moder einen Hausordnungsplan erstellen. Nie wieder sollte Heini Paffrath unter ihren Blicken die Treppen wischen. Eine Putzfirma übernahm die Hausreinigung. Hatte sie ihre Arbeit beendet, kroch Paffrath, wie ihn Frau Moder einst geheißen hatte, Stufe für Stufe vom Erdgeschoß bis zum Dachboden und fuhr mit den Fingern unter dem Treppenabsatz entlang. Frau Moder saß in der Zwischenzeit auf ihrem Stuhl in der Tür und lobte ihn für seine Tüchtigkeit.

So schlich sich Heini Paffrath in die neue Zeit. Er hörte kaum Nachrichten, allenfalls Schlagermusik, die ihn aufmunterte. Manchmal tanzte er mit sich selbst und war froh, seine stillen unsichtbaren Lieben bei sich zu haben. In Märries Restaurant sprach er oft von seiner Frau. Er hörte sich gern dabei zu.

Aber verlassen wollte Paffrath Pankow auf keinen Fall. Er ließ den Bezirk so weiter leben, wie er ihn kannte, auch wenn Baufahrzeuge die Straßen besetzten, Häuser abgerissen oder eingerüstet wurden, auch wenn riesige Werbeplakate auf eine blendende Welt hinwiesen, die zu besichtigen war. Als ein Betriebsausflug in den Zoologischen Garten bevorstand, trug er sich freiwillig zum Dienst ein.

»Der is nich sauber«, munkelte man im Revier.

»Ich war Polizist, sonst nichts«, sagte Heini Paffrath.

»Das haben wir überprüft.«

Der Herr vom Magistrat überreichte Paffrath ein Papier der Personalauswahlkommission, auf dem bestätigt stand, was er behauptet hatte, sowie die Bemerkung, daß er für eine mittlere Laufbahn im Polizeidienst befähigt sei.

Heini Paffrath war freigegeben. Von der Untersuchungsbehörde, die alle überprüft hatte, auf das, was sie waren oder nicht waren, auf ein eventuelles »doppeltes Gehalt«, auf Herz und Nieren.

Bei Märrie stieß er mit Sekt auf sich an, aber es wollte keine rechte Erleichterung aufkommen. Wie immer aß er *Falschen Hasen*, den Märrie wieder unverfälscht im Angebot führte und somit für die Zufriedenheit ihrer Gäste sorgte. Paffrath veränderte sich. Langsam flüchtete er in körperliche Schwäche. Die Lust, sich großzustellen, seine Person manchmal mit kühnen Übertreibungen aufzuwerten, schien in laschem Energiefluß zu versickern. Herzschmerzen glaubte Heini zu haben; mal spürte er Stiche im Kopf, mal konnte er sich eines tollen Kribbelns im Leib nicht erwehren.

»Bei soner weißen Weste, könn wa dich ja bald Kommissar nennen, wa?«

Märrie umturtelte den schwermütig gewordenen Gast und versuchte ihn auf seine alte Linie zu bringen.

»Vielleicht«, sagte Paffrath und verfiel in Schweigen.

Das erste mal erkrankte er ernsthaft, als es hieß, er müsse an einem Lehrgang für westliche Demokratie teilnehmen. In der Polizeischule Spandau. Dort konnte Paffrath unmöglich hin. Nicht, daß er einen Lehrgang scheute, aber nach Spandau fahren hieß, sein Gelübde zu übertreten. Er ließ sich krankschreiben. Die Diagnose: reaktive neurotische Symptome.

Mehrere Monate lang hielt sich Paffrath fast nur in seiner Wohnung auf. Alles fiel ihm schwer. Er hockte im Sessel, hörte Radio, dachte an nichts. Nur wenn er Hunger spürte, erwachte er aus seiner steifen Verweigerung und suchte hastig, voll nervöser Unruhe, Geld zusammen. Um sich und Eva Bogumil Maschula etwas zum Essen zu besorgen. Er ging in den Laden Ecke Vinetastraße, kaufte ein, lief rasch wieder nach Hause und deckte den Tisch für vier Personen.

Eines Tages, als Paffrath glaubte, endlich zu genesen, zog er sich im Badezimmer die Uniform an: die alten VP-Hosen, neues senfgelbes Hemd, die zeichenlose Jacke, die Mütze mit dem frisch aufgenähten Sternenemblem, das waffenlose Halfter.

»Herr Paffrath bitte!« befahl er. Und der Spiegel antwortete:

»Kommissar Paffrath!«

Er klopfte gegen das Glas und ließ die Aussage wiederholen. Kommissar. Das Gesicht im Spiegel nickte. Wie eine erfrischende Dusche spürte Paffrath plötzlich seine Gegenwart. Er griff nach der Tube mit dem Gebißreiniger, drückte die Paste heraus, nahm eine Rasierklinge, schnitt das dünne Tubenblech auf, wusch es unter Wasser und legte die beiden glänzenden Stücke auf seine Schultern. Kommissar. Commissarius Paffrath.

Noch in der selben Nacht begann er zu lernen. Er wälzte die Bücher, die Kollegen ihm gebracht hatten. Er studierte Gesetze der Demokratie, büffelte, schwitzte über dem Neuen. Es fiel ihm nicht schwer, Texte und Tabellen zu erfassen, nur manchmal geschah ihm, was ihm einst beim Studium der Kernphysik widerfahren war: Wörter Zahlen Skizzen Paragraphen verrutschten unter seinen traumträgen Blicken, bildeten Muster, mäanderten und führten irrwitzige Tänze auf. Dann mußte sich Paffrath selbst strengstens befehligen und losreißen von der Lustlosigkeit. Er schaffte es.

Immer wieder.

Der neue Vorgesetzte kam aus Unkel am Rhein. Hauptkommissar Stefanek: keine dreißig Jahre alt, mit jungen strohblonden Haaren und hellen, fast gläsernen Augen. Er besaß einen listigen Fuchsblick und eine spitznäsige Niedlichkeit, die Paffrath sofort auffiel. Stefanek stand entschlossen vor den Volkspolizisten, die keine mehr waren und wieder Polizisten werden sollten, geprüft, freigegeben. Stefanek hatte sie mit Handschlag begrüßt.

Die neue Uniform lag vor Paffraths Spind auf dem Stuhl.

Der Kommissar tastete über den silbernen Stern auf grünem Grund. Er war echt. Als Ärmelemblem das Wappen: der Adler, dessen Krallen Paffrath feinfingrig befühlte. Senfgelbes Hemd, grüne Krawatte, moosfarbene Jacke. Die Makarow machte einer Walther PP, Kaliber 7.65 mm Platz. Paffraths Mundwinkel zuckten vor verhaltener Freude, doch Hauptkommissar Stefanek kam es vor, als würde er gleich anfangen zu heulen, und so beruhigte er Paffrath: man würde ihn langsam mit den neuen Aufgaben vertraut machen, man wisse um seine psychischen Probleme, man würde ihn, soweit sich das einrichten ließe, im Bezirk belassen.

»Mir fehlt nichts«, sagte Paffrath und gab Stefanek seinerseits die Hand.

Sie war glatt, jungenhaft. Als Paffrath fest zudrückte, knackte es.

Am Abend seiner Berufung ließ Kommissar Paffrath bei Märrie drei Runden Sekt springen. Er hatte nach Champagner gefragt, aber Märrie griff sich an den Kopf und kreischte durchs Lokal:

»Dir hammse ja ins Jehirn jeschissen, Schampus bei olle Märrie, wer soll denn hier in Pankoff sowat picheln. Sekt jibt's, oder Brause, also wat?«

Drei Runden, und Paffrath war glücklich.

Er trug den Stern. Auf jeder Schulter einen.

Er fing Märrie auf einem ihrer Serviergänge ab und zog sie zu sich auf den Schoß.

»Mei lieber Scholli«, flüsterte sie und wurde rot.

Kommissar Paffrath bestellte sich noch einen Sekt, dann fühlte er die Zeit gekommen. Schwer saß Märrie auf seinen Schenkeln. Mit der rechten Hand fuhr Paffrath in die Innentasche seiner Jacke und holte ein Foto seines Vaters heraus. Kaum, daß etwas darauf zu erkennen war, aber Paffrath hielt es Märrie vor die Augen.

»Na, wer ist das?« fragte er, und eine saure Sektwolke entstieg seinem Mund.

»Keene Ahnung.«

»Das bin ich. Heinrich Theodor Paffrath.«

»Hab'ick mir doch gleich jedacht«, sagte Märrie, legte das Foto auf den Tisch und erhob sich von Paffraths Schoß. Sie griff sich an den Kopf, bevor sie hinter der Theke verschwand. Paffrath mußte aufstehen, zur Toilette rennen.

»Kotz mir bloß nich'n Salon voll!« rief Märrie.

Paffrath erreichte die Toilette rechtzeitig, bevor er dem Jammer erlegen war. Er riß die Tür auf, stellte sich vor den Spiegel.

Das war er. Kommissar Heini Paffrath. Fünfzig Jahre alt. Verbeamtet. Gesichert auf Lebzeiten. Es gab keine weiteren Fragen.

Paffrath tat seinen Dienst nach der Ordnung.

Manches hatte sich geändert. Ging der Kommissar Streife, hieß es Controlling. Von Störern und Nichtstörern war die Rede, von Realakten und Generalklauseln. Paffrath fügte sich ein.

Die alte eiserne Schreibmaschine wurde durch eine elektrische ersetzt. Ein älteres Modell. Es war aus der Partnerstadt Unkel am Rhein nach Berlin-Pankow geliefert und freudig in Empfang genommen worden. Anfangs war Paffraths Anschlag noch zu hart, so daß die Maschine fortwährend unkontrolliert losratterte tackckckck! und Paffrath die Protokolle mehrfach korrigieren mußte. Bis er die neue Maschine im Griff hatte. Wir werden bald Computer bekommen, hieß es auf der Wache.

Mitunter stand Hauptkommissar Stefanek hinter Kommissar Paffrath und legte ihm die Hand auf die Schulter. Es war gut so.

Paffrath bemühte sich, wenig nachzudenken, zählte, trotz Stefaneks Sympathiebekundungen, die Dienststunden, um möglichst schnell nach Hause zu gelangen. Dort warteten sie auf ihn, die treuen Gefährten Eva Bogumil Maschula, die er jeden Tag begrüßte, indem er die Augen schloß, sich selbst berührte und wundersamste Entspannung erfuhr.

Der Dienst war leichter geworden. Nur noch acht Stunden täglich statt zwölf wie früher, keine Parteilehrgänge, keine Bekundungen. Stefanek, der leichtfüßig, aber bestimmt das Revier durchmaß, hatte seine Augen überall. Dennoch machte sich Unruhe in Paffrath breit. Als würde man ihm auf der Spur sein. Oft saß er, die Hände schweißnaß, im Dienstzimmer auf der Hadlichstraße, argwöhnte, wenn draußen auf dem Flur jemand zu hören war, man würde ihn sogleich überführen. Am wohlsten fühlte er sich im Außendienst, ging gern Streife, bewachte Gebäude oder ahndete kleine Ordnungssünden der Bürger.

Er sah alles und wollte doch wenig erkennen.

Eines Tages stand dort, wo sich die Verkaufsstelle *Tischlein-deck-Dich* befand, eine Filiale der Berliner Sparkasse. Paffrath hatte nicht bemerkt, wie der Laden abgerissen, der ganze Straßenzug erneuert wurde. Nicht einmal die Rückbenennung der Johannes-R.-Becher- in Breite Straße hatte er mitbekommen. Jetzt verharrte er erschrocken vor dem Neuen, und im Moment der Wahrnehmung sah er, was sich sonst noch tat, was abgerissen abgetragen umgestaltet wurde.

Heini Paffrath hielt sich an sein Gelübde.

Noch als er an seinem fünfundfünfzigsten Geburtstag bei Märrie abermals die Flaschen kreisen ließ, konnte er stolz behaupten, die ehemaligen Grenzen Ostberlins nicht überschritten zu haben. Ihn interessiere das alles nicht, schwadronierte der Kommissar und trank sich in den lästernden Himmel der Zechkumpanen.

Nur Märrie, die treu *wie immer* alles servierte, was der Gast von ihr forderte, hegte Zweifel.

»Det werd ick mal deiner Frau erzähln, wat du für'n Schißdämel bist. Und det nennt sich Polizeier!«

»Nichts sagste meiner Frau!« brüllte Paffrath, sprang vom Stuhl, donnerte durch die Kneipe:

»Ausweise! Alle Mann Ausweise vorzeigen!«

Märrie gelang es, den betrunkenen Paffrath zu beruhigen, indem sie ihm Würfelzucker zuschob. Sie wußte, daß Süßigkeiten ihn sanft machten wie ein Kind.

Pankow wurde aufgerissen.

Ein Großprojekt stand an: freigegeben vom Amt für Städteplanung, gefördert durch den Senat: die Panke, jenes dünne stinkende Stadtflüßchen, das sich von seiner Bernauer Quelle seit Jahrzehnten mühsam durch Pankow Wedding Mitte bis zum Schiffbauerdamm quälte, schließlich dort in der Spree versoff, kaum merkbar, weil es seiner Urbestimmung beraubt war. Die Panke, in der Eiszeit ein wild dahinströmender Gletscherbach, *Pankowe,* der Fluß mit Strudeln, der ein paar tausend Jahre später eingedämmt wurde, gefesselt und schon im 18. Jahrhundert nur noch ein kleines Bächlein war. Ein Dreckfluß, der eine »Gefahr für die Volksgesundheit« darstellte, ein Rinnsal, das Industrieabfälle schluckte. Seit 1961 im Süden gekappt, abgeklemmt vom oberen Flußlauf. Ab der Chausseestraße hatte man keinen Tropfen Wasser mehr durchgelassen – Fluchtgefahr hatte bestanden.

Nun sprach man in Pankow, auch auf dem Polizeirevier I, Abschnitt 27, vom neuen Plan, der wie ein grünes Wunderband durch den Bezirk laufen wird: am Ufer der Panke soll ein Park entstehen, der schönste von Berlin. Nicht mehr der rosenbeetniedliche Bürgerpark, auch nicht mehr das waldähnliche Schönholz mit Sportplatz Mahnmal Friedhof, sondern ein Park mit der Pracht von Sanssouci. Spaliere von Pfirsichbäumen sollen breite Alleen säumen, die Nebenwege mit Lavendel umrahmt werden. Sandsteintreppen sollen zum Ufer herunterführen, vorbei an Grotten und wasserspeienden Figuren. Das Flußbett, das heute noch größtenteils aus Rohren und Beton besteht, soll aufgebrochen, von seinen Fesseln befreit, der Fluß soll sichtbar werden.

Zwei Dutzend Polizisten hatte das Revier I zu stellen, um die Sicherheit der Arbeiter und Bürger zu gewähren. Kommissar Paffrath war dabei. Im Bezirk, in dem er sich auskannte. Jede Straße, jeden Weg bewachte er durch seine Schritte, inspizierte Baustellen und Absperrungen, dirigierte anrollende Bagger und Transporter.

Eines Tages gesellte sich Stefanek zu ihm.

Der Hauptkommissar, der neben Paffrath wie ein Junge wirkte, aber *drei* silberne Sterne auf grünem Grund trug und nicht *einen*, und deshalb in Paffraths Wahrnehmung zu einem Riesen verwuchs, ein Mißverhältnis bildete, das Heini zum Schwitzen brachte.

Gemeinsam begingen sie das Objekt Pankepark.

An jenem Montag morgen, da Paffrath der Auftrag »Pankepark« ereilte, lief an seiner Seite der Hauptkommissar, jungen blütengeilen Duft verströmend. Der Weg führte geradezu auf Maschulas Grab. Das weißrote Absperrband wies die Richtung. Pflichtgemäß folgten die Polizisten, auch wenn Paffrath überlegte, wie er den Weg meiden oder Stefanek abhängen konnte. Durch den Park ging es, der vom Frühtau glänzte, fast menschenleer, nur manchmal hörten sie das Knattern von Preßluftbohrern, das Brummen und Scharren von Baggern und die Rufe der Arbeiter.

»Ich mußte mal raus«, erklärte Stefanek seinen Begleitdienst, und als Paffrath ihn mißtrauisch anblickte, fügte er hinzu:

»Ich habe den Eindruck, daß ich immer noch nicht weiß, wo ich hier bin.«

»Sie sind noch jung.«

Kommissar Paffrath schlug sich auf den Mund. So schnell hatte er nicht zum ersten Hieb ausholen wollen, denn der

Mensch neben ihm begann Paffrath zu beeindrucken. Nicht, daß er es zugab, ihm auch nur ein Funke Zuneigung entsprang, aber der strohblonde Jungchef an seiner Seite wurde zur Folie seiner Sehnsüchte. Schon begann Paffrath seinen Körper zu spannen, kräftiger schwang er die Arme, mutiger wurde sein Blick.

Dann ging alles sehr schnell.

Kommissar Paffrath sah sofort: Ein Graben führte am Wegrand entlang, direkt über jene Stelle, die Paffrath noch gestern sanfthügelig einen Andachtsort bot. Maschulas Grab: durchpflügt von einem Baggerlöffel, eine erdige Wunde, die Paffrath bis ins Innerste erschreckte. Er begann zu zittern und packte Stefanek am Ärmel, ein Ertappter, der alle Beweise vergraben, alle Indizien beerdigt hatte. Nun erkannte er von jeder bloßgelegten Wurzel, von jedem herausgehobenen Stein seine Liebe und spürte, wie sie ihn schuldig sprach.

»Ist Ihnen nicht gut?«

Besorgt blickte Stefanek den älteren Kollegen an.

»Doch. Aber irgendwas läuft hier falsch.«

Paffrath, dem Schweiß auf der Stirn stand, entschloß sich zur Taktik der Beweisabwendung, indem er den Hauptkommissar geradezu auf die Beweise hinführte. Er pfiff einen Arbeiter herbei, forderte ihn auf, Meldung über besondere Vorkommnisse zu geben.

»Wat für Vorkommnisse?«

»Haben Sie hier etwas gefunden?«

»Wat soll ma da finden?«

»Denken Sie nach!«

»Nuscht ha ick jefunden, aber der Rolle, der hat jestern 'n paar Kaninchenköppe ausjegraben.«

»Kaninchenköpfe?«

»Oder sowat ähnliches.«

In diesem Augenblick versagten Paffrath die Beine. Im Mulm knieend, begann er, mit den Händen die an den Rändern aufgehäufelte Erde wieder in den Graben hineinzuschaufeln. Bis ihn Stefanek hochzog und weiterdrängte und ihm zuflüsterte, daß alles in Ordnung sei.

»Entschuldigen Sie«, sagte Paffrath, als sie das Schönholz verlassen und die Grabbeallee erreicht hatten, »ich kann einfach nicht glauben, daß hier der Fluß durchfließen soll. Ist doch irgendwie unnatürlich, oder?«

Stefanek hielt auf einer kleiner Brücke, unter der die Panke noch als algenschweres Rinnsal floß, und beorderte Paffrath neben sich.

»Ich verstehe Sie«, sagte er.

»Jede Tat gründet sich auf ein Motiv, nicht wahr?«

»Es tut weh, wenn was aufgerissen wird, das man kennt. Von einer Tat würde ich aber nicht sprechen.«

Stefanek blinzelte dem Kollegen zu, der dem glasfunkelnden Blick auswich, ihn gleich darauf suchte, sich festhielt am Funkeln, sich befehlen mußte, weiter zuzuhören, was der Mann zu sagen hatte, denn warum sonst blieb er auf dieser Brücke stehen, machte seltsam ausforschende Andeutungen und verströmte einen so betäubenden Duft, der Paffrath wieder benommen machte. Schon hatte er die Hand nach Stefanek ausgestreckt. Einen Moment lang schoß in Heini Paffrath der Gedanke hoch, Stefanek über das Brückengeländer zu werfen, in das mulmige flache Flüßchen hinein, damit das Genick des Jungen zerkrachte und er nichts mehr fragen, nichts mehr erklären mußte.

Aber Stefanek klopfte dem Kollegen auf die Schultern

und sagte, daß er vom Rhein käme, und fragte Paffrath, ob er den Rhein kenne, den Fluß, Strom seiner Herkunft, von dem er losgerissen wurde, aus der Stadt Unkel, versetzt aus einem Leben in ein anderes, weil angeblich, so erzählte Hauptkommissar Stefanek, er sich etwas geleistet, das eine Strafversetzung zur Folge gehabt hätte, nach Osten, mit Buschzulage und allem Drumunddran, aber der Rhein, Mensch, der Rhein!, das sei ein Strom, den man nie vergißt; da könnte es auch bei ihm, Stefanek, vorkommen, daß er vor Sehnsucht mal außer sich geriete.

»Ja«, sagte Paffrath schnell, »ich bin eigentlich Kernphysiker von Beruf.«

Er lauschte dem Satz nach, der sich im leisen Plätschern der Panke verlor. Es geht wieder los, dachte er noch, da erzählte Heini Paffrath schon. Von eigens erfundenen Formeln, von Brennern, Kernreaktoren, Teilchenbeschleunigern und diffusen Streuungen – strahlende zersetzende Märchen gab der Kommissar kund, fügte die Geschichte einer glücklichen Ehe an und endete mit der tollen Lüge, man hätte ihn vom Institut direkt zur Volkspolizei beordert, weil er über einen photoionisierenden Blick verfüge.

»Was ist das denn?« fragte Stefanek.

»Keine Ahnung«, sagte Paffrath.

Ein paar Sekunden lang standen die Polizisten still nebeneinander, als triebe die Panke etwas Erlösendes für sie heran. Stefanek sah Heini Paffrath in die Augen. Paffrath erwiderte den Glasblick. Sie mußten lachen. Ein Gelächter, das Passanten umdrehen, sie ihre Köpfe schütteln ließ.

Es gab Nächte, da wünschte Heini, eine Kerze für Stefanek anzünden zu können. Doch immer, wenn er das Streichholz anriß, brach es oder erlöschte, bevor der Docht Feuer fing. Hielt er die Kerze über die Flammen der Altarkerzen, löschte herabtropfendes Wachs die Flammen.

Heini weinte.

Idiot, nannte er sich.

Hatte er Dienst, tat er alles nach der Ordnung. Das Projekt Pankepark forderte ihn heraus. Nur manchmal lief er krumm, als hätte er sich an irgendetwas verhoben. Die Kollegen empfahlen ihm, sich in einem Fitneßstudio anzumelden, um mit Krafttraining dem Alter vorzubeugen, er sähe ja aus wie …

Laurentia, liebe Laurentia mein

Heini holte sich bei Märrie die Bestätigung, daß er so etwas nicht nötig hatte.

Wann werden wir endlich beisammen sein

»Bald«, sagte Paffrath.

Am Sonntag darauf wurde er gestellt.

Auf frischer Tat. Von Märrie, der Kellnerin.

Sie war ihm nach seinem Kneipengang gefolgt. Etwas, das sie bisher nie in ihrem Leben tun wollte, mußte sie nun tun. Sie hatte Angst um ihren Gast. Sie fand ihn im Bushäuschen vor seiner Haustür. Dort stand er, kurz nach Mitternacht, stand wie bestellt und nicht abgeholt und redete mit seiner Frau. Märrie sah und hörte, wie er redete. Ganz allein war er an diesem Ort, und doch sprach er, als stünde jemand neben ihm.

»Meine GutemeineLiebemeineSchöne«, flüsterte Paffrath.

Es antwortete niemand. Rittlings setzte er sich auf die Bank des Wartehäuschens und begann hin- und herzuruckeln.

Der Kerl lügt, dachte Märrie, die langsam von der Seite an den Mann herantrat. Der hat gar keine Frau, der haut mir die Hucke voll mit seinen Märchen, dem hamse ins Jehirn jeschissen, der hat mich die ganzen Jahre zur Stulle jemacht, der is keen Polizeier nich, der is –

Jetzt stand Märrie vor ihm. In der lauwarmen Maimitternacht, durch die sie ihren dicken Leib geschoben hatte, voller Hoffnung, sie würde Klarheit bekommen, heut oder nie. Jetzt sah sie den Kerl, wie er auf der Bank herumruckelte.

»Steh auf.«

Paffrath war überführt. Er gab sofort alles zu. Er nahm Märrie bei der Hand und sagte:

»Is nur so'n Spiel gewesen. Jetzt isses vorbei.«

»Dann kannste mir ja heiraten.«

»Du bist verrückt, Märrie.«

»Paßt ja«, sagte sie.

Er nahm sie mit. Willenlos, dennoch entschlossen, es zu tun. Die Treppen zur Wohnung hinauf. Märrie keuchte. Paffrath trieb sie an: Komm schon, komm. Im Flur zog ihm Märrie die Jacke aus.

»Wußt ick's doch«, flüsterte sie.

»Was?«

»Dette nich der bist, der de bist.«

Er legte sie aufs Bett. Als sie sich entkleidet hatte, sah Paffrath ihren hellen teigigen Leib. Sie roch nach Kneipe, aber das störte ihn nicht. Komm, befahl Paffrath seinem Herzen. Spüren wollte er es, endlich, in diesem Moment, wo er etwas tun sollte, das er noch nie im Leben getan hatte. Weiß weich lag Märrie vor ihm und öffnete sich. Heini wußte nicht genau, wie und was. Märrie zog den Mann zu sich, hauchend, daß sie glücklich sei. Aber schon hatte Paffrath gedacht, daß es doch schnell vorbei sein möge. Er sah das Kissen mit Handkantenschlag, fixierte die Zipfel, die sich unter seinen Bewegungen einander zunickten, und er stieß in Märrie, und Märrie stöhnte. Hinter geschlossenen Augen, sah Heini seinen Revierschreibtisch: die Pläne, die Zeitung, den Datumsstempel. In diesem Moment kam ihn Ekel an. Es ist ja nur eine Kellnerin, dachte er, eine kleine beschissene Bedienung, und ich bin Paffrath, Heinrich Theodor, der die Venus vögelt, und

jetzt wollte er hören. Wenn schon nicht sein Herz, das ihm Angst und Lust versagte, so wollte er doch Märrie hören. Wie sie winselt unter ihm. Wie sie zu ersticken droht an seinem Werkzeug. Und als sie stöhnte, zauberte sich Paffrath seine Lieben herbei: Maschula Eva Bogumil, setzte sie auf den Fenstersims und ließ sie zuschauen, wie er es tat.

Als alles vorbei war, strich er das Bettzeug glatt und schlug mit der Handkante ins Kissen.

Dann schickte er Märrie zurück in die Nacht.

An seinem letzten Dienstag betrat er morgens das Revier I, Abschnitt 27 und wurde augenblicklich zum Tanz aufgefordert. Schnätternde Foxtrottmusik aus dem Radio. Eine Kollegin der Abteilung Öffentlichkeitsarbeit packte Paffrath am Arm und schlenkerte und schleuderte ihn über den Flur. Sekt zum Morgen, Gratulationen zum Vorruhestand: Mensch, du hast's gut, alter Sack! Stefanek, der ihm einen Präsentkorb überreichte und lauter gute Wünsche, jaja, das sei eine schöne Zeit mit ihm gewesen, immer fleißig, immer einsatzbereit, wenn auch privat etwas unzurechenbar, aber naja, er habe es nun ausgestanden, und hoch die Tassen!

Sekt. Schon wieder Sekt. Perlende Abschiedsheiterkeit, und Paffrath ließ sich mitziehen, zum letzten mal durch die Flure seines Reviers, vorbei an den Zimmern, den einsatzplanbeklebten Wänden, dem *Blauen Hotel*, eine Polonaise die Treppen hochrunter, die Schlange lachender Polizisten, allen voran Paffrath.

So ging es bis Mittag, dann fand er sich in Zivil wieder. Einen Plastebeutel in der Hand. Der Beutel war voller Geschenke.

* * *

Er läßt das Geldstück fallen.

»Idiot!« ruft Paffrath dem Fremden zu, der ihn eines Almosens für würdig befunden hatte. Dabei trägt der Kommissar a. D. eine dicke Geldbörse in der Jackentasche. Mehrere Hunderterscheine, eine Scheckkarte, Münzen – Scharen von Bettlern könnte er glücklich machen. Das sollten sie mal sehen, denkt er, die alten Muhmanze wie Fleischermeister Hiergeist, Sartschend Ben, Ditte Krampe und VaterMutter!

Heini klopft an seine Brusttasche. Seit er für sich selbst zuständig gewesen war, hat er ordentlich verdient, immer wenig Geld beansprucht, kaum eigene Bedürfnisse angemeldet. Da er niemals in Urlaub fuhr oder sonstwie verreiste, wuchs sein Guthaben ständig. Selbst die Zechen in Märries Restaurant fielen kaum ins Gewicht. Am Ende seiner Dienstzeit hatte Paffrath über zweitausend Euro pro Monat zur Verfügung, eine Summe, die Fleiß Bescheidenheit Durchstehvermögen honorierte und deren Überschüsse Heini regelmäßig auf ein Sparbuch gelegt hatte.

Ohne zu wissen, wozu er es brauchen sollte.

Erst jetzt kommt es Paffrath in den Sinn, daß der eben stattgefundenen Szene, jener peinliche Affront mit einem, der glaubte, einen Versager vor sich zu haben, etwas Symbolisches anhaftet. Er bückt sich, hebt die weggeworfene Münze von der Straße auf, hält sie mit Daumen und Zeigefinger gegen die Abendsonne und blickt noch einmal zurück auf die Straße seiner ersten Existenz. Sich in die Vorstellung begebend, in diesem Augenblick kämen all die Kindheitsgeister herangeschlurft, mit uraltem Gepäck voller Vorhaltungen Beleidigungen Erpressungen, dreht Heini den Euro, läßt ihn zwischen den Fingern wirbeln, die Sonne gibt der Münze Energie, spaltet, vermehrt sie zu märchenhaftem Goldregen und –

Heini Paffrath nimmt das Zeichen an. Er hat es ausgestanden. Er ist zurückgekehrt als ein anderer. Er könnte sich sehen lassen. Aber es sieht ihn keiner. Noch nicht. Die Leute, die ihm auf dem Siegmundshof entgegenkommen, sind fremd. Niemand kennt ihn. Sie werden mich kennenlernen, beschließt Heini, grüßt Männer Frauen Kinder, denen er in Gedanken die Gesichter abreißt und ihnen bekannte Züge gibt. Die Leute sehen den Mann nur verwundert an, wie er sich vor ihnen verbeugt oder ihnen mit Scheitelgruß und Habachtstellung kommt.

»Was macht der Onkel?« fragt ein Mädchen seine Mutter.

»Der is bestimmt aus'm Zoo«, antwortet sie und zieht das Kind schnell weiter.

Aber jetzt muß Heini erst einmal etwas für sich tun. Daß

man ihm seine Rückkehr abnimmt. Wo er doch eben wieder einen Schmerz im Mund spürt, dritter Zahn links, und er schleunigst zum Zahnarzt muß, zu Schwester Maschula, der er als Polizeihauptkommissar … nein!, als feiner, vielversprechender Pensionär mit reichem Auskommen entgegentreten und sagen wird: Ich lade Sie für Sonntag zum Essen ein. *Sie* bestimmen wohin … Restaurant im Funkturm, prima Idee, obwohl, wir könnten auch in Pankow bei Märrie … nein, Sie haben recht, für unser Wiedersehen muß es etwas Besonderes sein, vielleicht ein Fischrestaurant oder ein Tischlein-deck-Dich …

Paffrath, vor sich hin brabbelnd, der Blick verrutscht und im Aufzug noch immer wie *Nappsülze*, geht seinen Weg. Der letzte Rest Angst, die letzte Verunsicherung weicht im Moment, da Paffrath die Treppen zur S-Bahn hoch- und in den nächsten Zug Richtung Westen steigt. Eine Station bis Bahnhof Zoologischer Garten, wo er sich ins Getümmel der Passanten begibt, erhobenen Kopfes, frischen Mutes, denn er weiß: Es dauert keine Stunde mehr, dann wird er den Beweis antreten.

Heini Paffrath läßt sich fortspülen. Im Tunnel, der am Supermarkt vorbei auf die Kantstraße führt, glaubt Heini Hoffnung zu riechen. Nicht, daß er jene Wahrnehmung dingfest machen kann – alles ist laut, fremd, ein Netz tosender Adern, aber Heini nimmt Moleküle seiner Neugeburt auf.

Zwischen Blumenladen und Burger King, am U-Bahn-Eingang erspäht Paffrath sein erstes Publikum. Eine Gruppe Abgestürzter verharrt in ihrer Existenz. Sofort signalisiert Paffrath seine Bereitschaft einzuschreiten, Maßnahmen der

Gefahrenabwehr gegen die *Störer* einzuleiten. Schon greift er an seinen Hosengurt, um die Waffe zu ziehen, schon sieht er die Typen auf sich zukommen, stinkend, furunkelig, schon will Paffrath den finalen Rettungsschuß abgeben – und zieht seine Geldbörse hervor. Er erwählt den zerrissensten Fixer, um ihn den Schein zu reichen: zehn bare Euro, die der Kerl trüben Blicks entgegennimmt.

»Und ick dacht', das issn Bulle«, röhrt der Beschenkte, schwenkt den Schein, und die Gruppe geht mit ihm, das Glück zu genießen.

Den Kurfürstendamm betritt Paffrath festen Schrittes.

Als Kind war er manchmal mit Mutter zwischen den Ruinen entlanggegangen. Mutter hatte auf Trümmerhaufen gezeigt und gesagt: Das war mal dies, das war mal das, ein Café, eine Bank, ein berühmtes Kaufhaus, die Rollschuhbahn. Später, als Schüler, war Heini selten auf dem Ku'damm. Die Leute, die dort flanierten, gefielen ihm nicht. Sie rochen nach etwas, das Heini nicht ertrug: das aufdringliche Parfum sicherer Existenz, das Bukett der Zweifellosen. Wohl hatte er einmal die Vorstellung gehabt, Schwester Maschula ins Café Kranzler zu führen, aber der Mut hatte ihn verlassen, bevor der Traum zu Ende geträumt war.

Heute ist Heini Paffrath zurückgekehrt. Als großzügiger Mann, in der erregenden Vorstellung, nach vielerlei bedeutender Karrieren als Atomphysiker, Polizeihauptkommissar und verehrter Liebhaber, das Ziel seiner Wünsche erreicht zu haben. Er muß es nur noch zeigen.

Er muß es sehen an sich selbst.

Schwindlig ist es Heini Paffrath, nachdem er die ersten Geschäfte und Boutiquen passiert, das herausdringende Flimmern und Locktönen überwunden hat. Schweiß steht ihm auf der Stirn. Schweiß bildet dunkle Flecken auf seinem Hemd. Er riecht an sich, und es drängt ihn zur Eile. Bloß nicht zurück, flüstert Heini, bemüht, den Zauber seiner Verwandlung auszuweiten. Er schnipst mit den Fingern. Schon stehen Maschula Eva Bogumil an seiner Seite.

»Gehen wir«, befiehlt Heini.

Den Kurfürstendamm entlang. Heini im Gespräch mit seinen Lieben, die er neugierig und aufgeregt sein läßt. Beruhigend redet Paffrath mal zum rechten, mal zum linken Arm, den er gebeugt hält, als würden sich Eva und Bogumil darin eingehängt haben. Nicht so hastig, nicht so gierig, ich kaufe nur das Beste vom Besten.

Wieder schauen sich Leute nach Paffrath um, der in ulkigem Gebaren den Boulevard entlangschreitet, die noblen Geschäfte liegenläßt, kurz vor Parfumerien und Juwelieren verharrt er und geht weiter bis zum allerfeinsten, allerteuersten Laden. Bis zu SABO & SABO. Paffrath riecht förmlich, daß er am Ziel ist.

Höchstedle englische Stoffe, die schwer, gleichsam leicht in der Hand liegen. Wundersam mattglänzende Jacketts in klassischem Schnitt, die das totale fraglose Dasein ihres Trägers zum Ausdruck bringen. Edel gewebte Hosen, Wolle Flanell Seide, die keine Bügelfalte aus der Form bringt. Dunkelgrün braun schwarz: die Farben des Weltmanns, mitunter zu feinen Karos oder Rauten verwebt, goldene Knöpfe, Lederaccessoires, schimmernde Krawatten, deren sich Heini als erstes annimmt. Er läßt den Stoff durch die Hand gleiten. Zartes Knistern, als seien die Krawatten lebendig. Dunkle helle schlangenhäutige Halsbinden, die Heini, eine nach der anderen, an den obersten Knopf seines schweißfleckigen Hemdes hält, sich prüfend im Spiegel besieht, lächelnd, die Augen halb geschlossen, und schon im Anblick neuen Daseins lebt.

»Kann ich Ihnen behilflich sein?«

Heini vernimmt die Stimme des Verkäufers in weiter Ferne, obgleich derselbe an ihn herangetreten ist, mißtrauisch, bereit, den stockfleckigen Kunden mit einem Handgriff aus dem Laden zu werfen.

»Ich möchte diesen Schlips kaufen«, hört sich Heini sagen.

»Für Sie selbst?«

Schnell hat der Verkäufern dem Kunden die dunkle, aus schwerem Brokat bestehende Krawatte abgenommen, als müsse er sie vor Diebstahl oder Beschmutzung schützen, und als mißtraue er Paffraths entschlossenem Willen, beginnt er mit dem Zahlmeister hinter der Verkaufstheke zu tuscheln.

»Das ist noch nicht alles«, sagt Paffrath und zieht ein Jackett aus dem Regal: einen Smoking aus schwarzem Tuch mit seidenbesetztem Kragen und Revers. Dazu schwarze Hosen aus feinstem schottischem Stoff, eine tief ausgeschnittene Weste und ein weißes Hemd mit gestärkter verzierter Hemdbrust.

»Kommt aus'm Wald und weiß es«, flüstert der Verkäufer.

Keinen Blick wirft Heini aufs Preisschild, keinen Gedanken verwendet er auf die Tatsache, daß er heute, bei diesem Kauf mehr Geld ausgeben wird, als er Zeit seines Lebens je für Kleidung bezahlt hat.

Heini Paffrath zieht sich aus. Im teuersten Herrenbekleidungsgeschäft der Stadt. Heini Paffrath kleidet sich ein: Schuhe, Hose, Smoking, Hemd, Krawatte mit doppeltem Windsorknoten. Vor zwei Verkäufern, die ratlos dabeistehen und gern sagen würden: Mein Herr, Sie gehören nicht zu unserem Kundenkreis. Sie können das nie und nimmer bezahlen.

»Na, wie sehe ich aus?«

Diese Frage stellt Heini Paffrath an Maschula, Eva und Bogumil, die er neben sich glaubt, deren Bewunderung er mit eigener Stimme Ausdruck gibt:

»Sehr schön, Heini, es steht dir ausgezeichnet.«

Paffrath dreht sich vor dem Spiegel. Was für ein Anzug. Welch abgrundtief wahrhaftige Existenz. Ein neuer Mensch blickt Paffrath aus dem Spiegel entgegen. Er reckt sich, zupft am Krawattenknoten und setzt den neuerworbenen Blick auf.

»So«, sagt er und überreicht dem Verkäufer das Bündel alter Klamotten. »Ich behalts gleich an.«

»Aber mein Herr!«

Angewidert läßt der Verkäufer die ihm gereichten Kleidungsstücke fallen. Sein Compagnon stellt sich vor die Tür. Ein Knopfdruck genügt, die Alarmanlage würde anspringen. Heini Paffrath aber legt die Scheine auf den Tisch und zählt laut:

»... achthundert, neunhundert, tausend ...«

Schaum tritt ihm aus dem Mund, und Paffrath zählt begeistert weiter: »... tausendeinhundert, tausendzweihundert ...«

Zehn Minuten benötigen die Verkäufer, um die Geldscheine auf ihre Echtheit zu überprüfen. Alles in Ordnung. Dann geht ein zufriedenes Lächeln über ihre Gesichter.

Sie schieben mit dem Fuß die alten Klamotten des Kunden hinter die Theke.

Sie verneigen sich vor dem Kunden.

Sie geben dem Kunden die Hand.

Dankedankedanke, ja, mein Herr, eine gute Wahl, Sie haben Geschmack, mein Herr, Sie sehen erstklassig aus, mein Herr, wie ein Mann von Adel, ach, Sie sind Polizeipräsident? wenn wir das gewußt hätten! unsere Hochachtung, Herr Polizeipräsident, beehren Sie uns wieder!

Schon steht Heini in der Tür, da geht er noch einmal in den Laden zurück.

»Können wir noch etwas für Sie tun? Eine Seidenschleife vielleicht?«

»Es fehlt etwas anderes«, sagt Paffrath und tippt an den blanken Kragenspiegel.

»Bitte?«

»Vier Sterne. Aus Gold. Grüner Untergrund, silberner Rand. Vom Feinsten bitte.«

»Sie wollen unsere Krawattenkollektion noch einmal anschauen?«

Schon hat der Verkäufer das Krawattenkarussell in Gang gesetzt, aber Paffrath schüttelt den Kopf. Schulterstücke will er. Neue, hochqualitative Schulterstücke, passend zu Hose und Jackett, passend zu Heini Paffrath, dem schaumgeborenen Polizeipräsidenten, der Tränen unterdrücken, weil der Verkäufer gestehen muß, daß SABO & SABO leider nicht über solcherart Accessoires verfüge, und der Zahlmeister zu kichern beginnt, haltlos, frech, und Heini rennt aus dem Laden auf die Straße. Dort wischt er sich die Tränen ab. Dort fängt er sich wieder, denn im Spiegel der Auslagenfenster erblickt er Heinrich Paffrath. Ein Mann, der wächst und sicheren Schrittes seinen Weg geht und überlegt, was nun zu tun sei. Vielleicht werde ich mich umtaufen lassen, denkt Heini.

Das CONNAISSEUR nahe des Kempinksi-Hotels betritt Paffrath, indem er den schweren filzenen Windschutz hinter der Tür auseinanderschiebt und mit dem ersten Schritt in den Salon seines Zieles End- und Höhepunkt markiert. Mit observierendem Blick mißt er den Raum aus: die dunkle Täfelung, die braunen Sessel, das rote Licht über der Whiskytheke – und gradaus den Raum höchster Erfüllung: der begehbare Humidor. Hunderte Cigarren, HABANOS jeglicher Sorte und Herkunft warten auf Paffraths Hingabe und Entscheidung.

Und dieser Duft.

Er zieht den Besucher sofort in den Strudel der Erinnerung: Vater und er auf dem Sofa, im Hintergrund das *Wunschkonzert*, der allgegenwärtige Feuerlöscher VENUS, jegliche Heini-Zukunft einschäumend, weiß, giftig. Der Rauch im CONNAISSEUR besiegt Paffraths letzte Angst. Als hätte er diesen Ort erwählt aus all den Wohngruften seines Lebens, die er jetzt, an diesem erhabenen Tag, herabtitelt und den über ihn gekommenen Willen, der Welt endlich sein wahres Gesicht zu zeigen, zum Äußersten treibt, so tritt er hier ein.

Der Oberste.

Der einen letzten Einsatz wagt.

Heini setzt sich in einen Sessel, schlägt die Beine übereinander. Wie weich und reich sich der neue Hosenstoff anfühlt. Wie exzellent die Jacke sitzt, wie die Weste ihm Form gibt, wie die Krawatte hervorsticht und sich behauptet!

»Setzt Euch«, sagt er zu Maschula Eva Bogumil, die, unsichtbar für die anderen Gäste, an Paffraths Seite Platz nehmen.

Der herbeitretende Barkeeper fragt den Gast nach seinen

Wünschen, aber Paffrath, kaum hat er die Frage vernommen, kann nicht mehr sagen, als daß er die beste stärkste teuerste HABANO zu kaufen wünscht. Was für eine Erscheinung von jungem Mann hat sich da vor ihm aufgebaut: ein Mensch in dunkelrot altboyhaftem Frack. Jemand aus versunkener Welt, der sich dem teuren Gast noch kostbarer als er selbst zeigt: mit Seidentressen an den Nähten, das Hemd mit Klappkragen, die weiße Weste noch tiefer ausgeschnitten als die eigene, und die rote, gebundene Schleife! Und was für eine zaubrische Gestalt, ein wenig gliederpuppenartig, höfliche Bewegungen, braune mandelförmige Augen, die Hände langfingrig fein. Ein süßer Rauchgeist, der das Haar zurückgekämmt trägt wie ein Stachelschwein, nur daß es sich schwarz seidenweich speikölduftend in den Sinnen des Gastes verfängt.

»Also was darf ich Ihnen bringen?«

Die Stimme des Barkeepers läßt Paffrath tiefer in den Sessel sinken. Speichel schießt in ihm hoch. Etwas Unbändiges, Unkontrollierbares macht Heini unruhig und gleichsam gelassen wie noch nie im Leben.

»Verschwindet«, sagt Paffrath.

»Sie wollen sich noch Zeit lassen?«

Erschrocken tritt der junge Mann zurück, aber Paffrath entschuldigt sich sogleich: Nein, bitte, er hätte nicht *ihn* gemeint, sondern seine Begleiter; es sei Zeit für ihn, sich von denen zu verabschieden, sie verstünden nichts von derart hochkarätigen Lokalitäten.

»Wie Sie meinen.«

Der Barkeeper will zurück an die Theke, aber jetzt hält ihn Paffrath fest. Seine Hand hält er, will sie nicht mehr loslassen. Schon hat sich Paffrath aus dem Sessel erhoben und läßt sich von dem Jungen mitziehen, quer durch den Raum, und er läßt dessen Hand nicht los. Wahnsinn, denkt Paffrath.

Herr Florian steht vor Heini Paffrath. Zwischen den Männern ein Tisch. Darauf Cigarrenkisten. Feiner feuchter Nebel dringt aus einem Zerstäuber. Kühl ist es. Herr Florian beginnt mit der Vorstellung von Gloria Cubana. Paffrath hört und sieht nichts, trotzdem nimmt er alles, was Herr Florian referiert und vorzeigt, in sich auf. Als müsse er in diesem Anfall von Genuß sechzig Jahre trostlosen Lebens wettmachen. Leise spricht Herr Florian auf Paffrath ein, öffnet Kästchen und Kisten, holt kleine mittlere große Cigarren heraus, dreht sie vor des Kunden gierigen Augen und bietet an, was er anzubieten hat. Gloria Cubana, Montecristo, Cohiba, Trinidad, die petit Cigarillos, die gemäßigten Robustos, die schweren Churchills, Dutzende weitere Sorten, Upmann, Fonseca, Romeo y Julieta, bis er er schließlich bei den Coronas landet. Eine letzte Sorte, die er aus dem Schrank holt, und Paffrath weiß, daß er sich jetzt entscheiden muß.

»Die nehme ich«, sagt er.

Herr Florian reicht ihm eine Corona über den Tisch.

»Eine echte Millenium.«

Herr Florian hebt zur Erklärung des Besonderen an, aber Paffrath hat die Cigarre schon zwischen den Lippen. Herr Florian springt um den Tisch zu ihm. Um Gottes Willen, so geht das nicht, mein Herr. Sie müssen die Cigarre erst anschneiden, das weiß man doch! Ja, Vater! hört sich Paffrath plötzlich flüstern, beißt in die Spitze der Corona und spuckt das Abgebissene aus. Wieder ergreift er die Hand des jungen Mannes, der ihm eben seinen Reichtum eröffnet hat und nun mit brennendem Kienspan Feuer gibt. Heini Paffrath kostet nur noch seinen Triumph aus.

»Na, wer ist das hier?« fragt er und tippt auf seine Brust.

Ohne auf Herrn Florians höfliches Unverständnis zu reagieren, antwortet er selbst:

»Das bin ich, dein Vater.«

»Sehr wohl«, sagt Herr Florian und grinst.

Drei Glas Whisky benötigt Heini Paffrath, um das Vaterbild zu ertränken. Herr Florian, der inzwischen einen Bogen um den sonderbaren Gast macht, verschwindet mit dem nächsten Kunden im Humidor. Er kümmert sich nicht mehr um Paffrath. Herr Florian ist Barkeeper und Cigarrenkenner, sonst nichts.

Heini Paffrath raucht. Nach der Millenium-Corona eine Romeo Especiales. Dazwischen trinkt er Whisky, um sich mit einer Exhibition de Luxe zu einem letzten Rest Stärke zu verhelfen. Der Salon füllt sich. Paffrath hat seine Lieben davongeschickt. Jetzt, glaubt er, ist er frei. Einmal scheint er eine ältere weißbehütete Dame zu bemerken, die am Nebentisch Cocktail trinkt und ihn fixiert. Aber Paffrath blockt ihr Blinkern ab. Er weiß, daß er wirkt. Er weiß, daß ab heute alles anders und die neue Kluft bereits an seine Haut gewachsen ist.

Paffrath pafft.

Rauchkringel läßt er steigen. Die Dame wird spendabel und zaubert einen Sherry auf Heinis Platz. Er läßt ihn zurückgehen. Ruft Herrn Florian herbei, bedeutet ihm, sich zu ihm herabzubeugen, und nähert sich mit der Nase seinem Ohr. Würziges riecht Paffrath, Habana lavendula, und es wird ihm schwindlig, während die Dame vom Nebentisch das weiße Filzfederhütchen abnimmt und blonde – oder sind es graue? – Locken vor seinen Augen wachsen läßt.

»Laß mich in Ruhe«, sagt Paffrath.

Ihm ist schlecht.

»Bring Heinrich Theodor noch eine Romeo«, flüstert Paffrath Florian ins Ohr, der sich pflichtgemäß aufmacht, den Wunsch zu erfüllen. Durch die Glascheibe des Humidors zeigt er dem Gast heimlich einen Vogel.

Heini Paffrath hat sich umgetauft.

Er schickt die Dame zur Hölle.

Als ihm Florian die Romeo Gigantes serviert, nickt er zufrieden.

Zwei Uhr morgens, da die letzten Gäste das CONNAISSEUR verlassen haben, bekommt Paffrath die Rechnung auf den Tisch. Knapp dreihundert Euro. Er nimmt Florians Hand, besieht deren Innenflächen und streicht mit dem Finger über die Lebenslinie.

»Komm«, flüstert er.

»Dreihundert«, sagt Florian.

Paffrath gibt ihm vierhundert. Stimmt so.

»Was kann ich Ihnen noch aufs Haus bringen?« fragt der Barkeeper.

Paffrath schweigt. Der Raum, die Luft dreht sich vor ihm. Seit dem Frühstück hat er nichts gegessen, nur Whisky und Cigarren. Nichts Handfestes befindet sich in Heini Paffrath, der außer Dienst und heimgekehrt ist, der den jungen Herrn Florian gar nicht mehr gehen lassen möchte, plötzlich Hunger verspürt, so sehr, daß er wieder nach Florians Hand schnappt und diesmal hineinbeißen will.

»Whisky? Expresso?«

Florian hat die Hand zurückgezogen und steht im roten

Livree parat. Bis der letzte Gast den Salon verlassen hat. Er kennt seine Pflichten. Also *was* bitte?

»Einen Falschen Hasen.«

»Sie meinen?«

»Das was ich sage«, sagt Paffrath.

»Handelt es sich um einen Cocktail?«

Herr Florian, halb amüsiert, halb verängstigt, blättert in der Getränkekarte.

»Dummkopf!«

Der Gast ist aufgestanden und steht vor dem Jungen, der irritiert einen Schritt zurücktritt. Paffrath spürt den dumpfen Pelz Durst im Mund. Und Hunger, der in ihm beißt. Ganz nah ist Paffraths Mund Florians Lippen.

»Ausverkauft!« sagt Florian schnell, »*Falscher Hase* ist ausverkauft.«

Es wird dunkel um Heini Paffrath.

Erst spät begreift Paffrath, daß es nicht die eigene Toilette ist, auf der er mit heruntergelassener Hose sitzt. Auch die Hose, die er, Übelkeit bekämpfend, hochzieht, erkennt er nicht als ihm zugehörig. Kostbarstes Tuch, ohne Aufschläge und Bügelfalte, auch die Glanzlederschuhe, das weiße Hemd, das teure Jackett!

Wie lange Heini Paffrath benötigt, sich vor dem Spiegel wiederzufinden, weiß er später nicht zu sagen. Jetzt sieht er, wie er sich über die schimmelgrauen Bartstoppeln streicht und das Haar richtet. Still ist es. Dunkel. Paffrath verläßt die Toilette, schwankt durch den lichtlosen Gang. Langsam kommt die Erinnerung wieder. Die Lust, die Übelkeit, das Versteck in der Seifenkammer, der Einschluß auf der Toilette.

Hunger zwängt sich in Heini hoch. Er öffnet die Tür. Im Salon hängt noch der Rauch. Kalt schwer stinkend. Nur die rote Notbeleuchtung über der Theke, in derem Licht sich Flaschen und Gläser spiegeln.

Heini Paffrath ist allein.

Er hat sie alle fortgeschickt.

Er ruft sie noch einmal zurück. Maschula Eva Bogumil Florian. Es antwortet keiner.

Er kommt sich blöd vor. Kindisch bubenhaft klein. Aber es ist ihm keiner jemals auf die Spur gekommen. An diesem Gedanken kann sich Paffrath jetzt stärken.

Und greift in die Flaschen.

Leis glucksend fließt Whisky über die Tischplatten des CONNAISSEURS. Der Lack schimmert durch die Pfützen. Strenger Alkoholduft mischt sich mit dem abgestandenen Cigarrenrauch und berauscht Paffrath.

»Komm schon«, flüstert er.

Paffrath muß eine neue Flasche aus der Bar holen, Kirschgeist diesmal, und kippt ihn über Tische und Sessel. Flekken haben sich unter Paffraths Achseln gebildet. Schweiß ist durch das Seidenfutter gedrungen und läßt Paffrath langsam in Erinnerungen an sich selbst zurückgleiten.

»Florian!« ruft er und lauscht.

Noch immer nichts. Draußen vor dem Fenster patroullieren zwei Polizisten. Korrekt! denkt Heini. Aber keiner ist ihm auf der Spur. Aus dem Humidor dringt kalter Nebel. Paffrath friert. Scheiße, denkt er. Dann beginnt Heini Paffrath sein Werk.

Im roten Notlicht des Salons wirken die blauen Flämmchen auf den Tischen wie Sumpflichter. Leise knisternd, tanzend, sirrend wie Libellenflügel, fressen sie sich voran.

Der Lack wirft Bläschen unter der Hitze, dann beginnt er zu brennen. Heller, gelber als der Alkohol, dessen seidenblaue Flämmchen nur größere Wunder gebären: pratzelnde Feuerflächen, die Paffrath pustend anfacht. Bis Rauch aufsteigt und in den Augen beißt. Im Gang, der auf die Toilette führt, hängt der Feuerlöscher. Rauch folgt Paffrath aus dem Salon nach. Für einen Moment überlegt er, was er tun soll. Er hört das Fauchen und Knistern des Feuers. Er nimmt den Apparat von der Wand. Schon will Heini die Plombe ziehen, den Hebel zurückreißen, schon will er, was ein Kinderspiel für ihn ist, den Löscher in Gang setzen, schon findet sich Heini Paffrath, mit einem Satz durch das Toilettenfenster gesprungen, über den Hinterhof gerannt, in der Morgendämmerung des Kurfürstendamms. Nichts hat er gegen das Feuer unternommen, und noch jetzt hört er das erlösende Krachen berstenden Holzes, das Klirren der Gläser und riecht den schwelenden Rauch schmelzender Sessel. Die ersten Autos sind unterwegs, wenige Passanten, die Männer der Straßenreinigung, Taxis. Von fern hört Paffrath den Signalton der Feuerwehr. Paffrath läuft. Im Rennschritt den Boulevard entlang, und er weiß nicht, in welche Richtung er laufen, weiß nicht, wo er ankommen und ob er das Feuer melden oder ob er es brennen lassen muß. Heini Paffrath rennt im Smoking, die geschwollenen Füße in den zu eng gewordenen Schuhen, schweißnaß, verraucht, mit vernebeltem Kopf, er läuft läuft, von irrer Zuversicht durchdrungen, daß er bald erfahren wird, wohin.

Ecke Knesebeckstraße besteigt er ein Taxi. Setzt sich auf den Rücksitz und befiehlt:

»Hadlichstraße.«

Der Fahrer, ein Mann unbestimmer Herkunft, zuckt mit den Schultern.

»Du Weg zeigen, ich fahren«, sagt er.

»Ich bin nicht von hier«, entgegnet Paffrath.

»Von Mond, was?«

Der Fahrer kramt einen Stadtplan hervor, beginnt umständlich nach dem Fahrziel des Gastes zu suchen, dreht sich dabei immer wieder nach Paffrath um, dem Schweißperlen auf die Stirn treten und der plötzlich brüllt:

»Venus, Mann! Ich bin von der Venus, und du fährst jetzt sofort los, sonst ist das hier deine letzte Tour!«

»Okay«, sagt der Fahrer und startet den Motor.

Über eine Stunde benötigt das Taxi, bis es, über kalkulierte Umwege, Berlin-Pankow erreicht. Auf der Schönhauser Allee trocknet Heinis Stirn. Ruhe kehrt ein in ihn. Fast ist er zu Hause. Sein Revier, das er in frühmorgendlichem Licht durchfährt, ist noch ruhig. Die erste Straßenbahn überholt das Taxi, links auf dem Hochgleis die U-Bahn.

»Immer gradeaus«, sagt Paffrath, der sich jetzt auskennt, und als der Wagen den Garbatyplatz erreicht hat, befiehlt er:

»Rechts!«

Heini Paffrath steht vor der Tür des Polizeirevier I, Abschnitt 27. An einem fliederwelk duftenden Morgen im Mai 2003, einen Tag nach seinem Amtsende. Heini Paffrath im dunklen Smoking, nach Rauch und Whisky stinkend, noch immer reichlich Geld in der Tasche, aber Geld hat ihn nie wirklich interessiert. Mehrere Minuten steht er vor der Tür, die sich nicht von selbst öffnet, denn Dienstablösung ist erst in einer Stunde, und Bürger kommen nur selten frühmorgens, das weiß der Kommissar a.D. Darum öffnet er die Tür selbst. Die schwere polizeigrün gestrichene Tür, die er zehn zwanzig dreißig Jahre lang geöffnet und sich geschworen hat: nie wieder.

Der Wachhabende starrt Paffrath an wie einen Außerirdischen.

»Wer hat Dienst?«

Der Wachhabende reibt sich erst die Augen, bevor er zum Telefonhörer greift.

»Komm doch mal runter, bei mir steht Paffrath, ja, *unser* Paffrath, ich weiß nicht, was mit dem ist und ob er's überhaupt ist.«

Im Zimmer von Hauptkommissar Stefanek sitzt Heini Paffrath. Warm ist es, trotz der frühen Morgenstunde. Ein Kugelkaktus am Fenster treibt rote fedrige Blüten. Stefanek bittet den alten Kollegen, Platz zu nehmen. Nein, er sei nicht aus Versehen zum Dienst gekommen, er will auch das Jackett nicht ablegen. Er will weder Kaffee, noch Bonbons und schon gar keine Zigarre. Heini Paffrath bittet um etwas anderes. Mit der linken Hand krempelt er den rechten, mit der rechten den linken Jackettärmel hoch. Dann streckt er dem Kollegen Stefanek die blanken Handknöchel entgegen.

Die Autorin dankt Polizeihauptkommissar
Norbert Nickel für die fachspezifischen Auskünfte.